# 赤・黒

ルージュ・ノワール

池袋ウエストゲートパーク外伝

石田衣良

Ishida Ira

徳間書店

夜の新宿をジャングルクルーズしてくれたK氏とO氏に

装丁／多田和博
ＣＧ制作／田中和枝

（十分間で一千万、十分間で一千万）

小峰渉《こみねわたる》は心のなかで同じ言葉を繰り返していた。からからに乾いた口から、唾液を絞りだし、何度ものどに送ろうとする。無駄だった。のどの粘膜は夏カゼでもひいたように熱っぽく、ざらざらした不快感が張りついている。

（こんなところで、おれはなにをやってるんだ）

どうも、こうもなかった。こたえならわかっている。現金強奪だ。億を超える裏金を、ヤバイ筋からごっそりいただく。冗談ではない。売れない映像ディレクターをしている自分が、強盗団の一味なのだ。三日まえに村瀬のおいしい話に乗ったときから、そんなことは承知している。わかっていても足の震えがとまらないだけだった。その村瀬勝也《むらせかつや》は、小峰に背を向けて立ち、ひかり町の奥の暗がりに目をやっている。八月早朝の熱のない風が、無人の路地を駆けて、小峰の髪を抜けた。

東京都豊島区池袋。そこはフリーランスのやくざをしている村瀬のように腐った人間か、不定期にやってくる怪しげな仕事で食いつなぐ小峰のような腐りかけの人間が集まる大都市の繁華街だ。ひかり町はＪＲ池袋駅東口にある。サンシャイン通りと（地元の人間でもよく間違う）サンシャイン60階通りを結ぶさびれた飲み屋街で、幅二メートルほどの薄汚れたコンクリート張りの道の両側には、スナックやラーメン屋がびっしりと軒を連ねている。日曜日午前五時、今はどの店の看板も灯を落としていた。モルタル二階建ての安普請を結んで、路地の頭上には網目のように電飾が張りめぐらせてある。しだいに明るさを増す夜明けの空を背に、豆電球の明かりは夏空にこびりついた染みのようだった。

「ウエッー……ウッ……オッ」

景品交換所の閉じたシャッターに向かって、中年男が背を丸めていた。村瀬が派手に舌打ちする。小峰が心配そうにいった。

「大丈夫なのか、あのオッサン」

「わからん。だが、今さら他の男の手当てはできんだろう。それともおまえやるか」

村瀬はそういうと人差し指を伸ばして、銃の形をつくった。小峰は黙って首を振る。男が戻ってきた。真っ青な顔をしたバーコードハゲの中年男だった。ボタンダウンシャツにサマーニットのヴェスト。紺色のコットンパンツには吐瀉物が筋を引いている。三十年まえに流行を終えたアイヴィファッションだ。

「……どうも、スミマセン」

バーコードは口元をぬぐい、村瀬に頭をさげた。目が赤く潤んでいた。この気の弱そうな男が、銃撃役だった。コットンパンツの右ポケットが不自然な形にふくらんでいる。そこには、村瀬から渡されたチャカが入っているはずだった。銃身二インチの、製造番号を削り落としたアメリカ製リヴォルヴァーである。向こうでならＣＤ二、三枚分の金で手に入る安物だ。

村瀬は鋭い目で中年男を見ると、びくりと身体を震わせた。唸りをあげる携帯電話を取りだし、耳元にあてた。眉をひそめる。

「わかった」

ひと言返すと通話を切った。村瀬は声を殺していう。

「予定通りだ。やつは60階通りのドーナツ屋の角を曲がった。二、三分でくるぞ。用意しとけ」

三人の男はエアコンの室外機が並ぶ路地の陰に立ったまま、黒い目だし帽をかぶった。葬式で使うような真新しい白手袋に手を入れる。もうあと戻りはできなかった。

（十分間で一千万、十分間で一千万）

小峰はもう一度心のなかで繰り返した。腕時計を見る。午前五時三分。

時給六千万円の大仕事が始まった。


紺地に白でひかり町と抜かれたプラ看板のゲートをくぐり、男がひとり路地に入ってきた。黒っぽいサマースーツ、白いシャツ、スーツと同系色の細みのネクタイ。左手には、鈍く光る金属製のアタッシェをさげている。

予定通りの男だった。池袋最大のカジノバー「セブンライブス」のふたりいる雇われ店長の片方である。四十代後半のやせた小男だ。男から十数メートル遅れて、ナイキのトレーニングウエアを着た若い男が続いた。スキンヘッドの若い男はひかり町に入ると、周囲を気にする素振りも見せず、黒い目だし帽をかぶった。

　異様な風体の男が尾行しているのに、雇われ店長は気づかないようだった。正面を向いたまま、足早に歩いている。小峰の目に、あたりの景色が異常に鮮明に映り始めた。光と影のコントラストが、彫りつけたように強くなる。映像関係のプロダクションを渡り歩いた小峰には、ひどく緊張すると周囲の風景をカメラのようにフレーミングする癖があった。切り取られた映像は脳のどこかに蓄えられ、しばらくは忘れることができなくなる。心理学では直感像記憶というらしいが、おかげで嫌な思い出ばかり増えていた。青い紙を見てから、赤い紙を見る。すると頭のなかで混色が起こり、目の裏が紫に染まる。ばからしい話だが、小峰自身にはどうすることもできない生理だった。

　今も店長の白いシャツの左の襟先が折れて、スーツの外側に跳ねている意味のない絵が目に残った。うっすらと汗をかいているようで、オールバックの髪のした、広い額が油を塗ったようにてかっている。これが撮影ならメイク係にパフで押えさせるところだ。左手の手首とアタッシェを結ぶ鎖が、暗がりを背に鈍くきらめく。雇われ店長は、路地のなかほどの個室ビデオ屋を通りすぎた。村瀬がいう。

「いくぞ」

　村瀬と小峰、それにまだ震えている中年男が陰を離れ、雇われ店長のまえをふさいだ。店長は悲鳴もあげず、誰かに助けを求める仕草もしない。表情を変えずに、目線だけで村瀬にうなずく。うしろからきたナイキが、手袋のこぶしでオールバックの後頭部を軽く殴った。店長はおおげさに大の字に倒れこむ。村瀬はいった。

「しっかり押えておけ」

小峰は右腕を、ナイキが左腕をコンクリートの地面に押えつけた。村瀬は囁くようにいった。

「手錠の鍵はどこだ」

雇われ店長が初めて声を出した。細くかすれた聞き取りにくい声だった。

「背広の内ポケットだ」

村瀬は銃撃役の中年男にうなずいた。男はしゃがみこむと、両手でリヴォルヴァーをかまえる。ちいさな筒の先を、雇われ店長の左肩外側の筋肉に押しあてた。店長は悲鳴のような声を出した。

「おい、骨と動脈だけは、避けてくれよ」

中年男はためらった。村瀬は冷たくいう。

「やれ。二千万だ。借金地獄から這いあがりたいんだろ」

中年男は目を閉じた。店長の全身が硬くなるのを、小峰は手袋越しに感じた。中年男が引き金をひくと、意外に乾いたかん高い発射音が路地に響く。村瀬はエビのように身体を丸める店長の背広から、ちいさな鍵をつまみ出した。手錠をはずし銀のアタッシェを手にする。

小峰はあっけに取られ、店長の右腕を押えつけたままだった。左肩から噴きだした血は見る間にコンクリートのうえに丸い血溜りをつくった。路地の中央のくぼんだ排水溝に向かって、ねばる液体がゆっくりと流れだした。店長は肩を押えながらいう。

「早くいけ。人がくる。今夜のあがりは十四本だ。あとは頼んだぞ」

村瀬はうなずいていった。

「よし、散れ。夜七時、おれの事務所に集合だ。今日はみんな出歩くなよ。特に池袋は要注意だ」

ナイキはすぐに小走りで、路地を引き返していった。銃撃役の中年男も、ひかり町の横道にそれていく。小峰は呆然と立ちつくし、灰色のコンクリートを移動する黒い流れを見つめていた。道端に落ちている割りばしが黒く血に浸った。村瀬が笑いながらいう。

「おまえ、そいつ脱ぐの、忘れんなよ」

そういうとレインコートの黒い裾をひるがえし、アタッシェをさげて路地の角を消えた。銃声が響き、強盗が行われたのに、誰ひとり顔をのぞかせる者はいない。ここは池袋なのだ。面倒事に関わりたくないのだろう。どこかの生ゴミ集積場から、間の抜けたカラスの鳴き声が聞こえた。早くいけと手を振る雇われ店長を路地に残し、小峰はサンシャイン通りに向かった。全力疾走したがる足の筋肉を抑えるのが、精一杯だった。ひかり町を出るとき、小峰は路地を振り返った。地面に倒れたままの店長は、片手で携帯電話をかけていた。誰も救急車を呼んでくれないので、しかたなく一一九番でもしているのだろう。

サンシャイン通りに面した洋服の青山のウインドウを、目だし帽をかぶった男が急ぎ足で横切った。小峰は声をあげそうになり、黒いマスクをむしりとった。アロハシャツをまくり、ジーンズの腹に押しこむ。腕時計を見た。午前五時九分。あれからまだ、六分しか経っていない。

（六分間で一千万か）

日曜朝の池袋には、めったに歩いている人間はいなかった。酔っ払いと新聞配達が少々だ。建ち並ぶビルは朝日でオレンジに染まり、風俗のチラシが吹きだまる通りには、前夜の余熱がまだ残っているようだった。三越のまえをJR池袋駅へ歩きながら、小峰はその朝初めての笑顔を浮かべた。簡単な計算をしたのだ。アーノルド・シュワルツェネッガーだって、こんなに効率よくは稼げないだろう。

なんといっても、あれだけの仕事で時給一億なのだ。

朝からキンキンに冷えた生ビールでも、飲みたい気分だった。

小峰渉が村瀬勝也と知りあって三年ばかり経つ。三十を迎えたばかりの当時、小峰は映像制作会社でディレクター職を勤めていた。テレビCF、カラオケのBGV、配給会社の下請けドラマ。アダルト以外の仕事なら、たいていの映像を手がけた経験があった。

村瀬ともその縁で出会った。とうに解散してしまったロックバンドのビデオクリップで、どうしてもカジノの場面が必要になったのだ。海外にいけば話は簡単だが、そんな予算はなかった。風営法で認可された正規の店でも、日本のカジノでは撮影用に貸しだしてくれるオーナーはすくない。

弱り切った小峰に、ロケーション・コーディネーターが紹介してくれたのが、どんな生業をしているかわからない、村瀬という男だった。小峰は村瀬の第一印象を今でも鮮やかに覚えている。場所は池袋西口にあるホテル・メトロポリタンのロビーだった。吹き抜けになった高い天井の下、コーディネーターに手招きされた村瀬は、険しい顔で小峰に近づいてくると、いきなり鋭い顔を崩して、にこりと笑った。人たらしの笑顔だった。

(この男は危ない)

理由もなく、小峰は直感した。筋ものが好んで身につける高価なダブルのスーツを着こなした村瀬は、話してみると小峰と同世代だった。一見やさ男なのだが、たいていの人間が上手に隠している暴力的な空気を、あからさまにシティホテルのロビーに振り撒いている。あちらの世界の保護色なのだろう。村瀬は醒めた声で、おもしろがるようにいう。

「小峰さんは、カジノで遊んだことはあるんですか」

言葉を濁すと、村瀬はいった。

「いいでしょう。今日は私がおごりますから、カジノで軽く遊んでみましょう」

よくわからないまま、小峰はうなずいた。あとで考えれば、それが悪魔の囁きだった。その夜、村瀬に連れていかれた店は、池袋一丁目の風俗街にあるカジノバーである。イメクラやカラオケパブが入った雑居ビルの四階でエレベーターをおりると、村瀬は手慣れた様子で正面にある真っ赤なドアを押した。

「いらっしゃいませ。そちら様は?」

ホスト顔の受付が、村瀬に挨拶した。

「おれの友人だ。メンバーズカードをつくってやってくれ」

受付の男が入会申込書とプラスチックのカードをカウンターに滑らせた。どうしていいかわからない小峰に、村瀬がいった。

「どんな名前を書いてもいいんです。おれのカードには、勝新太郎と書いてある」

受付の男はそしらぬ振りをしていた。小峰はボールペンで、ポール・ニューマンと書いて返した。

そのころ探偵もののビデオを撮影するために、『動く標的』を見直していたのだ。

受付を過ぎて店内に入ると、マイクロミニの制服姿の若い女が、笑いながらしなをつくり、なにを飲むか尋ねてきた。酒は飲み放題のようだった。緑のフェルトを張ったテーブルがいくつか並んでいた。ルーレットの輪とスロットマシンが見える。客の女たちから、中国語の罵《ののし》りが弾けた。

村瀬は内ポケットから、黒革の財布を取りだすと、十万円の束を三つディーラーに渡した。サービスチップが二割ついて、三十六枚のまばゆい金色のチップが戻ってくる。それを村瀬は見当で半分に分けると、小峰に差しだした。

「さあ、そこのテーブルでどうぞ。やり方がわからなければ、隣でお教えしますよ」

小峰は魅せられたように、生まれて初めてのバカラテーブルに吸い寄せられていった。


バカラは五百年も昔にイタリアで生まれた、歴史ある賭博だという。金持ちの貴族のあいだで大流行したらしいが、うしろ暗い世界に限って、伝統だ貴族だと骨董《こっとう》品をありがたがるのは、バカげた話だ。配られた三枚までのカードの合計が、バンカーとプレイヤーどちらのサイドで、より9(ル・グランデ)に近いか賭ける、単純なギャンブルである。配当はほぼ二倍。中央がくぼんだ七人掛けのバカラテーブルの左端、六番と七番のシートに小峰と村瀬は座った。村瀬が耳元でいった。

「このテーブルのミニマムベットは五千円です。コツを飲みこむまでは、しばらくはミニマムでいきましょう」

髪にメッシュを入れたディーラーに金のチップを渡すと、銀のチップが倍になって戻ってくる。

「セコセコ賭けといって、店の人間には嫌われるんですが、構うことはない。あとでおおきく張ればいいんです。そうだろ、兄ちゃん」

ディーラーは苦笑いを浮かべていた。村瀬は緑のフェルトのPと書かれた枠に、銀のチップを一枚置いた。小峰もそれにならう。金のチップを五枚張りこんだ一番シートの女が、最高額でバンカーに決まった。化粧の濃い美人で、出稼ぎホステスのようだ。赤いマニキュアをした両手の人差し指と親指で、そろそろとカードをまくる。

「アボジ！」

女は悪態をついた。握りつぶしたスペードのキングをテーブルに投げだす。村瀬が耳元で囁いた。

「アボジは韓国語でオヤジ。絵札って意味です。プラス十点で、最初の勝負はおれたちの勝ちだ。ねえ、バカラなんて簡単でしょう」

小峰の銀のチップに、ディーラーがもう一枚チップを重ねた。バカラの勝負はほんの二、三分で片がつき、小気味いいほどのスピード感で、勝ち負けが確定していく。バンカーとプレイヤー、賭け手はどちらかのサイドを選ぶだけでいい。豪華なカジノの内装とバーボンソーダの酔いも手伝って、小峰は目くるめくような気分だった。

その夜、小峰はついていた。村瀬の指導がよかったせいかもしれないが、続く四十五分間で月給の一・五カ月分のチップが、目のまえに山と積まれた。店を出るとき、村瀬は換金の世話までしてくれたが、笑って謝礼を受け取ろうとしなかった。

「礼なら、いつかまとめて返してくれればいいですよ」

ギャンブルにはビギナーズラックという言葉がある。だが、その反対の言葉は存在しない。転落はゆっくりと段階を踏んでやってきて、いつ一線を越えたのか当人でさえわからないからだ。あの夜から三年、カジノにはまった小峰は、狂言強盗の片棒をかつぐほど、急坂を転げ落ちていた。悪魔はたっぷりと謝礼を受け取ったのだ。

現金強奪のアルバイトを済ませた小峰は、自宅のある要町までゆっくりと歩いて帰った。タクシーに乗るつもりなどなかった。犯行が起きた同時刻に、近くで運転手に顔を覚えられるのはまっぴらだ。池袋駅東口にあるひかり町から、線路をくぐって要町まで、どうせ十五分ほどしかかからない。

めったに朝九時まえに起きることのない小峰には、八月早朝の空気は澄んで爽やかだった。なにか身体にいいことでもした気分になる。鼻唄で古いミスチルをうたいながら、眠ったままの繁華街を抜け、山手通りを渡った。

一戸建ての住宅にはさまれた白いタイル張りの建物が小峰の住まいだった。独身のサラリーマンや大学生がほとんどの、ワンルームマンションである。エレベーターで三階にあがり、三〇六号室のドアを開ける。緊張しているせいか、前夜はほとんど眠っていないのに、眠気は感じなかった。伸ばしたままのソファベッドに横になり、DVDのライブラリーから一枚選び、再生を開始した。

映画は『現金《げんなま》に体を張れ』。若き日のスタンリー・キューブリックの快作だ。シャープなドキュメンタリータッチの白黒画面を横目で見ながら、小峰は冷凍ピザを電子レンジであたため、冷蔵庫から缶ビールを出し、自分自身に乾杯した。

すくなくともこの自分も、生涯に一度は現金に体を張ったのだ。分けまえが入ったら、借金を返した残りで、この部屋をホームシアターにするのもいいかもしれない。小峰は以前からソニーの新しい液晶プロジェクターが欲しかった。


夜六時半までに、小峰はもう三本映画を見た。『ゲッタウェイ』、『オーシャンと十一人の仲間』、『暗黒街の顔役』。意識して選んだ訳でもないのに、犯罪映画が続いていた。映画を見終わると、チャンネルをザップして、テレビニュースをはしごする。

どこかの野球選手と婚約したという女性アナウンサーが、カメラに目を据えて原稿を読みあげていた。

「東京池袋の路上で、今朝五時ごろピストル強盗が、発生しました。被害に遭ったのは近くのカジノバーの店長で、左肩を撃たれ重傷です。奪われた現金は三百万円、襲撃犯は外国語を話す四人組の男で、犯行時目だし帽を着用していました。池袋署では現場の聞き込みを中心に、犯人の行方を全力で追っています」

ブラウン管では、ひかり町の建てこんだ飲み屋街が、ゆっくりとパンされた。薄暗い路地は、カメラマンが絞りを開けると、急に明るくなり、貧しい細部が浮きあがっていっそうわびしさを増した。店長が倒れたあたりの地面に五、六人の鑑識課員がしゃがみこみ、遺留物を探している。乾いて黒ずんだ血の跡は、記憶にあるよりずっと平板でちいさかった。すぐに映像は、浜辺で水を跳ねるきわどい水着姿の女たちに切り替わる。

「全国各地の海水浴場では、この夏最多の人出を記録し……」

首を振りリモコンで、テレビを消した。今ごろ、村瀬はおお笑いしているに違いない。Tシャツのうえに、黒の長袖シャツをはおりながら、小峰は考えた。自分はどう見ても、中国マフィアには見えないし、被害額が三百万ぽっちのはずがない。「セブンライブス」は池袋でも最大のカジノバーで、その筋では有名なのだ。週末のあがりがそれだけで済むはずがない。テレビのニュースなど嘘ばかりだった。

小峰は玄関の鍵を閉め、朝の労働の代価を回収するため、夕暮れの通りにおりた。


タクシーは五分ほどで、上池袋にある子安稲荷の正面に停った。小峰は千円札を渡し、しっかりと釣りを受け取った。金が入るまえから、気をおおきくしても始まらない。村瀬の事務所は、明治通りを一本入った稲荷の裏手にある。四階建て築二十五年のビルの屋上に据えられたペントハウスだった。もっともマンハッタンのペントハウスを想像してもらっては困る。そのビルにはエレベーターなどついていないし、テナントは怪しげな闇金融やピンクサロンなのだ。

小峰はけばけばしい看板が出されたPタイルの階段をのぼった。屋上に出ると、ネオンサインの照り返しで、赤黒く光る池袋の夜空が見えた。プレハブに毛のはえた造りの小屋の、そこだけは立派なドアをノックする。冷たい金属の手ごたえが返ってきた。ドア枠のうえでは、ビデオカメラが小峰を見おろしている。インターフォンから、村瀬のぶっきらぼうな声が流れた。

「……はい」

「おれ、小峰だ。そろそろ時間だろう」

しばらくして、ドアのロックをはずす音が三回続いた。村瀬がにやにやと笑いながら、顔をのぞかせる。

「よう、入れよ。あのカバンを開けるの、おまえもちょっと手伝ってくれ」

神棚もちょうちんもない事務所だった。板張りの十畳ほどの室内の中央には、五人掛けのビニールのソファが置かれている。ほこりの浮いたアルミサッシの窓際には、机がふたつ。めったにデスクワークなどしないフリーのヤクザでも、事務所というと机が必要と思うらしかった。部屋の隅に置かれたテレビでは、昼の競馬の結果が流れている。

ソファに座っていた若い男が、立ちあがって小峰に挨拶した。今朝のスキンヘッドだった。襲撃のとき着ていた白のナイキから、トレーニングスーツはプーマの紺に替わっている。もちろん小峰の知らない男だ。村瀬は小峰を除いては、あちこちから名前程度しか知らない人間を集めて、襲撃グループを組織した。それならあとでばれても、互いの関係は容易にはたぐれない。ロッカーからバールをさげて、村瀬が戻ってくる。

センターテーブルに置かれたアルミのアタッシェを、三人の男が黙って見おろしていた。小峰は他のふたりを盗み見た。炎が映っているように金への欲望が、ぎらぎらと目の表面で躍っている。放っておけば、つや消し加工のアルミニウムにかぶりつきそうだ。村瀬がいった。

「こいつの鍵は、オーナーのところにある。店長もいったん閉めると開けられないらしい。こじ開けるしかないな。おい、おまえ、やれ」

バールを渡されたスキンヘッドは、床にアタッシェを立てると、鍵穴目がけて力強く振りおろした。最初の一撃で、プラスチックの取っ手が跳ね飛び、アルミのボディに鋭角的なくぼみが残る。

「まだまだ」

村瀬が首を振ると、スキンヘッドはでたらめにバールを叩きつけ始めた。金属の打撃音が、尾をひいて部屋を満たす。こするように鉄棒の先があたると、アタッシェから火花が飛び散った。全力のスイング十数回で、スキンヘッドが息を切らせたころ、村瀬がいった。

「いいだろう。テーブルにのせろ」

バールを握ったままのかたちで、痺れた手をかばうスキンヘッドを見た小峰は、上部がぐしゃぐしゃに変形したアタッシェを、テーブルに置いてやった。村瀬はのりだすように、マイナスドライバーをふたの隙間に突っこみ、力まかせにこじりまわす。だんだんとケースの噛みあわせがゆるんできた。

壁の時計が柔らかなチャイムで、夜七時を告げた。テレビの画面には、首位をいく巨人と二位横浜のナイターが映しだされている。松井のあばた面がアップになった。最後に村瀬が、ドライバーをバールにもち替え、アタッシェに突っこんだ。ようやく三センチほど、ケースが口を開けた。

「オーッ……」

東京ドームの歓声に、小峰とスキンヘッドのため息が加わった。村瀬が顔を輝かせて、ふたりを見あげた瞬間、爆発的にガスが漏れだす音が、室内に走った。村瀬は訳がわからずに、眉をひそめている。小峰はアタッシェを指さしていった。

「そいつのなかから聞こえるみたいだ」

確かにシューシューというガス漏れ音は、テーブルに置かれたアタッシェの内部から響いていた。

村瀬が叫んだ。

「クソー、聞いてねえぞ。いったい、どうなってんだ」

「爆発するかもしれない。気をつけろ」

小峰が鋭く声をかけると、スキンヘッドは頭を抱えてしゃがみこんだ。

「チクショー！」

村瀬はやけになって叫びながら、アタッシェの隙間から延びるバールの柄を、力の限りねじりまわした。止め金がはじけ飛び、ケースが百八十度に割れると、ゴムバンドでまとめられた一万円札の束が、センターテーブルにあふれだし、周囲の床に転げ落ちた。それでも、ガス漏れ音は続いている。小峰がいった。

「見ろ。虹が出てる」

アタッシェのなかに取りつけられた小型ボンベから、無色透明の霧が一メートルほど、テーブル上空に噴きあがっていた。それに蛍光灯の光線が照り映えて、殺風景なヤクザの事務所にちいさな虹がかかっている。村瀬は床に座りこんだまま、放心したように淡い七色の光りを見つめていた。

「驚かせやがって。別に毒じゃねえだろう。小峰、どう思う？」

目に痛みはなく、おかしな臭いもしなかった。全身の力が抜けた小峰は、ソファに腰を落としながらいった。

「たぶん、劇薬じゃないと思う。無色透明に見えるけど、なにかの光りでもあてると、色がついて見えるんじゃないか。無理やりカバンをこじ開けると、なかの金に印が残るようにできてるんだ」

村瀬は立ちあがるといった。

「なるほどな。さすがにうちのディレクターは、頭がいいな」

ソファの陰で頭を抱えうずくまっていた若い男の尻を軽く蹴ると、村瀬はいった。

「おい、おまえも金を数えるの手伝え。この、根性なしが」

三人はソファに腰をおろし、特殊インクで濡れたままの札束を数え始めた。一万円札の束がひとつ百万円。その束を十個重ね、レンガのように厚みのあるブロックを、テーブルに積みあげていく。金は数えるだけなら、簡単だった。数分で作業を終えてしまう。塩化ビニール張りの安物テーブルに、一千万のブロックが十四個並んだ。村瀬が満足そうにいった。

「平山のおっさんがいった通りだ。間違いなく十四本ある。一億四千万。しかも税金は一銭もかからないときてる。たまらねえ。どうだ、文句あるか、監督」

小峰は使い古された紙幣の山から目を離せなくなった。そのとき、いきなり背後でインターフォンの呼びだし音が鳴り響き、小峰はソファから飛びあがりそうになった。

「しっかりしろ、ガンマンのおっさんだ」

村瀬は窓際の机にのせられた小型テレビに目をやると、驚きの表情のまま固まった小峰にいった。モニターを見ると、バーコードハゲの頭が歪んで、画面いっぱいに映っている。村瀬は玄関に移動し、三重の鍵を手際よく開けてやった。銃撃役の中年男が、肩を落とし事務所に入ってくる。ショッキングピンクのポロシャツに、ベージュの綿パン姿。あいかわらずセンスが悪い。だらしなく突きだした腹が、ベルトで上下に割れていた。小峰の隣に座った中年男に、村瀬はいった。

「大成功だ。使用済みの札で、一億四千万ある。見ろよ」

笑いながらテーブルを指した。村瀬は上機嫌だった。口のまわりが滑らかになる。

「だから、今度の計画は絶対だといったろう。あそこのカジノバーの雇われ店長は、手取り四十万の安月給で、毎朝一億も届けるのに嫌気がさしたのさ。いくら羽沢《うざわ》組だって、チャカで弾かれた店長までグルだなんて考えるほど、疑り深くはない。警察には、博打のあがりをそのまま申告できるはずもねえ。ニュースでいってた飲み食い代金二百万しか被害届けは出せない。ここにある金のうち、一億三千八百万は、この世に存在しない幻の金なんだ。それをどうしようが、それこそ、おれたちの勝手じゃねえか」

村瀬は手縫いの革底を見せて、テーブルに足をのせる。つま先があたり、百万円の束が崩れた。中年男は紙幣の山に魅せられたように、息をのんでいる。小峰はいった。

「そうかもしれない。あの店長が、警察や組の取り調べでボロを出さなきゃ」

村瀬は鼻で笑っていう。

「心配ない。やつだって命がかかってる。今ごろは病院のベッドで、見たこともない外国人が、中国語かなんかで、わあわあ叫んでたとかいって、調べを煙に巻いてるはずだ。知ってるか、あのオッサン、いい年こいて若いフィリピーナに入れこんで、今度の狂言をおれのところにもちこんだんだ。女は怖いな」

村瀬は足をおろすと、スキンヘッドにいった。

「おい、ボウズ。机の横にさしてある紙袋よこせ」

スキンヘッドがソファを立って、紙袋を取ってきた。袋の横にはＰＡＲＣＯのロゴが入っていた。

「だらだらしてても、始まらねえ。金を分けるぞ」

村瀬は真新しい紙袋を立てると、無造作に百万円の束を放りこんでいった。十個数えて、紙袋をスキンヘッドのまえに置く。村瀬は小峰に笑顔を見せていった。

「つぎは、おまえだな」

また同じように十個の束を紙袋に入れた。ほんの数秒で、一千万の大金が自分のものになる。目のまえで手品を見ているようだった。

「最後に、鈴木さん、あんただ。銃撃役だから、取り分は見張りのこいつらの倍になる。チャカは忘れずにもってきたか」

中年男はひどく汗をかいているようだった。ポロシャツの襟と脇が黒く濡れている。バーコードの前髪を揺らせ、男は全力で村瀬にうなずいた。村瀬は中年男に目もくれずに、二十の束を数え、ＰＡＲＣＯの紙袋に詰めこんでいった。小峰の隣で、中年男がもぞもぞと身動きしている。ポケットからなにか取りだしたようだ。

「なんのマネだ、おまえ」

汗だくの中年男は立ちあがり、泣きそうな顔をして、両手でリヴォルヴァーを村瀬に向けた。小峰は拳銃からすこしでも離れようと、ソファのひじ掛けに体を押しつける。中年男は蚊の鳴くような声でいった。

「スミマセン、お願いしますから、この金、私にください」

村瀬が腹から声を出した。あたりの空気がびりびりと震えるほどの迫力である。

「寝ぼけてんじゃねえぞ、コラ。そんな勝手が通ると思ってんのか。おまえ、絶対、逃げ切れんぞ」

村瀬はゆっくりと立った。中年男は、まともに村瀬を見ることができずに、視線をさげたままいう。

「申し訳ありません。でも、こうするしか、私が助かる道はないんです。皆さん、ほんとうに、スミマセン」

中年男は、おどおどとバーコードの頭をさげた。村瀬が叫ぶ。

「クソー、ふざけんな」

それからの映像を、小峰のカメラアイはすべて詳細に記録していった。村瀬は銃を構えた中年男ではなく、窓際の事務机に飛びついた。中年男はあわてて、リヴォルヴァーを振る。銃口は小峰の頭上五十センチほどのところで揺れていた。小峰も無意識のうちに叫ぶ。

「よせ、村瀬」

村瀬は中年男に顔を向けたまま、机の一番うえの引きだしに手を突っこんだ。二、三度なかを探ると、つぎにあらわれたときには、黒光りする自動拳銃が握られていた。村瀬の着た長袖シャツがダブルカフスで、カフスボタンが金のスペードであることを、小峰はなぜか記憶にとめた。

「スミマセン、スミマセン」

中年男は震えながらあやまり、目をつぶり引き金をゆっくりと絞った。同時に村瀬は拳銃をもったまま、その場に伏せようと体をさげる。小峰の頭上で、火の柱が走った。村瀬の左目にぷつりと黒い穴が開き、糸が切れたあやつり人形のように、どすんと音を立てて体が床に落ちた。小峰の耳の底に、発砲の轟音がいつまでも残った。

殺すつもりはなかったのだろう。伏せようとかがんだ村瀬の顔面と、目を閉じて足を狙ったつもりの中年男の射線が、たまたま一直線に結ばれたのだ。小峰の目は、サム・ペキンパーの映画のアクション場面のように、一瞬の暴力の嵐をスローモーションでおさめていた。ソファの陰に崩れ落ちる村瀬の姿が、残像をひいて目の裏のスクリーンに映しだされる。銃声が消えても、火薬の臭いは残っていた。

中年男が泣き声でいった。

「やっちまった……人を、やっちまった」

ピンクのポロシャツは夕立にでもあったように、汗でびっしょりと濡れている。中年男は、銃口をスキンヘッドに向けると、震える声でいった。

「スミマセン、この紙袋に残りの金を、すべて入れてもらえませんか」

スキンヘッドのチンピラは銃口から決して目をそらさずに、血の気の失せた手で百万の束を袋に押しこんでいく。百四十の束が詰まると、ＰＡＲＣＯのショッピングバッグはいっぱいになった。

中年男は紙袋を大事そうに胸に抱えた。

「私が出てから、二、三分だけ、時間をください。皆さん、どうもスミマセン」

そういうと村瀬の倒れた場所に、深々と頭をさげる。

「村瀬さん、ごめんなさい」

涙声でつぶやくと、中年男はドアをそっと閉め、主のいなくなった事務所を出ていった。腰が抜けて床に座りこんだスキンヘッドが、泣き言をいった。

「クソッ、こんな目に遭って、一銭の金にもならねえ。どうなってんだよ、いったい」

中年男が消えると、小峰は倒れている村瀬のところにゆっくりと歩いた。足が重かった。奇妙な形に手足を曲げ、うつぶせで横たわる村瀬の肉体が、ソファの陰からしだいにあらわれた。雇われ店長とは比較にならなかった。村瀬の頭のまわりには、すでに直径一メートルほどの血溜りができている。塩からい臭いが鼻を打った。弾が抜けた村瀬の後頭部は、噴火口のようだった。骨のかけらと脳の組織が、血に濡れてべたりと張りついた髪のあいだからのぞいている。救急車を呼ぶまでもなかった。痛みを感じる時間さえ、村瀬にはなかっただろう。

一千万の分け前を取りにきて、死体をひとつ押しつけられた。金は残っていない。最高の形で始まった一日は、最悪の結果を残して終わろうとしている。小峰は、悪友の死体を恐いとは思わなかった。村瀬のような生き方をしていれば、いつかはこういうことが起こる可能性はある。それは当人も覚悟のことだろう。村瀬の人生はカジノだった。元も子もなくすか、何倍にもなって返ってくるか。危険なのは小峰自身も同じことだ。類は友を呼ぶ。友人に起きることは、自分にも起こる可能性がある。

（どうすればいいんだ）

自分を落ち着かせるために、とりあえず最初に浮かんだ疑問を考えた。だが、小峰にはどうしようもなかった。死体を残し、逃げるしかない。しばらくは東京を離れるしかないだろう。どうせ、フリーランスでやっている映像の仕事も、不景気でスケジュールは空っぽだ。南の島のカジノにでもいって、村瀬の弔い合戦でもやるといいかもしれない。

スキンヘッドが、事務所のドアを開け、背を丸め出ていった。小峰は最後まで若い男の名前さえ知らなかった。もう一生会うこともないだろう。声をかけようかと思ったが、小峰は黙っていた。やつに前科があれば、大変なことになる。殺人現場に指紋が残っているのだ。だが、それもスキンヘッド自身の問題だった。常習の賭博者ではあるが、小峰に前科はない。当然、警察に指紋も残っていない。村瀬と自分が友人であることは知られているし、この事務所に指紋があっても、問題にはならないはずだ。

小峰はソファに腰をおろし、一分だけ待った。意外に腹がすわっている自分が、不思議だった。目をつぶったまま、震えながら銃を撃った中年男のことを思いだしていた。普通の人間はあんなふうに、殺人を犯すのだろうか。あの男とも、残念ながら二度と会うことはないだろう。高飛びされれば、それで終わりだ。小峰は村瀬が口にした、その男の名前を忘れてはいなかった。

鈴木、ありふれたその名前の男が、泣きながら村瀬を殺したのだ。

事務所で死体といっしょのときは落ち着いていたのに、事務所を出るとき小峰の緊張は極限に達した。誰か知人にでも見られたら、最悪の証言になるだろう。それでも、近くの住民が銃声を警察へ通報していたらと思うと、その場にぐずぐずしている訳にもいかなかった。薄暗い階段をおりていく。ピンクサロンと闇金融の立て看板で占領された踊り場に立ちつくし、小峰は階段の先にぼんやりと光る上池袋の歩道を見つめていた。

覚悟を決め、中央のタイルが磨り減った階段を、足音を殺しおりていく。自分が人殺しになった気分だった。煤《すす》けた防火扉を通りすぎ、ビルの敷居をまたぐ。それとなく歩道の左右を見渡した。排ガス臭い夏の夜風が、小峰の頬をなでた。知り合いの顔は見あたらなかった。日が暮れたあとの日曜日の、どこかだらしない男たちの影が、ぽつぽつと歩いているだけだった。駅から離れたこのあたりでは、人の数よりネオンサインのほうが遥かに多かった。

小峰は汗で背中に張りつくシャツを不快に感じながら、また徒歩で自宅に向かった。当分はタクシーに乗ることもなさそうだ。いちかばちかの大仕事は、途中まで快調に運んだが、最後ですべて横からさらわれた。ついていないときは、こんなものだ。朝五時から動きまわり、寿命が縮むような思いをしたのに、まったくの無駄働きに終わっている。

のどがからからに乾いて、また冷えたビールが飲みたくなった。不思議なものだ。うまくいっても、しくじっても、夏はビール会社がもうかるようにできている。小峰は冷蔵庫の缶ビールと、誰かが撮った犯罪映画が恋しかった。

映画のなかでは、どんな犯罪もスマートで安全だ。村瀬のような不格好な死も、ピンクのポロシャツを着た臆病な殺人者も出てこない。小峰は上手に編集された誰かの冒険を盗み見て、ささくれた神経を静めたかった。先の読めない話は、もうたくさんだ。

重い足をひきずり、要町のマンションにたどりついたときには、夜八時になっていた。エントランスですれ違う人間はいなかった。都会にあるこの手のワンルームマンションでは、ほとんど他の住人と顔を合わせることはない。貧乏臭いプライバシーが売り物なのだ。小峰はエレベーターで三階までのぼった。蛍光灯が点々と間をおいて光りを落とす無人の外廊下を歩いていった。三〇六号室のまえに立ち、ポケットの鍵をノブに差す。誰かの手が軽く肩にのせられ、小峰は全身の毛が逆立った。

「あんた、小峰渉さんだろ」

のどの奥ですり潰したような重みのある声だった。小峰は恐怖で振り向けなかった。複数の人間の体温と視線を、背中に熱く感じる。

「どうなんだ。小峰さんだろと、きいてんだ」

表札にはローマ字でKOMINEと入っている。部屋の鍵を開けようとしているのに、今さら他人の振りはできなかった。小峰は振り返るといった。

「いったいなんの……」

肉の厚い男たちが三人、小峰を取り巻いていた。黒と原色を組み合わせた悪趣味なヤクザファッションが目に飛びこんだ。フリーザーのなかの肉の固まりでも見るように、男たちは冷たい視線をらきし弱い。

集めている。小峰は急に丁寧語になった。映像青年だった小峰は、屁理屈は立っても、暴力にはか
「……用ですか」

中央に立つ黒いスーツの男が、唇の端をあげた。笑っているのかもしれない。

「うちの組の賭場に手を出しといて、なんの用かはねえだろう。にいちゃん、顔貸せや」

(うちの組……こいつら羽沢組か……なぜ、こっちのことを知ってるんだ……襲撃計画は実行犯四人以外、漏れるはずがないのに……)

訳がわからないまま、小峰の頭のなかで考えが浮かんでは消えた。正面に立つ黒いスーツの男は、三人のなかでも年上のようだ。小峰に目をすえたまま、不思議そうな表情でいった。

「余裕かましてんじゃねえぞ、小峰さんよ」

なにもいえなかった。ヤクザ三人の視線は、アイスピックのように顔面に刺さってくる。男は薄く笑った。

「その場でバラさん限り、社長からはなにしてもいいといわれてんだ。おとなしく、顔貸せ。それとも、ここで痛い目に遭うか」

両脇に立つ闘犬のような男ふたりが、半歩踏みだし圧力をかけてくる。小峰は正面を向いたまま、必死で視線をマンション外廊下の左右に泳がせた。日曜日の夜八時、閉まったままの扉が無表情に並び、通路に人の気配はない。こんなときでも、プライバシーだけは万全だ。

「ブルって返事もできねえか」

男にいわれるまで、自分の足が震えていることさえ気づかなかった。震えながら、小峰は計算した。大声をあげて助けを呼べば、誰か顔を出すかもしれない。だが、警察ざたになることは、なんとしても避けたかった。自分は現金強奪の共犯だ。村瀬の死も目撃している。第一、恐怖で閉まったのどからは、叫び声をあげることさえ難しいだろう。小峰は自分に度胸のかけらもないことがよくわかった。体裁をつくろうのが精一杯だ。深呼吸して、ようやく絞りだす。

「わかりました。案内してください」

黒いスーツの男は満足そうにうなずき返した。小峰はかすれた囁きを、他人の声のように聞いた。


左右からぴたりと羽沢組の組員に身体を寄せられ、ワンルームマンションを出た。蛍光灯が冷たいエントランスの正面に、パールホワイトのトヨタ・セルシオが停められていた。兄貴分が助手席に、後席に小峰をはさんで若衆ふたりが乗りこむと、クルマは静かに滑りだした。要町通りから西口五差路を左折し、常磐通りへ。池袋西口の日曜夜の華やぎを、澄んだガラス越しに小峰はまぶしく見た。デートの最中のカップルや着飾った学生たちが、昼間より明るいネオンを浴びて、八月の夜を散策している。二度とこの風景を拝めないかもしれない。そう思うと、なぜか小便をしたくてたまらなくなった。

兄貴分が笑っていった。

「人間、とことんびびると下の筋肉が効かなくなる。あんた、結構度胸あるな。その席に座ったまま、ズボンのなかに糞を漏らしたヤクザもいたよ」

小峰は返事さえできなかった。声を出せば、余計なものも出てしまいそうだったのだ。

JR山手線と東武東上線の鉄路を下に見て池袋大橋を渡った。清掃工場の多角柱の柱が、なにかの記念碑のように明るい夜空に白くそびえていた。セルシオは陸橋の坂をおりると、すぐにUターンした。高架わきの道をゆっくりと進んでいく。そこは文芸坐が閉まってからは、小峰も足を運ぶことがすくなくなった東口歓楽街の先にある、さびれたオフィス街だった。

ちいさな交差点の角、エンジ色のタイル張りのビルのまえでクルマは停った。歩道に面した壁面にはB－1ビルと銀の文字がはめこまれている。

「おりろ、おかしな動きをするんじゃねえぞ」

兄貴分が低い声でいった。小峰は両側から抱えられるようにすりガラスの入口を通った。三畳ほどの狭いロビーの横に壁面と同じサンドベージュで塗られたドアが見える。ドアの横には㈱氷高《ひだか》クリエイティブと彫られたプラスチックのプレートがさがっていた。

「こっちだ」

鉄製の扉を抜けると無人の受付カウンターで、その向こう側はマッキントッシュのタワー型パソコンとモニターがずらりと並ぶ事務所だった。坊主頭や金髪の柄の悪い男たちが、キーボードにむかい背を丸めている。キャンディカラーの筐体《きょうたい》がひどく場違いだ。オフィスは渋谷や青山にあるデザイン事務所のような造りだった。違っているのはモニターに映る映像で、最新型の自動車や情報家電の代わりに、風俗嬢のヌード写真が輝くように浮かんでいる。兄貴分は楽しげにいった。

「おもしれえか。うちは池袋の風俗のチラシを一手にデザインしてんだ。近頃じゃヤクザだって、デジタルが使えなきゃ話にならねえ」

散り際のサクラのように街のどこにでも落ちているチラシは、こんなところでつくられているのか。小峰はしびれた心の表面で苦笑していた。胸の谷間を強調した藤原紀香の写真の下に、60分1万4千円、2回戦ＯＫの文字が躍っている。無許可で使っているに違いないデリバリーヘルスの広告だった。

オフィスの奥はパーティションで仕切られた会議室で、兄貴分は狭くなった通路を進んでいく。窓のない薄暗い非常階段が突きあたりに見えたとき、小峰の心臓は痛いくらいに弾みだした。引きずられるように地下へ通じる階段をおりる。建物に入ってから男たちは、隠しもせずにしっかりと小峰の腕を抱えていた。Ｐタイルに落ちている黒い染みが誰かの古い血液に見える。小峰の全身が震え始めた。

カンカンと金属の扉をノックして、兄貴分が声をかけた。

「失礼します、社長。小峰とかいう野郎を、連れてきました」

ダブルドアの片方がきしみながら開いた。視界の端に横たわった男の足先が飛びこんでくる。プーマのトレーニングシューズ、紺のシャリパン。間違いない。死んだ村瀬が手配した襲撃犯のひとり。あの間抜けなスキンヘッドだ。

「よくきたな。あんたが小峰渉さんか。なんだ……年は三十三で、横浜生まれか」

むきだしのコンクリートで囲まれた地下室だった。湿った砂の臭いがする。スキンヘッドが倒れている床も打ち放しで、部屋の隅には排水用の溝が切ってあった。天井にはフックがボルトで固定され、なにに使うのかわからないが、そこから滑車とチェーンがさがっていた。

「あんたは、このガキと違ってカタギの人間のようだな。それが、どうしてウチのあがりに手を出した?」

奥の壁際に置かれた病院用のパイプベッドに腰かけた男が、コピー用紙から目をあげた。オールバック。広いのか薄くなったのかわからない額。どこか遠い、疲れた目をしている。ヤクザというより、中堅企業の総務部長にでも見える中肉中背の中年男だった。地下室の薄暗い四つ角には、四人の組員が手をまえにあわせ立ちつくしている。どの顔からも表情は消されていた。

小峰は部屋の中央でうしろ手錠をかけられた。兄貴分にひざの裏を軽く蹴られる。自然に正座の形で、中年男を見上げることになった。

「そこで寝てるガキは坂田とかいうらしいが、要領を得ないから少々手荒なことをした。小峰さん、あんたは大人だ。なにがあったのか、あんたたちが描いた絵を話してもらおうか」

スキンヘッドの名は坂田というのか、小峰には初耳だった。拷問などされたら、自分はなんでも吐いてしまうだろう。痛い目を見るまえに、すべてを話すのが得策だ。

「狂言強盗の話は『セブンライブス』の店長から、組織に属さずシノギを張ってる村瀬という男へもちこまれた。村瀬は襲撃犯四人を手配した。主犯は村瀬、銃撃役の男、見張り役にぼくとそこで倒れている奴。今聞くまでは、そいつの名前も知らなかった」

中年男は満足そうにうなずいた。

「なるほど。縁もゆかりもない他人同士の強盗団か。その村瀬というチンピラも、もうすぐここにやってくる。肝心の金はどうした？」

一瞬小峰は中年男がなにをいっているのかわからなくなった。村瀬がくる？　だって、この男は村瀬が殺されたことを、まだ知らないのだ。

「ちょっと待ってくれ。なぜ計画がばれたのか、教えてもらえないか」

背中のあばらの右下、腎臓を正確に誰かに蹴られた。一撃で冷たい汗が噴きだす。

「質問をするのはこちらだ。まあ、いいだろう、教えてやる。今夜七時、会社にファックスが送られてきた。Ａ４の紙切れ一枚に、襲撃犯の氏名と住所、年格好なんかが要領よくまとまっているな」

小峰は痛みに身体を丸めながら考えていた。七時といえば、まだ村瀬は銃撃役に撃たれてはいない。鈴木の裏に誰か別な黒幕がいるのだろう。あの臆病な男にこれほど鮮やかな手際が見せられるはずがない。今はこちらが知っていて相手が知らないことを、最大限に生かすときだ。下手を打てば、この場で殺される可能性もある。小峰はベッドの男の視線を捕らえていった。

「失礼だが、あなたの名前は？」

中年男の右手に立つ組員が無言で飛びだしてきた。

「待て！」

張りのあるひと声に、殴ろうと振りあげたこぶしが停止する。流行のストリートファッションを着こなした小柄な若い男は、定位置に戻り再び両手をまえで組んだ。なにもなかった表情を浮かべている。中年男がいった。

「まあ、これからのこともある。私はこの氷高クリエイティブの社長で、氷高善美《ひだかよしみ》だ」

この男が池袋有数の組織暴力団、関東賛和会羽沢組の財務担当か。村瀬に聞いた覚えがある。小峰は氷高から裏世界の暴力的な雰囲気を感じなかった。すくなくともこの場で死ぬようなことはなさそうだ。小峰の舌は安心で一気に滑らかになった。

「氷高さん、あなたも含めて、ぼくたちはみな、いいように遊ばれている。本当に得をした奴は他にいるんだ。村瀬はもう、とっくに死んでいる」

氷高は広い額にしわを寄せ、怪訝《けげん》な表情を浮かべた。コピー用紙を目の高さにあげたまま腕を組む。殺風景な地下室に携帯の着メロが流れた。モーツァルトの交響曲三十九番、第一楽章の序奏に続くアレグロの最初のテーマだった。小峰は東北の温泉旅館のイメージビデオで、燃え立つ紅葉の奥羽山脈の絵にその曲をあわせたことがある。氷高は内ポケットから、携帯を取りだし耳にあてた。

「どうした?」

目が細められ顔色が変わるのが、小峰にもわかった。しばらく話を聞いて、低く返事をかえし、氷高は眉を寄せ考え始めた。相手の心が決まらないうちがチャンスだ。小峰の声に熱がこもった。

「銃撃役の男が村瀬を撃ち、金をすべて奪った。ちょうどファックスが送られてきた時刻だ。そいつのフルネームと住所は書いてあるのか。確かめてくれ、銃撃役の男の名は鈴木といった。氷高さん、よく考えてほしい。確かにぼくたちは狂言強盗を働いたが、本当にいい目を見てる奴が他にいる。そいつは仲間を売り、自分だけ金をにぎって逃げのびようとしている。こちらを密告し、拘束させることで、保険をかけていったんだ。その誰かさんは、あんたの店の金を奪ったうえ、あんたを猟犬代わりに利用している。今ごろは大笑いしてるはずだ」

いいすぎたかもしれない。死角のどこかからくる一撃に備え、小峰は身体を硬くした。氷高が自分にいい聞かせるようにいった。

「確かに、村瀬の事務所のある建物は警官でいっぱいで、近づけないらしい。非常線が張られてるそうだ。おまえのいう通りなら、死体が見つかったんだな。鈴木なんて名前はこのファックスにはない。この紙にある関口というのは、幻の四人目になるな。おい、サル、堀田を呼びだせ。やつが関口の担当だ」

そういうと氷高は携帯を、先ほどの小柄な手下に放った。小峰はさらにたたみかけた。

「ぼくは村瀬が撃たれるところを目撃した。今夜遅くにでも、今朝の現金強奪と村瀬の殺人で使われた凶器が同じ拳銃だと、警察から発表されるはずだ」

氷高は疲れたような笑顔を見せた。

「なるほどな、あんたもこの場を切り抜けるのに必死だな。取り分はいくらだったんだ」

小峰はうつむいてこたえた。

「一千万」

「そうか。残念だったな。おい、はずしてやれ」

うしろに立っていた兄貴分が手錠の鍵を開けた。意味がわからずに手首をさする小峰に、氷高が笑いを含んだ声でいった。

「このど素人が。ヤクザがすぐに人を殺すなんて思ってたのか。おまえの死体なぞ一銭にもならん。

さっさとそこにサインして、拇印押せ」

目のまえにクリップボードを差しだされた。コンピュータのプリントアウトでつくられた借用証書だった。印紙も貼られ、氷高クリエイティブの社判も押されている。正規のものに間違いないようだった。小峰は金額の欄を見て、目をむいた。
50、000、000円!
「せいぜい一生懸命働いて借金を返すんだな。雇われ店長の平山も、そこで寝てる坂田も、頭の切れるおまえも、残りの一生は全部おれのもんだ。生かさず殺さず、働かしてやる。小峰よ、うちの組で雑巾がけから始めてみるか」

小峰は借用証書に並ぶ数字のおおきさに、目のまえが真っ暗になった。今日はとんでもない一日だった。朝一千万儲けそこね、夜にはその五倍の借金を、ヤクザから背負おうとしている。氷高は唇の端をねじ曲げ、楽しそうにいった。

「うちはサラ金や商工ローンより、ずっと良心的だ。利息は年二十%にすぎない」

小峰はうわの空で聞いていた。それでは毎年一千万ずつ返済しても、元金は一銭も減らない計算だった。この借用書に拇印を押せば、文字通り氷高に一生こき使われる。風俗街で一晩中立ちつくす看板もちや、警官の目を盗んで電話ボックスにこそこそとエロチラシを貼る灰色の生活が頭をかすめた。

目のまえで自分の未来がぎりぎりと閉ざされていく絶望的な感覚を、小峰は生まれて初めて味わっていた。まだ無限に続くと思っていた人生が、壁にあいた虫食い穴のようにちいさく暗くしぼんでいく。この場で死ぬのと、いったいどちらが楽だろうか。

「逃げようなんて思うなよ。横浜市中区、いいところじゃないか。おまえの実家の住所も、この紙切れには書いてある。年の離れた妹は大学生だそうだな。おまえが消えれば、この借用証書は両親にまわるだけだ。妹をソープにでも沈めるか」

氷高はもう隠さずに笑っていた。バックれることさえできない。小峰の進退はきわまった。それでも自分の度胸のなさはわかっている。手ひどく殴られ、無理強いされるまえに、あっさりと拇印を押し、おれは人生を売り払うだろう。自分にはカメラをまわし、主役の誰かに臭い演技をつけること以外、なにもできなかったのだ。その映像制作だって中途半端なままだった。狂おしいほど熱中したバクチにも、才能のかけらさえなかった。

「さっさと押せ。おまえには迷う権利などない。うちの組織の金に手を出したときから、おまえはドツボにはまっていたんだ」

氷高は判決を下すようにいった。小峰は差しだされた朱肉のうえで、ぐるりと親指の腹をまわした。借用証書に指先をつくと、若い組員がもつクリップボードがすこしだけ沈んだ。渡された万年筆でサインする。

書き慣れた三文字の名を記したとき、小峰の腹の底でちいさな怒りに火がついた。本当に氷高のいう通りなのだろうか。人を虫けらのように扱うこの男こそ、子飼いの店長にカジノバーの売り上げ一億四千万円を盗まれた間抜けではないのか。そんな奴に自分は一生を売り渡そうとしている。本当にそれでいいのか。万年筆を返すと、小峰は静かに口を切った。それは自分でも思ってもみなかった言葉だった。

「氷高さん、確かにあんたはおれたち三人の人生を担保に、一億五千万回収できるかもしれない。だが、組織のメンツはどうなるんだ。今ごろ池袋の街じゃ噂のネタになってるんじゃないのか」

そこで一度息をつき、小峰は氷高の目をまっすぐに見あげた。

「羽沢組のボンクラが、まんまとカジノのあがりをさらわれた。警察に届けることもできずに泣き寝入りだとな」

地下室の暗い四隅から男たちが駆けてきた。両手で頭をかばう小峰の胸に、横腹に、太ももに、つま先とこぶしが飛んでくる。小峰は悲鳴をこぼさないように、歯を食いしばって耐えた。全身に熱い痛みの雨が降る。

「もう、よせ」

氷高のあきれたような声がした。男たちの動きはぴたりととまり、定位置に戻っていった。氷高はパイプベッドから腰をあげると、ひざまずいたままうなだれている小峰のまえにしゃがみこんだ。

「なあ、小峰さんよ、おれたちを怒らせて、なにがしたいんだ。ただ殴られたかった訳じゃないだろう」

小峰は無傷の顔をあげた。さすがに玄人は目に見える場所を痛めつけはしない。

「ぼくを使ってみないか。組の雑巾がけじゃなく、消えた一億四千万円を回収するために。あんたのところの組員に、銃撃役の男の顔を見ているものはいない。ヤクザでは相手が怖がって話を聞けないこともあるだろう。ぼくの頭が切れるかどうかはわからないが、そのへんに立ってる間抜けよりは、遥かに使えるはずだ」

氷高はにやにやと笑いだした。

「聞いたか。こいつは、おまえたちのことを間抜けといいやがった」

男たちは険しい顔で視線を小峰に集めている。氷高がいなければ八つ裂きにされそうな雰囲気だった。氷高は部下を一喝した。

「笑え。おまえたちも、笑うんだ。この抜け作ども。それで、小峰さんよ、あんたのほうの条件はなんだ」

「もし、ぼくが黒幕を探しだし、金を回収できたら、借金をチャラにしてほしい」

氷高は右手をあげると、小峰の頬を軽く二度さするように叩いた。

「おもしろいな。聞いたか、おまえたち。この男のほうが、おまえらよりずっと交渉の仕方を知ってる。いいだろう、小峰さん、あんたが成功したら、借金は棒引きにしてやる」

ここで引き下がる訳にはいかない。殴られた分を取り返すのだ。痛みなど感じていない振りをして、小峰はいった。

「もうひとつある。今朝の稼ぎと同じ一千万円の成功報酬をつけてくれないか」

背後から叫び声があがった。

「社長、こんな奴、ここで殺《や》らせてください」

雄叫《おたけ》びがいくつか続いた。氷高は驚いたように、小峰を見つめている。皮肉な口調でいった。

「なあ、週末は月に何回あるか知ってるか。一億や二億さらわれても、うちの屋台骨は揺るぎもしない。いいたい奴には、いわせておけばいい。考えてもみろ、うちの組織が変な騒ぎを起こして警察に目をつけられ、カジノバーを探られるほうが死活問題なのさ。上客がぶるって、店に近寄らなくなる」

氷高は眉を軽くあげ、愉快そうな表情を見せた。

「だが、今のおまえの提案は、このところしばらくなかったくらい笑わせてもらった。いいだろう。組からでなく、おれのポケットマネーから一千万やろう。せいぜい気張って、鈴木とかいう野郎を探すんだな。その代わり、期限は今月いっぱいだ」

立ちあがりざま、氷高は裏拳で鋭く小峰の頰を打った。痛みよりも、じかに骨を通じて聞こえる打撃音が耳の奥に残った。氷高はパイプベッドに戻るといった。

「おまえには、この斉藤富士男をつける。サル、堀田のほうは四人目を見つけたか」

先ほどの背の低いチンピラが、氷高に携帯を戻しながらいった。

「いいえ。あの住所には、関口なんて家はないそうです」

「そうか。こいつの動きは、毎日報告入れろ」

正面を向いたまま、だぶだぶの黒いパーカを着た組員は腹から声を出した。

「はい」

サルと呼ばれたチビの若造を見あげた。下腹で組まれたちいさな左手の小指の先がないことに、小峰はそのとき気づいた。

氷高が地下室を出ると、男たちの姿も半分になった。見張り役の坂田はコンクリートに横になったまま、ときおりうめき声をあげている。斉藤が近づいてきて、軽く小峰にうなずいた。

「立てよ」

しびれた足で小峰は立ちあがった。今ごろになって、打たれた部分がうずき始めた。最初は熱くて、しばらくして痛みに変わる。人に殴られたのは映像プロダクションでADをしていたとき以来だった。小峰は斉藤に恐るおそるいった。

「これからどうすればいいんだ」

斉藤はおかしな顔をする。

「それはあんたの自由だ。奪われた金を追うんだろ」

「組関係の宿泊場所とかにいかなくてもいいのか」

斉藤は鼻を鳴らした。

「面倒くせえ。大の男の暮らしにいちいち注文つけてられるか。あんたのヤサも実家もばれてんだ。それよりこんな部屋早く出ようぜ」

ちいさな肩をそびやかせ斉藤は先に立って、廊下を歩いていく。身長は小峰のあごくらいしかなかった。たぶん百五十五センチ程度だろう。段ボール箱の積まれた階段の踊り場で立ちどまると、小峰を振り向いていった。

「それにしても、さっきのは傑作だった。どの組織でも同じかもしれないが、うちの組もほとんどのやつはただぶらさがってるだけだ。あんたのいう通りさ。どこもかしこも間抜けばかりだ」

マッキントッシュが並ぶ事務所を通り抜けると、何人か残っている男たちが斉藤に挨拶した。目線を合わせたままあごでうなずく。どうやらこのチビは、若くても一目置かれているようだった。壁のホワイトボードの自分の欄に、背伸びするようになにか書きつけている。

（小峰と夕食後、直帰）

斉藤サルはマーカーを置くと、照れたようにいった。

「社長の管理が厳しくてな。晩飯はひとり千五百円までだ。あんたなに食いたい？」

小峰とサルは氷高クリエイティブの建物を出ると、交差点を渡り、池袋東口の風俗街に入った。小型トラック一台で通りがふさがる一方通行路の両側で、のぞき部屋、ストリップ、ヘルス、テレクラ、アルバイトパブなど怪しげな店が、うるさいくらいにネオンサインを夜空に張りだしている。夏の柔らかな空気のせいか、新宿歌舞伎町のようにとげとげしい雰囲気ではなかった。男たちも客引きも、池袋ではどこかあか抜けず、おっとりしている。

この通りで唯一文化的な雰囲気を放っていた文芸坐は、とうに廃館になっていた。大学生のころ黒沢明の回顧上映展を観にきて、『七人の侍』や『用心棒』の迫力にたまげたのが、つい昨日のような気がする。サルの背中から声がした。

「あんた、金を回収するなんていってたけど、あてはあるのか」

小峰はため息を押し殺した。

「いいや。おたくの社長と話しているうちに、むやみに腹が立ってきて、思わずああいった。どうするかな」

黒いナイロンパーカの背中が揺れたようだった。短い笑い声が聞こえた。

「ふん、それもいいかもな。八月いっぱいは時間稼ぎができるもんな。組織をどう思ってるかしらないが、なかにはいっちまえば会社みたいなもんだ。さっきの度胸を見ると、案外あんたは向いてるかもな」

そういうとサルは、金券ショップとミカドというヌード劇場のあいだの狭い路地を、左に曲がった。

「冷やし中華と黒豚餃子のうまい店があるんだけど、そこでいいか」

小峰は不思議に感じていた。歩いては帰れないほど痛めつけられると思っていたら、組の金で冷やし中華をおごるという。だが、これから自分は一生かけて五千万という大金を返していくのだ。その程度の晩飯ではとても元が取れるとはいえなかった。

路地のなかほどまで歩くと、前方左手の斜め上空からドスの効いた叫び声が降ってきた。小峰は「エロチックパブ　パラダイスヴァレー」とピンク地に黄色で抜かれた看板を見あげた。

「さっさと払え、一度死んでみるか。このドスケベ」

モルタル二階建ての狭い階段から、ボーイ姿の男とサラリーマン風の二人組、そのあとに黒いズボンに原色の開襟シャツを着た男たちが三人続いた。なかのひとりが、サルに気づくと軽く挨拶してよこした。サルはあごの先だけでうなずき、そっぽを向く。

サラリーマンは店の裏手の駐車場に、肩を小突かれながら連れていかれた。小峰は小声でいった。

「あいつら、これからどうなるんだ」

「さあな、キャッシュカードを抜かれて、暗証番号をいうまでボコられるんだろうな」

「あれも、あんたのところの社長の店か」

サルは道端につばを吐いていった。

「いいや。今どき暴力パブをやるほど、氷高さんは間抜けじゃない。だが、恥ずかしい話、同じ羽沢組の系列だ。あそこは羽沢組系岩谷組の店だ。うちが博打と経済なら、あっちは暴力とエロ。直系の組のなかでは二大派閥になる。本家のおやじももう年だからな」

店の裏から、骨を打つ音と男の泣き声が聞こえた。路地を歩く人間は、誰も気にかけようともしない。のどかな池袋の夜だった。サルは皮肉に笑った。

「岩谷の叔父貴のところは、池袋の東口西口に合わせて十軒近く網を張ってる。三カ月おきに店の看板を張り替えてな。あんたも気をつけたほうがいいぜ。なかに入って、腐ったスツールに尻をのせただけで、預金口座がすっからかんになる」

サルは油染みで、段ボール紙のようになったのれんをくぐると、目あての中華料理屋にはいっていった。

組のおごりで夕食を済ませると、小峰とサルは路地に戻った。中華料理屋を出るとき、サルは氷高クリエイティブの名義で、しっかりと領収書を受け取っている。サルは明治通りまで歩き、豊島区役所の手前でタクシーを停めた。

「乗ってくれ。あんたの部屋を見ておきたいんで、おれもいっしょにいく」

ノーとはいえない調子だった。小峰はうながされ先にタクシーに乗りこんだ。明治通りを左折したタクシーは、池袋大橋をアクセルを目一杯踏みこんで疾走した。陸橋から見る駅のうえの夜空は明るく、池袋のビル街は光りのドームをかぶせたようだ。

サルは小峰と同じように左側のウインドウに目をやって、ぽつりといった。

「なあ、すっカタギのあんたが、なぜあんなことに手を出した？　おれには、あんたはひどくまともに見えるよ」

小峰は自分でも不思議だった。カジノのあがりを狂言強盗でごっそりいただく。村瀬から話を聞いたときには、完璧な計画のように思えたのだ。実際に、襲撃は予定通り運んだ。銃撃役の裏切りさえなければ、今ごろは五千万の借金を背負うことも、組から見張りがつくこともなかっただろう。

小峰はうめくようにいった。

「バクチだ」

サルが薄暗い後席で、小峰を見つめた。

「それがどうした」

段差を越える振動が、規則ただしく尻に伝わる。小峰は疲れきって、前方の車窓に延びる黒いアスファルトを見つめていた。ぽつりとサルにきく。

「あんたのことを、なんて呼んだらいいんだろう。斉藤さんでいいか」

「いいや、サルでいいよ。みんな、そう呼んでる」

サルはそっぽを向いたままそういった。そっけない口調に、小峰は初めてこの羽沢組組員に幼さを感じた。

「サルさんは、ギャンブルはやらないんだろう」

「ああ。ヤクザなんて、人生がギャンブルだからな」

「散々すったついてない夜の明け方、いちかばちかで最後の大勝負を張る。その瞬間はすべてのマイナスを、この一番で取り戻せるかもしれないと思うんだ。でたらめに気分はハイになる。だが、無茶な勝負をかけて、いい目がくるはずがない。結局はとどめの痛手をくらって、朝の街に出る」

「ふん」

サルは鼻息だけで返事をした。小峰は自分自身をあざけるように続ける。

「そんなときは、熱い温泉にでもつかったみたいに、ぴりぴりと全身がしびれてる。どこか甘ったるいセンチな気分になるんだ。自分はやっぱりだめだ。どん底に落ちて初めて、そう安心する。それでも、わかってるくせに、何日かすると、新しい夢を見にカジノに出かけるのさ」

街灯の光りが小峰のほうを向いたサルの顔をよぎった。

「負け犬になってほっとするか……あんた、いつかバクチで死ぬな」

「そうかもしれない。今回の狂言も、明け方の大勝負みたいなものかもな。一発当てて、すべての負けを取り戻す。それにしたって、プラマイゼロの最初の場所に帰るだけなんだが」

サルは無表情にサイドウインドウを見ていた。陸橋のしたを埼京線の電車が滑っていく。車両の明かりが線路ぎわの砂利を照らしてすぎた。

「度胸もなかなかだし、頭も切れる。だけど、あんた、なにか大事なもんが一本抜けてんな」

「そうかもしれない」

十歳以上も年下のヤクザにいわれて、素直に小峰はうなずいていた。足りないなにかを探すために、自分はギャンブルにのめりこんだのだろうか。今のところ、社会のはしごをでたらめな勢いで駆けおりるだけで、なにも見つかってはいなかったが。

だが、それももう終わりに近づいている。自分の人生は最後まで氷高にしゃぶられるだろう。どうせ金など取り戻せるはずもない。これ以上は命を取られる以外、落ちる先はないのだ。

小峰は新たなどん底を、他人事のように感じていた。

要町のワンルームマンションのまえで、タクシーは停った。小峰は無人のエレベーターホールを、先に立って進んだ。三階でエレベーターをおり、三〇六号室の扉を開ける。

「なかを見たいんだろ。あがってくれ」

サルは編みあげのワークブーツを脱ぐと、ユニットバスと洗濯機置き場にはさまれた狭い廊下を、奥に向かった。小峰の部屋はロフトつきのワンルームで、広さは八畳ほどのフローリングである。赤いソファベッドは延ばしたままで、タオルケットが床に半分たれていた。目につくのは壁の一面を占めるワイヤーラックで、千枚を超えるＤＶＤディスクとプレーヤー、32インチのワイドディスプレイ、それにロケハンなどに使うデジタルビデオカメラなどが雑然と並んでいた。

サルは周囲を見渡していった。

「あんたが映像作家だというのは、嘘じゃないみたいだな。こっちの世界の奴はフカシばかり多くて信用できないんだが」

サルはアルミサッシに面した机に移動した。デスクトップにはノートブックパソコンと留守番電話が置いてある。録音メッセージを示す赤いＬＥＤが点滅していた。サルはためらうことなく、再生ボタンを押そうとした。

「ちょっと待ってくれ」

小峰が声をかけたが、サルはあっさり無視した。ボタンを押すと、振り向いていう。

「今月いっぱい、おれとあんたのあいだには、秘密なんてない。覚悟しといてくれ」

電話機から中性的な合成音声が流れた。

「メッセージが二件あります」

マイクロテープが巻き戻され、再生が始まった。

「よう、おれだ。また今夜もカジノ遊びか。例の『ラス・ヴェガス』のボンボンから、うまく金を引っ張れそうだ。ただ障害がひとつ残ってる。地元のデザイン会社の社長で、パチンコチェーンの広告を仕切ってる奴がいるんだが、そいつがうるさくかんできて、顧問料だか広告費だかをよこせといってる。チラシしかつくってないくせに、千五百万ピンはねしたいとさ。屁理屈の立つ男で、ボンボンの信頼が厚いんだ。近いうちにきてくれ、そいつをなんとかこの話から、ひっぺがさなきゃならない。それじゃ、また電話する」

サルは小峰の目をまっすぐに見ていった。

「この男は誰だ？」

「まあ、座ってくれ」

そういうと小峰は浅くベッドに腰をかけた。サルは机のまえのスチールパイプとカフェオレ色のなめし革でできたイタリア製の椅子に座った。なにからいうべきか、慎重に言葉を選び、話し始めた。

「今の男は、駒井光彦《こまいみつひこ》。大学の映像研究会でいっしょだった友人だ。卒業後はプロダクションにはいって、プロデュース業をやっていた。今はフリーで資金集めをしている」

サルは訳がわからないという顔でいった。

「それで、さっきのはなんの話だったんだ」

「仕事だよ。ぼくだってカジノ遊びだけしてるはずがない。サルさん、日本で一年間につくられる映像ドラマの本数は知ってるかい」

サルは黙って首を横に振った。

「劇場公開の映画で百数十本、ビデオドラマを入れたら、どのくらいになるか見当もつかない。そのうち、映画会社やテレビ局が資金を出してるのは、一部分だ」

「なるほどな」

「駒井は金持ちを見つけては、映画かビデオでもつくらないかと口説き、金を出させる。税金対策になるし、ときにはクズ企画が大当たりして、思わぬ金が転がりこむこともある。こっちには映像制作や配給会社にコネがあるから、実際の映像化はお手のものだ。年に何本か、こんな仕事をやって、ぼくは食べてる」

それで気が済むだろうと思ったが、サルはしつこかった。

「『ラス・ヴェガス』のボンボンって誰だ？」

小峰はうんざりしていう。

「仙台で十五、六店のパチンコ屋をやってるチェーンの二代目だ。東京の坊ちゃん私大の広告研究会出身というカモだよ。芸能界とか芸術とかに弱くて、自分は不運にも地方にくすぶってるなんて思いこんでるな」

サルはにやりと笑った。

「そのボンボンから引っ張るのは、いったいいくらなんだ」

「六千万。映画では低予算だが、ビデオなら大作だ」

口笛を吹くまねをして、サルは椅子をまわした。

「ちょうどあんたの借金五千万と、報酬の一千万を足した額だな」

確かにいわれてみれば、その通りだった。制作資金を持ち逃げする、一瞬頭のなかをその考えが走ったが、小峰はあわてていった。

「だめだ。そんなことをすれば、信用をなくして、一生映像の仕事はできなくなる。今さら、他の仕事に就くなんて不可能だ。ぼくは三十をすぎているんだ。それに今一本原作を押さえてある。池袋のストリートのガキの話で、まあちょいと変わっていておもしろい。駆け出しの作家の本で、あまり売れてはいないみたいだがな」

サルの笑顔がおおきくなった。歯をむきだすと確かに、上野動物園で見たニホンザルに似ているようだ。

「やっぱり、あんたが現金強奪なんてヤマに手を出したのは信じられないよ。案外カタいじゃないか」

サルはそういって、再び留守番電話に手を伸ばした。点滅しているボタンを押す。今度は女の声が流れだした。

「あっ、もしもし、携帯の電源切れてるみたいだから、こっちに電話するね。今日大切な仕事があるなんていってたけど、うまくいったの。私、久しぶりに日曜空いてたのにな。これからでよかったら会わない？　じゃ、電話待ってるから」

小峰は、サルから目をそらせていった。

「今のはガールフレンドだ。事情はサルさんにもわかるだろう。それでいいか」

サルは無表情に首を横に振った。

「だめだ。名前は？」

「カンベンしてくれよ」

「ひとりものの男は必ず女のところに逃げると決まってる。手は出さない。だから、女の名と仕事、住所は知らせておけ。ここでおれにいうのが嫌なら、氷高さんに事情を伝えてもいい。社長なら、その女を保証人に立てろというかもしれないな」

ぎらりと目を光らせて、サルがいった。裏世界でしのぐ男の本性がむきだしになった。彼女を自分のトラブルに巻きこむのは吐き気がするほどだが、やむを得なかった。氷高よりは、このサルのほうがましだろう。小峰は覚悟を決めていった。

「わかった。だが、絶対に手は出すなよ。いくらあんたでも、それは許さない」

「おっかないな。ヘマをした自分を恨め。女の名は？」

「秋野香月《あきのかづき》。ぼくの手持ちの女優で、夜は銀座でホステスのアルバイトをしている」

「店の名は？」

「カンベンしてくれ」

サルは無言で小峰を見つめ、圧力をかけてくる。ガンの飛ばしあいで、小峰がプロにかなう訳がなかった。しばらくして、しぶしぶ口を開いた。

「銀座七丁目にある『オルフェウス』という店だ。彼女の住所はそっちで調べてくれ」

一瞬でサルの表情は変わっていた。営業用の威嚇の仮面を脱いで、元の穏やかな顔に戻っている。ヤクザは役者のようだった。変わり身の速さは、ディレクターの小峰でも唖然とするほどだ。サルは上機嫌でいった。

「今夜はもう帰るけど、明日からあんた、どうするんだ」

朝五時から駆けまわり、ようやく自分の部屋に戻った小峰は、緊張の糸が切れかかっていた。突然、暴力的なほどの睡魔が襲ってくる。後頭部を眠りのハンマーでぶっ叩かれたようだった。

「わからない。ぼくは人探しなんて、やったことがないんだ」

サルはあきれたようにいった。

「社長のまえではあんな立派な科白《せりふ》を吐いていたじゃないか。なにもせずにぶらぶらしてれば、おれはそのまま報告するぜ。まね事だけでも、ホシを追う振りをしておけ」

サルはそういい残すと、さっさと玄関にいってしまった。今日は現金強奪犯のまねをして、明日から自分は探偵のまねをするのだ。小峰の頬に浮かんだ自嘲の笑いはすぐに消えてしまった。服を着たままソファベッドに倒れると、意識を根こそぎ刈り取られるように眠りの底にひきずりこまれていった。


眠りの底は深かった。携帯電話の呼びだし音に鼓膜を削られ、深海から浮上するように小峰は目覚めた。急激な覚醒と散々だった前日の疲労が重なり、ソファベッドに起きあがったとたん吐き気に襲われた。テーブルに投げておいた携帯を取る。塩からい唾液を飲みこみ、小峰はいった。

「はい、もしもし……」

「よう、まだ寝てんのか。もうすぐ十時半だぞ。今日はどうすんだ」

サルの声だった。氷高組の事務所で起きたことは、間違いなく現実なのだ。自分は莫大な借金を背負い、銃撃役の鈴木を探さなければならない。小峰は一瞬考えるといった。

「とりあえず『セブンライブス』の雇われ店長に話でも聞いてみよう。サルさんもいっしょにいくんだろう」

「ああ、午後一で迎えにいく。バックれようなんて思うなよ」

「わかってる。ぼくたちのあいだに秘密はないいんだろ。こっちはこれからシャワーを浴びる。見にくるかい」

サルは鼻で笑った。

「ふん。あんたなかなかおもしろいよ。おれの知りあいにひとり、あんたみたいなガキがいる。マコトっていうんだが」

サルの声の背景でキーボードと電話の鳴る音がした。氷高クリエイティブの事務所からかけているのだろう。

「その彼は、うまくやってるかい」

「ああ、まああだ。そう幸せそうには見えないがな。じゃあ、あとで」

小峰は不思議だった。百パーセント幸福な人間を見たことはないが、百パーセント不幸な人間ならすぐに指を折ることができる。それが池袋の街のせいなのか、自分の人生のどん詰まりのせいなのか、よくわからなかった。

寝乱れたソファベッドから立ちあがる。黒の長袖シャツにブルーグレイのパンツはどちらもしわだらけだ。部屋の隅に立てかけた姿見には、疲れ切ったもうそれほど若くはない男が映っていた。小峰は汗で床に張りつく足を引きはがし、バスルームに移動した。

ぬるいシャワーを二十分浴びた。硬く泡立てて頭を洗っていると、ようやく目が覚めてくる。これからどうするか、小峰は真剣に考え始めた。アイディアのないときの企画会議といっしょだった。とりあえずはったりをかましておいて、そのあいだにネタを考える。土壇場でいつもの悪い癖が出て、氷高に銃撃役を探すなどと、柄にもない科白を吐いたのだろう。

タオルで滴をぬぐいながらバスルームを出た。アルミサッシの窓をいっぱいに開く。強烈な夏の日ざしが池袋の街を頭上から抑えつけていた。地面に落ちた影が彫りこんだように深い。空はベニヤに安いペンキを塗りたくったセットのようだった。快晴の月曜の朝、一枚の板のような遠近感のない青さがどこまでも広がっている。

夏の空や澄んだ午前の光りに、なにも感じなくなったのはいつごろからだろうか。青春は勝手に始まり、気がつけば終わっている。死んだ村瀬や現金強奪について考えるのが嫌になった小峰は、ソファベッドに倒れこむと短縮番号を押した。

呼びだし音は五回、留守番電話に切り替わる直前に女の声がする。

「はい、秋野です」

「ああ、悪い。寝てた？　小峰だけど」

「昨日のメッセージ聞いたでしょ。電話待ってたんだよ」

毎夜の酒で女の声はハスキーになっていた。秋野香月にオーディションで初めて会ったときは、舌足らずな小鳥のようなしゃべり方だったのだが。かつてのアイドルの卵は今、ホステスと女優のひとり二役でなんとか毎日をしのいでいる。

「それどころじゃなかったんだ。ちょっとヘマをやって、悪い筋から借金した」

「いくら」

すべてを話す度胸はなかった。だが、氷高組に香月の存在を知られてしまった以上、黙っている訳にもいかなかった。

「まあ、いくらでもいいだろう。そんなことはないと思うが、そっちに話がいったら、ぼくのことなど知らないといってくれ」

しばらく沈黙が続いた。受話器の向こうで、台風が接近するように気圧が下がる気配がする。

「なあに、それ？　またカジノで負けたんでしょう。知らんぷりしろなんて、私のことなんだと思ってるの」

実際にカジノですったくらいならどんなにいいだろう。小峰はなだめるようにいった。

「借金はどうにかなるよ。埋めあわせは今夜するから……会ってくれるか」

また香月は黙った。小峰は耳元に神経を集中する。

「しょうがないわね。どこにいけばいいの」

どこか甘えた声だった。台風はなんとか進路を変えたようだ。

「こっちの用が終わったら電話する。それじゃ、夜に」

小峰は立ちあがると素肌に開襟シャツをはおり、マンションの向かいにあるコンビニへおりた。生きているのが嫌な朝でも、腹だけは減る。

午後一時すぎ、したの通りからクラクションの音がした。バルコニーからのぞくと、黄色いプジョーのカブリオレが見える。運転席でサングラスをかけたサルが手を振った。

「今、いく」

小峰が助手席に腰を落ち着けると、クルマは要町の静かな住宅街を走りだした。幌は開け放ったままで、見あげる空が高い。

「サルさんらしくないクルマだな。ところで、店長はどこの病院に入っているんだ」

「川越街道沿いにある池袋病院。もうとっくに向かってる。あんた、おれがいないととても探偵のまねごとなんてできないな」

まえのクルマを見たまま、あきれたようにサルはいう。

狂言強盗に失敗してから、自分の人生はまるで予測のつかない方向へ転がりだしてしまった。小峰の頭にホイールの外周をぐるぐると回転するルーレットのボールが浮かんだ。左端に0と00が並んだアメリカンタイプのレイアウトも見える。フェルトの緑が深い。これは平山が店長をしていたカジノバー「セブンライブス」の台に間違いない。鮮やかなイメージは、勝手に小峰の脳裏によみがえる直感像の記憶だ。

いつか勢いをなくして、自分もどこかのスポットに落ちていくのだろう。問題はその先に待つのが、血の赤か闇の黒の数字でしかないことだった。負け続けの小峰は、ひじをドアにのせると、投げやりに八月の熱風のなか手を伸ばした。


池袋病院は救急指定になっているが、それほどおおきくはない。首都高速5号線の高架の影にひっそりと建つタイル張りの白いビルだった。横の駐車場にクルマを停めると、小峰とサルは入口正面にある受付に寄った。

平山の部屋を尋ねると、若い看護婦はキーボードを操作し、パソコンで調べてくれた。四階の外科病室。礼をいってサルはエレベーターに向かった。小峰はサルの礼儀正しさを意外に感じ、エレベーターのなかでいった。

「氷高さんの組に入ると、礼儀作法を教わるのか」

サルは不思議そうな表情で見あげてくる。小峰はサルの左手に目をやり、続けた。

「サルさんは指落としてるくらいなのに、けっこうきちんとしてる」

「組織の一員であるまえに、ビジネスマンであれ。氷高さんがうるさいのさ。うちの組じゃ指なんて落としてるのは、おれくらいなもんだ」

サルはゆっくりと変わる階数表示を見ながらいった。

「暴力バーやってる岩谷組の話はしたろ。あそこじゃ借金を期日までに返せなくて、若い衆の小指を十本まとめて落としたそうだ。岩谷の叔父貴は指をゴムバンドでくくって、束にして高利貸しに送りつけたらしい。クール宅急便でな。あんた、小指の値段ていくらだと思う？」

四階についた。扉が開くと病院特有の消毒液くさい臭いがする。小峰は返す言葉を失っていた。

「そのときの借金は二千万だったそうだ。小指一本二百万だな」

サルはにやりと笑うと、エレベーターから踏みだした。皮肉な声が背中から聞こえる。

「岩谷組の金に手を出さなくてよかったな。小指どころか、フィリピンの人間パーツ屋に連れていかれて、生きたまま解体されるとこだったぜ」

病室の番号を確かめながらサルは歩いていく。小峰はあわててあとを追った。

カジノバーの雇われ店長、平山栄三が入院しているのは、長い廊下の右手ふたつめの病室だった。ほぼ正方形の部屋の四隅に四つのベッドがおかれていた。ひとつだけ空っぽで、マットレスの中央にたたんだタオルケットがのっている。

小峰がサルに続いて病室にはいると、左手前のベッドに半身を起こした浴衣姿の中年男が会釈してよこした。間違いなかった。日曜日の早朝、自分に早く逃げろといったあの男だ。あのときと違うのは、左肩に巻かれた分厚い包帯と、鉛色に変わった顔色だろう。

ベッドの横のパイプ椅子には、赤い髪の女が座っていた。色の浅黒い小柄な外国人だ。小峰は村瀬から聞いた平山の犯行理由を思いだした。

(あのオッサン、いい年こいて、若いフィリピーナに惚れこんだらしい)

女は豊かな乳房のうえ半分が見える襟ぐりの深いTシャツに、太ももに張りつけたようなタイトなジーンズをはいていた。よく見ると若い格好の割りには、顔が老けていた。もう三十の坂は越えているだろう。昔は美人で売っていたという感じだ。低い声で平山がいった。

「うえから話は聞いてる。斉藤さん、その男がドジ踏んだ村瀬の仲間のひとりなのか」

「そうだ。名前は小峰渉。氷高さんの命令で、あの男を追ってる。知っていることは、すべて話してくれ」

あの男というとき、サルは人差し指を伸ばし、右手でピストルの形をつくった。平山は重ねた枕に倒れこみ、長いため息をつく。サルがベッドのまわりを囲む白いカーテンを引くと、平山はいった。

「小峰さんだったな、なんの役をやっていた?」

「倒れたあなたの右腕を押えていた。最後に早くいけといわれたのがぼくだ」

「くそっ……村瀬のやつ、裏切り者なんか引きこみやがって。こっちは撃たれ損だ。あんたも、借金背負った口かい」

死んだ村瀬を悼む言葉など、雇われ店長の口からは聞けなかった。軽くうなずくと小峰はいった。

「そっちはどこで村瀬と知りあったんだ」

「客としてちょくちょくうちの店に顔出してた。名前は知らなかったが、そういえばあんたといっしょのときもあったな」

「狂言の話をもちかけたのは、どっちだ」

「おれだ。偶然、ひかり町の居酒屋で隣同士になった。飲んで仕事のぐちをこぼしたら、村瀬は親身に聞いてくれた。それでたまにいっしょに飲むようになり、いつのまにかおれの方から、やらないかといっていた。ああいうやばい話はいったん頭に浮かぶと、もうどうにもとめられなくなる。最後のころは、いつやるかタイミングばかり計っていた」

「他に誰かこの計画を話した人間はいないのかな」

小峰はベッドの向こうに座るフィリピーナに目をやった。彼女はサルと小峰から顔をそむけるように、サイドテーブルに視線を落としていた。その先には金メッキのフレームの写真立てがあり、なかには濡れたらどろどろに溶けてしまいそうな粗悪な印刷の紙が一枚はいっていた。聖母マリアを守るように、ふたりの天使が弓を引き空中に浮かんでいる絵はがきだった。平山の声が丸くなった。

「命がけだったんだ。おれはこのアグネスにさえ、今度の計画に関しては黙っていた。おれの線から話が漏れたとは、とうてい思えない。怪しいのはそっちの方だろう」

アグネスと呼ばれた女は、ひざにおいた手のなかでハンカチを握りしめた。必死の視線で、小峰を見つめ口を開いた。滑らかな日本語だった。

「この人のこと、許してください。お金はなんとか働いて返します。私がニッポンはもう嫌だ、マニラに家を建てて、平山さんと暮らしたいっていいました。半分悪いのは私です。この人だけの罪でない」

平山は無傷の右手を伸ばして、アグネスの柔らかそうな太ももにのせた。五十近い独身男に、十五も年が離れた恋人。映画なら悪くない絵だと小峰は考えていた。平山の声が一段低くなり、怒気がこもる。

「それで、おれと村瀬をこんな目にあわした野郎は、どんな面してるんだ。おれはもう一生浮かばれないが、そいつが金をもって悠々と暮らしてるなんて、絶対許せねえ」

鈴木がカジノバーの雇われ店長を撃った早朝のひかり町のシーン、村瀬を殺して分け前をすべてさらった夜の上池袋のシーン。どちらの場面も、小峰の脳裏には現像を済ませた十六ミリフィルムのように鮮明に刻まれていた。その場面からいくつか引きだし、銃撃役の外見に焦点をあわせる。視覚的な記憶力にも、利点はあった。小峰は機材の助けを借りずに、頭のなかだけでフィルム編集ができるという特技をもっていたのだ。

「背は百七十五センチ、体重は八十五キロくらいだったと思う。四十代なかばの太った中年男で、頭は薄く、伸ばした髪を左のこめかみから額を横切るようになでつけていた。例のバーコードハゲってやつだな。ぼくが見た二度とも、流行らないひと昔まえのアイヴィーファッションだった」

サルは腕組みをしたまま、病院のベッドの足元に立っている。小峰の視線を捕らえるといった。

「そいつは二度とも、的をはずしていない。やっぱりこっちの世界のプロなのか」

包帯で巻かれた左肩を浴衣からのぞかせた平山も、ベッドで半身を起こした。小峰は慎重にいった。

「平山さんを撃ったときは、緊張のあまり直前に道端で吐いていていた。村瀬のときは足を狙って目をつぶって撃った。避けようと伏せた頭にたまたま命中したようだ。やつはそのあと、ごめんなさいと頭をさげて泣いていた」

サルがため息をついた。

「そうか……この世界のやつなら噂くらいは伝わってくるものだが、素人じゃむずかしいな」

平山は丈夫なほうの右手で、マットレスを殴りつけた。

「くそっ、そんな臆病野郎のために、おれは一生飼い殺しか。小峰さん、他にそいつの特徴はないのか。顔や、声や、話し方や……もうなんでもいい。もっと決め手になるもんはねえのか」

小峰は記憶のスライドの細部に焦点を移し、鈴木という中年男のイメージを探った。ベッドの向こうに座る平山の愛人は、両手を胸のまえで組み祈るように小峰を見つめている。

ひとつの動作がよみがえった。景品交換所の閉じたシャッターに吐いたあとで、口元をぬぐいながら歩いてきた鈴木。右手の甲にハンマーで殴られたような丸い青痣が残っていた。厚い唇の右斜めしたのあたりにはグリーンピース大のホクロが見える。小峰はその二点を話した。サルは醒めた顔でいった。

「どっちにしても変わらないな。どうせ、やつは今ごろ、どっか遠くへ高飛びしてる。東京はともかく、この池袋には絶対いるはずがない」

平山は力が抜けたようで、また枕に倒れこんでしまった。アグネスだけが、口のなかでなにかぶつぶつと祈りの言葉をとなえていた。視線の先には聖母マリアの絵はがきがある。小峰はうなずいていった。

「たぶんそうだろうな。だけど、ぼくには鈴木がすべての裏切りをおぜん立てしたとは思えないんだ。第一、どうやってぼくや平山さん、それに見張り役の坂田の住所や名前なんて調べられるんだ。ぼくが村瀬からこの話をもちかけられたのは、襲撃の三日まえだ。鈴木にしたって、それはたいして変わらないだろう。ひとりきりですべてを調べあげられるはずがない」

サルは腕組みを解いていった。

「そうだな。やつが村瀬を撃ったのと同じ時間に、サンシャイン通りのコンビニからうちの組にファックスが送られている。鈴木単独のヤマとは思えないな」

平山がなげやりにいった。

「それがどうしたんだ。おれの借金は変わらねえし、『セブンライブス』じゃ店のトップから、最低の下働きに逆戻りだ」

サルは目を細め、平山をにらみつけた。さすがに迫力がある。

「ふざけるな。おまえがくだらない狂言なんて、思いついたせいだろ。生きてるだけでもありがたいと思え」

平山は口を閉じて、視線を包帯を巻いた左肩に落とした。小峰がいった。

「ここで争っていても始まらない。情報が漏れたのはたぶん、鈴木からだろう。村瀬が死に、平山さんと坂田とぼくが氷高組につかまった以上、それは間違いない。気になるのは鈴木という男の臆病さだ」

サルが唇の端を曲げた。

「ようやく探偵らしくなってきたじゃないか」

小峰はサルの皮肉を無視していった。

「村瀬だって裏街道で看板を張っていた男だ。あれほど臆病な鈴木に裏切りをさせるには、村瀬よりはるかに恐ろしい相手がいたんだろう。しかも、そいつは鈴木の弱みをにぎっていて、自由に鈴木を動かせる。それに……」

平山が顔をあげ、すがるように見つめる。

「小峰さん、あんた探偵だったのか。絶対……」

「黙ってろ」

サルが平山をさえぎった。低い声だが、横面を張るような鋭さがある。驚いたようにアグネスがサルを見あげたが、視線はすぐに聖母マリアの絵に戻った。小峰が続ける。

「狂言強盗のどんでん返しを狙ったやつだって時間がなかったのは、ぼくや鈴木と同じはずだ。うまい話とはいえ、危険はある。急に横からかんでくるなんて、そいつ自身もけっこう金に困っているんじゃないのかな」

サルはうなずいた。

「なるほどな。だが、銀行が税金から借金する時代だ。金に困ってないやつのほうがすくないだろう」

小峰はいった。

「それはそうだ。だが、まだある。あとで例の密告ファックスを見せてもらおうと思うんだが、相手はかなりのことを調べあげていたのは間違いない。ぼくの実家や家族構成まで書いてあったんだからな。数日間で同じように四人分の情報を集めたのなら、間違いなく単独じゃなく、四人以上複数の人間を使って手分けして動いているはずだ。事件が銃撃や強盗にかかわるだけに、興信所も警察も使えない。すると……」

「教えてくれ、そりゃどこのどいつだ」

平山は黙っていられないようだった。サルは視線の圧力だけで、色めき立った中年男を抑えるといった。

「あんたのいいたいことはわかった。そいつらは、どっかの組織だといいたいんだろ」

小峰もうなずいて返す。

「そうだ。製造番号を削り落とした銃を簡単に手配できる村瀬より恐ろしく、組織力がある集団。プロの強盗団かもしれないし、暴力団かもしれない。でも、どちらにしても裏世界にいる集団であるのは間違いないだろう。組織だとしたら、それまでのシノギを放りだして、全員で高飛びする訳にもいかないはずだ。なあ、サルさん、裏の世界で金に困っている組織なんて調べがつかないかな」

サルは眉をひそめた。とがったあごの先に手をあてる。

「うーん。むずかしいな。池袋には大小あわせて百を超える組があるが、いくつかを除いて、どこもピーピーしてる。バブルと暴対法以降は、うちみたいな資金力があるほうがめずらしいんだ」

「あの、おれも話していいかな……」

サルを上目づかいで見て、恐るおそる平山がいった。

「あそこはどうかな。北条ファイナンスとか、笠松地所とか、氷高さんの顔でなんとか調べがつかないか」

小峰はサルを見ていった。

「今のふたつはどんな会社なんだ」

サルは平山に薄い笑いを送った。

「さすがに年だけ取ってる訳じゃないな。こんな美人に惚れられるくらいだ」

流し目で祈りの言葉をつぶやくアグネスを見た。サルはいった。

「北条ファイナンスというのは、ヤクザ専門の金融屋だ。うるさい書類審査などなしで、代紋と器量だけ見て、即座に金を貸してくれる。池袋じゃ世話になっていない組織のほうがすくないだろう」

「なるほど。ヤクザの世界にも商工ローンがあるんだ」

サルは苦笑する。

「おいおい、北条のところは、そんな街金よりずっと良心的だ。なんたって客が優良顧客ばかりだからな」

皮肉だろうか。どちらにも取れるサルの言葉に、小峰は尋ねた。

「どういう意味で?」

「銀行にも公庫にも相手にされないヤクザは、裏の金融屋を大事にするものさ。子の組が返せなきゃ、親の組が肩代わりする。堅気と違って自己破産もないし、借金踏み倒すやつなんてめったにいないのさ」

小峰はサルを見直す思いだった。この男、若くてチビだが、よく切れる。池袋で絶好調の氷高組で一目おかれるだけのことはあった。サルはいう。

「元手と人を見る目と度胸さえあれば、裏世界の金融屋は手堅いいい仕事だ。まあ、その三つがそろってりゃ、どでかい都市銀行だって国に借金するほど落ちぶれちゃいないだろうがな」

小指の先を落とした、まだ二十歳すぎの平組員のいいぐさとは思えなかった。小峰は腕組みしたまま、皮肉に笑うサルを見て決心した。この男を、なんとか自分の味方につけよう。あとになって氷高との交渉の場面で、それがどれだけ有利に働くかわからない。

「もうひとつのほうは、どんな会社なんだ」

サルはため息をつく。

「ああ、笠松地所か。こっちは本物の悪徳不動産屋ってとこだ。なあ、小峰さん、法律すれすれの商売をやる店はけっこうあるだろ」

小峰はうなずいた。本番ピンサロ、ファッションヘルス、イメクラ、ＳＭクラブといった風俗系に、カジノバーやポーカー喫茶のような賭博系。池袋の裏を支えるふたつの主力産業が、頭のなかを駆けめぐる。

「ああいう店は当然まともな不動産屋から相手にされないんだ。そこで、たちの悪い仲介屋の出番になる。自分のところも不動産業務をやってるから、契約手続きなどお手のものだ。おれの聞いた話じゃ、笠松のところは五十万で借りた箱を、二百万でまた貸しするらしい。四倍だぞ。笑いがとまらないな。しかも、ああした店は回転が速い。数カ月で看板が代わって敷金・礼金・保証金と、寝てるあいだに洪水みたいに金が流れこんでくる」

小峰にはまるで縁のない世界の話だった。カジノバーには通いつめていても、賃貸契約や大家のことなど考えもしなかった。平山が口を開いた。

「あそこの話じゃ、おれもおもしろいネタを聞いたことがある。社長の笠松はもう七十すぎの年寄りなんだが、えらいスケベジジイで、目白に億ションをいくつかもって、愛人を五人ばかり囲っているらしい。サンシャイン通りのホステスや遊び人の女子高生のあいだじゃ有名だそうだ。半年に一度開かれる愛人オーディションに顔を見せるだけで、帰りは交通費五万いりの封筒を渡されるって話だ」

あきれてサルを見た。サルは薄く開いた目で、病室の白いカーテンを見つめている。小峰はいった。

「そんなうまい話なら、サルさんのところのボスが放っておかないだろう」

サルは片頬で笑った。

「ああ、今、氷高クリエイティブじゃ、資格取得ブームだよ。資格があると給料があがるんだ。普通の会社と変わらない。宅地建物取引や不動産鑑定なんかの資格が、なかでも有望だそうだ。氷高のおやじさんも抜け目ないよ」

小峰は笑っていった。

「それでサルさんも、宅建の参考書読んでるのか。どこの世界でも、組織に属すのは大変なんだな」

サルもほがらかに笑顔で返す。だが、その目には強い光りがあった。

「ああ、そうだ。だけど、どんな組織でもその場の状況より、そいつ個人の力が上ならなんの心配もない。組織なんて鉄棒といっしょさ。ぶらさがってりゃ、苦しくてたまらない。でも一度踏ん張って、鉄棒をまたいじまえば、あとは座ってるだけでいい。別に尻の肉は疲れないだろ」

小峰はサルを見あげた。映像制作の才能に、疑いをもつことさえなかった二十代の自分を思いだす。小峰は若い氷高組構成員の自信がまぶしかった。危うさと同時に、自然に好意を感じた。サルはいう。

「わかった。今のふたつの会社はなんとか調べてみよう。最初のスタートとしては悪くないな。それで小峰さん、つぎはどうすんだ。夏は短いぜ」

「なにも出ないとは思うが、スキンヘッドの坊主からも、話を聞いてみたい。あの坂田ってやつは、どうしてるんだろう。だいぶひどくやられたみたいだが」

小峰がそういうと、サルはにやりと笑顔を見せた。

「やつなら、昨日の夜からこき使われている」

「どこで」

サルが鼻を鳴らした。

「ふん。もちろん『セブンライブス』さ。一晩中皿洗いか、ウエイターでもやらされてんじゃないか」

ベッドに半身を起こした平山の鉛色の顔が、さらに暗くなる。ぼそりといった。

「おれも来週退院したら、同じ目に遭う。残りの一生、カジノバーの下働きか。たまらんな」

それをいうなら、銃撃役の鈴木を今月中に探しだし、奪われた一億四千万を回収できなければ、小峰自身も同じことだった。客として何度か足を運んだあの店が、人生の終着駅になるのだ。小峰の胸は黒々とした思いで満たされた。

それまで黙って聖母マリアの絵を見つめていたアグネスが口を開いた。

「あの、その鈴木さんが見つかれば、うちの人もなんとか助かるんでしょうか」

サルはむずかしい顔をした。

「内部の人間が組織の金に手を出したんだから、そう簡単に氷高さんは許さないだろう。だが、きちんと金が戻ってくれれば、口をきいてやるくらいはできる。平山の年季もだいぶ短くなるんじゃないか」

アグネスの浅黒い顔で、笑顔が花開くようだった。

「ありがとございます。私もがんばるね」

サルは不思議そうにいった。

「あんた、なにいってんだ」

「だから、私も鈴木さん探します。探しだして、サルさんに教えます」

小峰は思わず尋ねていた。

「だけど、いったい、どうやって……」

「わかりません。でも、マリア様がきっと助けてくれる」

アグネスは豊かな胸のまえで両手をあわせると、ぶつぶつとタガログ語で祈りの言葉を繰り返し始めた。

「ありがとうな。アグネス」

平山の顔を見ると、目は真っ赤で今にも涙をこぼしそうだった。右手はブリーチされたジーンズの太ももを、ゆるゆるとなでている。サルはあきれ顔で小峰を見た。小峰も笑い返す。サルがいった。

「もういこうぜ。バカらしくて見てられねえ」

小峰は無言でうなずくと、パイプ椅子から立ちあがり、外科病室をサルに続いて出た。八月の日ざしが跳ねる病院の廊下がまぶしかった。

平山は幸せな人間だ。金がなくなれば離れていく女など、いくらもいるだろう。今のところあのフィリピーナは、いっしょに苦労を買って出ようとしている。小峰は、香月の顔を思いだし、暗い気持ちになった。

　幸せもいろいろだった。ひとりで落ちるほうが、楽なこともある。


　夜に「セブンライブス」での待ちあわせを約束して、小峰はサルと別れた。サルはクルマで要町まで送ろうかといったが、小峰は断わっている。小峰はひとりになってゆっくりと考えたかった。銃撃役の鈴木のこともだが、自分の仕事や残りの時間について、真剣に考えたかったのだ。

　三十をすぎて独身、どの組織にも属さず、映像ディレクターで食いつないでいる。いつまで仕事があるかはわからなかった。代表作はまだない。B級の作品を注文に応じてつくっているだけで、自分の企画といえるものが通ったことはなかった。自由で、比較的若く、なんとか食うには困らない。はたからは優雅に遊んでいるようにしか見えないだろうが、この空ろさはなんなのだろうか。

　人の波に押されるようにサンシャイン60階通りを歩く小峰の頭に、重しのように直射日光が落ちてくる。JR池袋駅に向かうのは、今が盛りと咲き誇る若い女たちだった。肌の露出の限界は年ごとに新記録を更新しているようだ。小峰は水着のマネキンが並ぶショーウインドウに映る自分の姿に目をやった。

　薄青い男がひとり、こちらに近づいてくる。険しい表情をしていた。自分は村瀬と役を代わったほうがよかったのだろうか。小峰は青い影に黙ってうなずいた。

「セブンライブス」は60階通りをグリーン大通りのほうへ一本はいった裏街にある。周囲はコンビニやラブホテルで、向かいには東京商銀の看板がおおきく張りだしていた。建物は砂色のタイル張りで、一階は流行りのセルビデオ屋だった。人気の熟女もののポスターの横に、地下におりる階段が口を開けている。

真夏の夜の池袋は、沸き立つような熱気だった。通りの角々には、日本人の風俗の呼びこみと外国人の薬の売人が立っている。売人が手のなかで違法テレカの束をはじく音が耳ざわりだった。小峰は白い麻のスーツを着て、店のまえで待っていた。このカジノバーにくるのは久しぶりだ。どうせ店まで足を運ぶならと、軍資金は昼間のうちにおろしている。

夜九時ちょうど、サルが階段を早足でのぼってきた。

「よう、待ったか」

小峰は黙って首を横に振った。再び階段を戻るサルに続き、地下におりた。手すりは分厚い金メッキでぴかぴかに磨かれ、階段はステップごとに赤いじゅうたんが張ってあった。店の自動ドアは黒いガラス製で、中央では七つの尾を扇のように広げたシャムネコが、片手を招くようにあげていた。店内はまったく見えない。ドア枠の斜めうえから、CCDカメラがサルと小峰を見おろしていた。

「おれだ、開けてくれ」

サルがCCDを見あげてそういうと、五秒ほどして滑らかにガラスの扉はスライドした。正面のクロークまで二メートルほどの廊下が続いていた。ダウンライトの抑えた明かりが、沈んだ赤のカーペットに落ちている。両側の壁には、世界各地のカジノを撮った写真が、パネルにして飾ってあった。以前、村瀬に聞いたことがある。この店では、あの防弾ガラスの自動ドアとこの狭い通路で、万が一の手入れのとき時間を稼ぎ、客を逃がすのだという。裏には隣にあるスナックに通じる隠し扉があり、そのスナックも氷高のところの経営だそうだ。

金髪をスプレーで立てたブラックスーツの男が、サルに向かってうなずいてみせた。

「悪いな。昨日からここで働いてる、坂田ってガキに用があってきた。やつはどこだ」

「洗い場です、斉藤さん。店でチップを出しますから、よかったらあとで遊んでいってください」

受付の男は目を動かさずに、口元だけで笑った。カジノバーで働く人間特有の笑いだった。カジノではすべての表情や感情は、二重になっている。表があり裏があり、裏の裏がある。小峰は自分のホームグラウンドに帰ってきた思いだった。

サルはバーカウンターとスロットマシンのあいだの通路を奥に進んだ。今夜はまだ時間が早いせいか、客のいりは三分ほどだった。スロットの列の向こうには、ルーレットの台がふたつ並んでいる。トレーニングスーツの上下を着た学生風の男と、明らかに筋ものに見えるスーツ姿の男が、ディーラーの声がかかるぎりぎりまで粘って、チップを張り流していた。

壁は短冊のように切った鏡をつなぎあわせた造りで、どの面にも豪華なカジノバーの内装が照り映え、沈んだ輝きを放っていた。カウンターの先の広いスペースは、バカラコーナーで、テーブルが四台、掛け金の安い順から奥に向かって並んでいる。いつものように、台湾か広東《カントン》から出稼ぎにきたホステスが、目を吊りあげカードの端をゆっくりとめくっていた。

これが自分にふさわしい場所だ。金と欲でだけ結ばれた他人同士が集まるカジノの夜。小峰はバカラのシートに座るのが待ち切れなかった。

サルはカウンターの横にあるドアノブを引くと、なかにはいった。赤いカーペットはそこで切れて、とたんに油でぬるぬると滑るPタイルになる。ステンレスで内張りされた調理場だった。隅のシンクでは、スキンヘッドの若い男が背を丸めている。

サルと小峰は足元に注意しながら近づいていった。他の料理人たちは、目を背けるようにふたりを無視している。小峰はいった。

「坂田さん。だいぶやられたみたいだが、身体はだいじょうぶか」

スキンヘッドは振り向かなかった。背中でぼそりという。

「ああ、なんとか。おれになんの用だ」

両手は中性洗剤の泡まみれの皿を洗い続けていた。小峰がいった。

「村瀬とあの銃撃役のことで聞きたいことがある。こっちを向いてくれないか」

「手を休めると、殴られるんだ。ここはあの事務所よりひどいよ」

サルがいった。

「わかった。おれがいるあいだは、誰にもおまえを殴らせない。ひと息いれて、一服しろよ。その代わり、知っていることをすべて話せ。いい情報をくれたら、店のやつらに話を通してやってもいい」

小峰はサルを見た。サルは平然としている。見ず知らずの人間のなかで暴力に脅える男に、逃げ場をつくり情報を引きだす。見事なものだった。

坂田は手から泡を切ると、ふたりに振り向き、シンクの端に尻をのせた。ポケットからタバコを出し、火をつける。深々と吸いこみ、換気扇に向かって細く煙を吐いた。

「なんでも聞いてくれ。おれをこんな目に遭わせた、あのオヤジはどうあっても許せねえ」

サルは小峰にあごを振り、小峰は質問を開始した。

「鈴木という男に、初めて会ったのはいつだ」

「あんたと初めて会ったのと同じだ。襲撃の朝、村瀬の事務所だ。見たこともないやつだった」

「村瀬からやつの話はなにか聞いてないか」

「いや、別に……」

スキンヘッドの頭を汗が滑り落ちた。クーラーの効いたカジノバーとは違い、厨房はサウナのような蒸し暑さだ。小峰はいくつか質問を繰り返したが、戻ってくる情報はわずかだった。坂田は単純な男で、村瀬がなにか大切なことを話すとは思えなかった。それをするなら、つきあいの長い自分だろうが、その小峰でさえあの朝がくるまでは、銃撃役の男については知らされていなかったのだ。

十五分ほどで、内容のない聞きこみは終わった。同年代のスキンヘッドをまえにして、サルは涼しい顔で小峰にいう。

「いこう。こいつは皿を洗うために生まれてきたようなやつだ。もっと頭を磨いとけ」

カジノバーのフロアに戻る途中で、サルはいった。

「今夜は、これからどうすんだ」

小峰はちいさな声でいった。

「どうせだから、ちょっとバカラにでも寄っていこうかと思うんだが」

サルは振り向くと、小峰をにらみつけた。氷のような目をしている。

「ふざけるな。あんたがひとりで地獄を見るなら、それはかまわない。だが、おれと組んでるあいだは、ギャンブルはやめとけ。これは命令だ。守れないようなら、明日からあんたも、この店で皿を洗ってもらう」

それだけいうと、小峰の返事も聞かずに、サルはさっさとフロアを横切っていった。カウンターの端に、先ほどのクローク係が用意した金のチップも、押し返してしまう。

サルはそのままカジノバーを出ると、地上に続く階段で立ちどまった。見おろすように小峰にいった。

「明日からどう動くか、ちゃんと考えておけよ。また午後一で、あんたを迎えにいく」

そういい残すとサルのちいさな背中は、池袋の夏の夜に消えた。小峰は黙ったまま昼間の余熱が残る路上で光るシャムネコの看板に目を落とした。なまめかしい表情が、どこか夜の仕事用のメイクアップをした秋野香月を思わせた。

小峰はこれから始まる時間を先に送りたくて、バカラでも張ろうかと思っていたのだ。だが、連絡の約束をした以上、しかたなかった。内ポケットから携帯電話を取りだし、短縮番号を押す。

「はい、秋野です」

「ぼくだ。今どこにいる？　こっちの用は済んだ」

香月の声の背景に夜の街のざわめきが聞こえた。弾むように若い女の声が返ってくる。

「ちょうど池袋についたところなの。今日はお店、早引きしちゃった」

小峰は頭を抱えそうになった。女の動きとカードの並びは、いつも予測不可能だ。

「……そうか」

焦った頭で小峰は考えた。狂言強盗に失敗して、莫大な借金を背負った顛末を話すなら、どこがいいだろうか。ホテルの静かなバーなど願いさげだった。暗い話は明るい場所でするに限る。

「ぼくは今、東池袋にいる。そっちは晩飯すんだ？」

香月は楽しそうにいった。

「ううん、まだ」

「それじゃ、二丁目のタイ料理屋にしよう。ぶらぶら歩いていくから、先にいつもの前菜注文しといてくれ」

パーカッションの乱れ飛ぶタイの民族音楽を聴きながら、シンハビールを飲む。小峰の明るい転落を語るにはふさわしい場所だろう。

「わかった。でも、早くきてね」

小峰は「セブンライブス」の階段のまえで携帯を切った。日本人の呼びこみは酔っ払ったサラリーマンだけ狙って呼びとめ、名刺サイズの風俗嬢の写真で気を引いている。国籍のわからない外国人の売人は、私服警官に見えない人間なら、通行人すべてに堂々と声をかけていた。スピード、葉っぱ、エクスタシー、どんなクスリ、あるよ。夏の夜の池袋の路上は、日ざしの照りつける正午より熱かった。

携帯をポケットに落とし、小峰が駅に向かって歩きだそうとすると、立体駐車場の物陰から声がした。

「よう、小峰さん、こんなときに女とデートなんてうらやましいね」

ぬるぬるとぬめるような品のない声だった。小峰が振り返ると、五十がらみの太った男がネオンサインでまばゆい通りにあらわれた。

「ああ、あんたか」

末永拓司《すえながたくじ》は池袋のカジノバーで遊ぶ人間なら誰でも見知った顔だ。バブル以前に仕立てた黒と白のブロックチェックのスーツが制服で、真夏でも真冬でもその一着で通している。ガジリ屋は、カジノバーで勝負を張る客の横で、「そこはもう一回バンカーだ」とか「つぎは必ずくるから、張りをでかくしろ」などとアドヴァイスして、見こみ通り勝てば少額のおこぼれにあずかる、コバンザメのような仕事だ。店によっては出入り禁止のところもあるが、にぎやかしにもなるし基本的に無害なので、たいていは大目に見られていた。

「今日は静かにしといたほうがいいんじゃないかな」

ガジリ屋は右手をあげて脂ぎった頭をかいた。制服の袖口はすり切れている。中指にはめたごつい金の指輪だけが、有名なルーレットの張り師だった名残を鈍く残していた。

「あんた、なにいってるんだ」

小峰は狂言強盗がバレているのではないかと、冷や汗をかいた。ガジリ屋はあわてて手を振る。

「いやいや、気を悪くしないでくれ。昨日この店の店長が襲われたじゃないか。それに夜には村瀬とかいうヤクザも殺されている。小峰さんは村瀬の友達だったし、この店の常連だ。しかもなぜか、氷高のところの若い衆といっしょに動いてる。おれだけじゃなく、変にかんぐる人間はいるんじゃないか」

うっかりしていた。氷高組に拘束されてから、それ以外の人間の動きに目がまわらなくなっている。ガジリ屋はいった。

「今夜は『セブンライブス』のなかはがらがらだっただろう。夕方からずっと私服が張っていたからな」

小峰の全身は、池袋の裏町の路上で硬直した。周辺を見まわすことさえできない。ガジリ屋は気持ちよさそうに歌っている。

「なあ、悪いようにしないから、いいネタがあるなら教えてもらえないか。街の噂じゃ、『セブンライブス』が奪われた金は二億を超えるって話だ。岩谷組や京極会も動きだしてる。小峰さん、あんたなにか知ってるんじゃないのか」

腫れぼったい二重で、上目づかいに見あげてくる。さすがに金の臭いに敏感なコバンザメだった。だが、この男はすくなくとも、自分が強盗団の一味とは考えていないようだった。小峰はとっさに体勢を建て直した。ガジ拓に関する街の噂なら、こちらだって聞いている。

「そうか。役に立てなくて悪いな。氷高さんのところには、借金の件で締めつけられてるだけだ。

それより……」

　小峰はもったいぶって間をおいた。負けることに慣れたガジリ屋の目が、不安に暗くなる。

「あの店の名はなんていったっけな。そうだ、確か『クオルーン』だ。去年の年末に池袋署の手入れを食らって店をたたんだカジノバー。ぼくもおかしな噂なら聞いてる。手入れのひと月ばかりまえに、あの店を出入り禁止にされた、気のいいガジリ屋の話だ。そいつが警察にチクったらしいってな。あそこは京極会でも武闘派で有名な、聖玉社の店だっていうじゃないか。えらく度胸のいいガジリ屋だな」

　末永の額に見る間に汗の粒が噴きだした。上目づかいがはずれて、夜の街のあちこちに視線が泳ぐ。小峰はだめを押した。

「怖いな。ああいう世界では、証拠なんていらないらしい。灰色ならみんなクロなんだそうだ。ぼくは友人を売る趣味はないけど、ことと次第によっては、考えを変えなくちゃならないこともある」

　小峰は目に力を集めて、ガジ拓を見おろした。一転して笑顔を見せる。

「お互いやばい筋には、気をつけよう。ぼくは聖玉社には黙ってる。あんたのほうでも、おかしな噂なんて流さないようにしてくれないか。さんざんカジノでカモられてる仲じゃないか」

　ガジリ屋は全力で首を縦に振った。軽くうなずき返す。小峰は夏の夜の通りに淀むように浮かぶ人々のなかを、足早に歩いていった。盛りをすぎたガジリ屋などやりこめても、なんの悦びもなかった。ただの映像青年だったのに、自分はいつから裏の世界の言葉を話すようになったのだろうか。

小峰は先ほどの言葉を思いだし、暗い気持ちになった。灰色はクロだ。

そのタイレストランは、池袋二丁目のラブホテル街に店を開けていた。ガードレールにもたれ、にぎやかに話をしているロシア人の娼婦を横目に、暗い路地を進む。すると下駄履きマンションの壁面に、ちいさなタイ語の看板がぽつりと光っている。

小峰は猿の群れが踊り狂う熱帯林のたれ幕を割って、店にはいった。手の甲に滑るタイシルクの手ざわりは、シャボン玉が肌をかすめ飛んでいくようだ。二十人もはいれば満席になる店の、奥のボックスシートに秋野香月が背を伸ばし座っていた。誰がそんなバカげた芸名をつけたのか、小峰は知らない。香月は七年も昔、ようやくＡＤからディレクターに昇格した小峰のまえに、最初からその芸名であらわれている。

あれは消臭剤のＣＦに出演する女子大生役を探すオーディションだった。そのときの印象は残っていない。一日に三十人もモデルやタレントの卵を面談したのだ。覚えていられるわけがない。香月は二十二歳で、アイドルの予備軍としてはぎりぎりの年齢だった。その役は別な少女に獲られたが、また別の仕事場で再会し、小峰は彼女の悩みを聞くことになった。それ以来小峰の撮った映像で、香月はさまざまなちょい役をこなした。結婚はしていないし、その約束も確かではないが、七年も続けば事実上の夫婦と同じだった。

小峰はゆっくりとフロアを奥に向かった。香月は小峰を見ると、明かりがともるような笑顔を見せる。

「待った?」

その夜最初のひと言から、小峰の腰は引けていた。

「ううん、だいじょうぶ」

赤く塗られたテーブルのうえには、ブラックタイガーと春雨のサラダと空芯菜《くうしんさい》の炒めものがのっている。香月は手をあげてタイ人のウエイターを呼ぶと、シンハを二本注文した。小峰はビニールの座席に浅く腰かけた。香月は手際よく小皿に前菜を取り分けている。

「ワタルさんの話を聞いたら食欲なくなりそうだから、先に食べちゃいましょ」

香月はノーメイクで、長い髪は後ろで引っつめにしていた。銀座でホステスのアルバイトをしているくせに、化粧とミニスカートが嫌いなのだ。仕事が終わるとすぐに、店にはとても出られないカジュアルな格好に着替えてしまう。その夜は身体の線にぴたりとあったストレッチ素材の白いTシャツと、オレンジ色のカラージーンズ姿だった。控えめな胸元のふくらみが、まぶしく小峰の目を撃つ。

「まともなものを食うのは、久しぶりだよ」

小峰は塗り箸の先に空芯菜を引っかけて、そういった。食欲はまるでなかった。香月は黙って食べている。悪い予兆だ。沈黙に耐えられなくなって、酸味のあるシンハビールを半分ほど空けると、小峰はこの数日の冒険談をぼそぼそと話しだした。

日曜早朝のたった十分間の狂言強盗、その夜の仲間割れ、何者かに密告され氷高組へ発覚したこと、八月残りの二週間で銃撃役を見つけなければ、人生を組織に売り払ったも同じであること。つりあがった香月の目に、だんだんと鋭い光りが宿る。険しい眉の角度は、村瀬が殺された場面で最大になった。香月は低い声で叫ぶようにいった。

「お友達を殺されてなんともないの。借金五千万なんて、絶対にその男を探しだして償いさせなきゃダメじゃない」

香月のいう通りだったが、小峰にはその方法がわからなかった。高飛びでもされていたら、とても見つけだすどころの騒ぎではない。香月はさばさばという。

「それで、私がワタルさんの保証人なんでしょう?」

「いいや、それは別に……」

小峰は口ごもってしまった。香月の素姓は氷高組に知られているが、小峰が拇印を押した借用証書には保証人の欄はなかった。

「法律上正規の保証人にはならないと思うんだが」

香月の額で静脈が青く浮きあがった。声は怒気を潜めている。

「なにいってるの。私を保証人にしなくて、誰を立てるというの。なんなら、これからいっしょにその氷高さんのところにいきましょうよ。いっしょにがんばれば借金くらいなんとかなるわよ」

小峰は冗談じゃないといおうとしたが、香月の目を見てやめた。ここにもひとりアグネスがいる。香月は雇われ店長の愛人のフィリピーナといっしょだった。左肩を銃で撃ち抜かれようと、莫大な借金を抱えようと、相手が落ち目だろうと関係ない。男を信じ、自分の人生のカードを、一点勝負で堂々と張ることができる。小峰の三十三年間の短い生涯で一度もできなかったことを、女たちはさも簡単にやってしまうのだ。赤と黒、笑わせる話だ。負けることを恐れぬ女たちのまえでは、ルーレットの色目などなんでもないようだった。

その夜、テーブルは淋しいままますぎた。香月は本来小食で、小峰には前菜をかたづけるほどの食欲もなかった。夜中に腹が空いたときのために、ヤシガニのフリッターとパイナップルいりチャーハンを持ち帰りにして、早々にふたりはタイ料理店をあとにした。

ＪＲ池袋駅西口に広がるラブホテル街の路上に出る。季節は八月のなかば、昼間の熱が残るアスファルトを渡る風は、ドライヤーの熱風と同じだ。夜の通りに光るホテルの看板は、半分ほど満室の赤いサインになっていた。誰が生き、誰が死のうと、人間の生殖活動に変わりはなかった。

「デートするの、久しぶりだね」

香月は柔らかな声でそういうと、むきだしの腕を絡めてくる。冷房でさめた肌が、小峰の腕にこころよかった。ふたりのすぐ目のまえを、手をつないだ高校生のカップルが、曇りガラスの自動ドアに消えていく。

「青春だね。そういえば、私たちラブホテルなんて、ずいぶんはいってないな」

小峰の肩に香月の頬がふれた。

「どうする？　ちょっと寄ってく？」

小峰の腰は、さらに引けそうになった。男と女が求めるタイミングは、絶対に一致しないように定められている。ピンチになった自分は尻尾をたらしているのに、香月は平然と景気づけを要求する。小峰は咳払いしていった。

「いいや。今夜は一本仕事の電話をかけなきゃならないから、部屋に帰ろう」

とりあえず時間を稼ごうと小峰は思っていた。カメラ映えする顔立ちや、三十歳近くなり柔らかみを増した肢体をすぐ隣に感じても、燃えあがるものが湧いてこない。

「ちぇ、つまんないな。ワタルさんて、いつもマジメすぎるんだよね。なんかスゴイことやってあげようかと思ったんだけどな」

香月は怒った振りをして、暗い夜道を先にたって歩いていった。手にはテイクアウトの白いポリ袋が揺れている。人生のサイコロがどこに転がるにしても、この女といっしょならそう悪くはないかもしれない。小峰はほろ酔いの頭で考えていた。残り時間は二週間。銃撃役を忘れる瞬間をつくらなければ、プレッシャーに弱い自分はおかしくなるだろう。

「香月、待ってくれ」

小峰はあわてて、夜道に白く浮きあがるTシャツのあとを追った。


要町のマンションに戻ったときには、午後十時半をまわっていた。香月は汗をかいたといって、さっさとバスルームに消えていく。小峰は机に向かい、部屋の電話で仙台市の市外局番を押した。フリーのプロデューサー業でいそがしい駒井光彦も、この時間なら帰っているだろう。

「はい、もしもし……」

学生時代から変わらない駒井の調子のいい声が流れだす。三百キロ以上も離れているのに、隣町と話しているような鮮明さだった。

「小峰だ。『ラス・ヴェガス』の話はどうだい」

「悪くない。パチンコチェーンの二代目っていうのは、制作資金を引っ張るには格好だな。今回の件がうまく運んだら、パチンコ屋のオーナーを狙って、つぎの企画書書くわ。どこも税金対策でたいへんらしいからな」

秋から始まる新作の資金集めは順調に運んでいるようだった。駒井は上機嫌でいう。

「まあ、それには資金を回収したうえで、いくらか儲けが出るといいんだがな。そうすりゃ、ボンボンが他の金持ちを紹介してくれるとさ」

その二代目の名は大島直人《おおしまなおと》。年は三十代初めで、小峰よりわずかに若い。小峰も企画の説明に夏まえに仙台まで足を運び、顔合わせをしたことがあった。いつも最新モデルのメルセデスSクラスに乗っている嫌みな男で、出演女優だといって香月を紹介すると、よだれを垂らしそうな顔をした。女優という言葉に欲情する男なのだ。

「わかった。留守番電話聞いたけど、問題のほうはどうなってる？」

「おまえ、ヌーヴェルバーグがどうのとか、D・W・グリフィスがどうのとか偉そうにしゃべっていた狐顔の中年覚えてるだろ」

それは映像の世界によくいる人種だった。安全な芸術の高みから、人の仕事にダメ出しだけする人間だ。もちろん具体的な打開策やプロットの代案など、前向きな提案をすることはない。手は口ほどに動かないうえ、自分の手と口のあいだに高度差があることを都合よく忘れられるたぐいの才人だった。小峰の脳裏に直感像の記憶が鮮やかによみがえった。その男は数年前のミヤケ・イッセイの黒いスーツを着ていた。ノーネクタイでシャツは灰色。白髪混じりの髪をうしろで束ねたやせた男だった。名前は確か橘《たちばな》智明《ともあき》。駒井はいまいましげにいった。

「T2プロモーションとか看板を出して、仙台ローカルのレストランやバーのパンフレットなんかをつくってるちいさな広告会社の社長だ。アートとしての映像がどうのといった口の端から、広告企画費だといって千五百万もよこせと平然という。考えられるか。やつは撮影のあいだ、立ち会い指導のために東京のシティホテルを取れといってる。銀座の西洋か、目白のフォーシーズンズがいいとさ」

「橘に演出や現場の経験はあるのか」

「あるわけない。よく聞いてみれば、学生時代に八ミリまわして、頭の悪い女を口説いていた程度のやつだ」

「そうか」

「初めから金だけまわせというならかわいげがあるが、いちいち芸術がどうのと説教をしやがる。おまえ、今月中に仙台これないか」

小峰は机からソファベッドに移った。天井を見あげていう。

「うーん、むずかしいな。実は今、こっちでやっかいなトラブルにはまってる。東京を抜けられそうにないんだ」

借用証書にサインしたときの氷高の醒めた表情を思いだした。仕事で仙台にいきたいといったら、あのインテリ組長はなんというだろうか。

「どうするかなあ。クランクインは来月末だろ。今月中に決着つけておきたいな」

総制作予算六千万円の二十五パーセントにあたる千五百万円も、なにも仕事をしない橘にもっていかれる訳にはいかなかった。それは直接、小峰や駒井の取り分に跳ね返ってくる。

「そうだな。ロケの現場を案内するとかいって、橘を東京に連れてこれないか。配給会社や編集スタジオの見学くらいなら、いつでもセットできる。池袋の地元なら、そいつをはめる手くらい考えられそうなんだが」

「ああ、なるほど……悪くないかもしれない。おまえのほうは、いつがいいんだ」

「来週早々でどうだ」

「わかった。やつの会社に連絡取ってみるわ。うまい筋書いて、やつをがちんがちんにはめてくれよ。あの気障な面が泣き顔になるのが待ちきれないな」

タオルを胸に巻いた香月が、バスルームから出てきた。ビールの名残りと熱いシャワーでほてった肌が、内側から輝くようだった。小峰は送話口を押えていった。

「仕事の電話だ。ちょっと待ってくれ」

香月は歯をむきだし、凶暴な笑顔をつくる。

「バスルームのなかでだって、聞こえたよ。このマンション、壁が薄いもの。相手は駒井さんなんでしょ。挨拶するから代わって」

あきらめて小峰は電話を香月に渡した。古くからの顔なじみだとはいえ、なぜ女は男の仕事仲間にまで、顔を売りたがるのか。それが女優という職業のせいか、香月という女のせいか、小峰にはよくわからなかった。もっともそういう意味では、女はみんな女優なのかもしれない。すると男たちは、その他大勢のエキストラか、裏から光をあてるだけの照明係ということになる。

小峰は香月のはじけるような笑い声を聞きながら、背を丸めシャワーに向かった。

真夏の池袋を一日中うろついて、粘膜のようにねばる汗を流すと、小峰はバスルームの扉を開けた。部屋は手でつかめそうなくらい濃密な暗闇に変わっていた。

「香月、どうしたんだ。明かりもつけずに」

液晶プロジェクターの映写室を兼ねる小峰のワンルームでは、ほぼ完璧な暗闇をつくることができた。カーテンは裏地に銀のポリウレタンシートが貼られた遮光タイプで、窓枠の脇にマジックテープで固定できるようになっている。電灯のスイッチや電話機のＬＥＤにさえ、目隠しのバンソウコウを用意してあった。ＤＶＤで映画をじっくりと見ようとするとき、映画館では望めないこの暗闇が強い味方になってくれるのだ。

「いいから、きて。私はベッドにいるわ」

小峰は手をまえに出したまま、ゆっくりと短い廊下を歩き、部屋の中央に置かれたソファベッドに移動した。さっきはソファのままだったが、小峰がシャワーを浴びているあいだに、香月がベッドに延ばしたのだろう。床に近いところから声がした。

「そこよ。座って、横になって」

香月の声は興奮でざらついているようだった。小峰は黒いブリーフ一枚の姿で、綿のシーツに横たわった。なにも見えないせいで肌の感触が敏感になっているようだ。洗い立てのコットンが、背中にさらりと涼しい。足元で香月が囁いた。

「今夜は私が全部やってあげる。楽にしてね」

細い指が腰骨と薄いブリーフのあいだをくぐった。小峰が腰を浮かせると、香月が足から抜いてくれる。両方の足首をいきなりつかまれた。香月はひざを割るように、小峰の足をいっぱいに開く。

「私いつも、ワタルにこんなふうにされてるんだよ。けっこうドキドキするでしょう」

小峰は声が出そうになるのを抑えた。香月が暗闇のなかで動いているのは、熱っぽい肌が近づいたり遠ざかったりするのでわかった。ひざの皿に濡れた感触を感じる。香月の舌の先が円を描くように動いていた。ゆっくりと太ももをのぼってくる。足のつけ根のしわを、香月は舌で丹念に伸ばした。

まぶたを開けても変わらない暗闇のなか、小峰は頭をあげて下半身に目を凝らした。黒い影が開いた足のあいだにうずくまっているようだが、確かには見えない。突然、まだ柔らかなペニスの先を、硬くとがらせた舌で強くはじかれた。

「ちょっと……香月」

思わず声を漏らすと、暗がりに女の含み笑いがする。

「まかせてっていったでしょ」

そういうと香月は小峰の全長を口におさめた。固体になるほど圧縮された熱い暗闇に、根本まで呑みこまれたようだった。香月はゆっくりと頭を振り始める。小峰のペニスに最初の成長のきざしが送りこまれた。

香月はそれから十五分ほど、小峰の足のあいだで動き続けた。だが、その夜小峰が完全に充実することは、最後までなかった。目を閉じて肌の感触にだけ集中しようとするのだが、目の裏の黒いスクリーンにはこの数日の忘れられない場面が、繰り返しあらわれては消えていった。

ひかり町で吐いている銃撃役の鈴木。死んだ村瀬の左目に咲いた血の花。地下室で殴られる自分自身。五千万円の借用証書。香月が懸命になるほど、小峰の脳裏はニュースフィルムのように粗い暴力的な映像に占められていく。最後のほうでは感覚がごちゃ混ぜになって、香月の口のなかにいれているのか、脳漿に濡れた村瀬の後頭部の射出口に突っこんでいるのかわからなくなった。

吐き気とともに、小峰のペニスは縮みあがった。香月は口を離すと、よくまわらない舌で不満げにいった。

「あーあ、あごの関節がしびれちゃった。どうして、こんな人に引っかかっちゃったんだろう。私、断然やる気だったのにな」

香月は握っていたペニスから手を離した。ペチンと濡れた音を立てて、ペニスが腹に倒れこむ。死んだ小魚が落ちてきたようだった。小峰は暗闇を見つめながら考えていた。自分も、もう死んだ魚のようなものだ。煮るなり、焼くなり、調理法は氷高の思いのままだろう。生まれて初めてのインポテンツになっても情けなささえ感じない。

その夜、小峰と香月はソファベッドの両端に別れ、無言のまま眠った。朝まで、ふたりの肌がもう一度ふれあうことはなかった。


目を覚ますと、昨夜の暗闇は一変して、部屋のなかは夏の日ざしに満ちていた。コーヒーの匂いとフライパンでなにかがはぜる音がする。ベッドの隣を見る。香月はとっくに起きだしているようだった。

「おはよう、ワタルさん、今日はどうするの」

「昼すぎに、氷高組のサルっていう監視役が迎えにくる。それから、また探偵のまね事をするんじゃないか」

小峰は投げやりになっていた。香月はキッチンのコーナーで小峰に背を向けたままいった。

「それじゃ、私もつきあおうかな。今日はお店休むことにしたから」

小峰は思わず起きあがった。冗談ではない。

「いいでしょ、これから私たちふたりがお世話になるかもしれない人なんだから、挨拶くらいしたって」

こうと決めると、どんなになだめすかしても動かない香月の性格を、撮影現場で小峰は嫌というほど知っていた。まもなくサルがくるだろう。それまでに香月を部屋から追いだすこともむずかしそうだ。小峰は諦めて、またベッドに横になった。

仙台の強欲な広告プロダクション社長といい、銀座のホステス兼売れない女優といい、小指の欠けたちびの組員といい、話は面倒になるばかりだった。いったい自分にどうしろというのだ。小峰は再び頭からタオルケットをかぶった。こんなことなら、伸ばした手の先さえ見えない昨夜の暗闇のほうが、まだましだった。

あのなかでなら、記憶に苦しめられはしても、これから起きることを見なくても済む。どうせ自分はインポで博打に弱い、二流どころの映像ディレクターなのだ。

その朝、小峰は香月のつくった朝食に手もつけなかった。


午後一時すぎ、バルコニーのしたからクラクションの音がした。気合いをいれて念入りに化粧を施した香月が、スリッパをはいてコンクリートのたたきに出る。手すりから身を乗りだし、道路に向かって手を振る。

小峰はあわてて裸足のままバルコニーに飛びだした。香月の肩を強く引き戻す。

「痛いなあ。サルさんに挨拶してるだけでしょう」

幌を降ろしたプジョーのカブリオレから、サルがあきれた顔で見あげていた。

「今すぐ、したにおりる。こいつのことは気にしないでくれ」

サルは苦笑いしていた。香月は肩を抑える小峰の手を振り解くと、跳びあがるように手すりに抱きついた。手でメガホンをつくり、叫び始める。正規の発声練習を積んだ女優の声は、朝の要町に凜《りん》と響き渡った。

「おはようございます。サルさん、私、この人の保証人で秋野香月といいます。今日はごいっしょしますから、よろしくね」

今度は笑顔で、手を振っている。小峰は池袋のうえに広がる硬い夏空を仰いだ。

助手席に小峰、後席に香月を乗せると、サルはプジョーを出した。香月は座席のあいだに頭を割りこませるようにして、小峰にいった。

「ねえ、ワタルさん、紹介してよ。こちらのクールな殿方」

「おいおい、ここは銀座の店じゃないんだぞ」

サルは運転しながら、横目でさっと小峰を見た。しぶしぶ小峰はいう。

「こちらは氷高クリエイティブの斉藤富士男さん。通称サルさんだ」

香月は風に乱れる前髪を押えていった。

「いつも小峰がお世話になっています。今日はこれからどこへ捜査しにいくんですか」

サルはもう隠さずに笑っていた。

「これがあんたの姫って訳か。頭はぜんぜんあがらないみたいだな。まあ、いいだろう。昨日電話して『北条ファイナンス』にアポを取っておいた」

クルマは要町通りをJR池袋駅に向かっていた。サルは幌をおろし、冷房をいれるつもりはないらしい。小峰の汗は、流れこむ風ですぐに肌のおもてから消えてしまう。渋滞さえなければ、オープンカーにはいい陽気だった。

池袋大橋で山手線を渡ると、線路沿いにしばらく走った。サルは大塚駅まえのロータリーに面したビルの、四台分しかない立体駐車場にクルマをいれた。

「おりてくれ、ここが北条の自社ビルだ」

小峰は立ち食いそば屋の並ぶ歩道から、くたびれたペンシルビルを見あげた。三階の窓に北条ファイナンスとでかでかと看板が貼ってある。黄色と赤、目立てばいいという色の組みあわせだった。

一階の受付でサルが氷高クリエイティブの名を出すと、受付嬢がエレベーターまで三人を案内してくれた。五階の最上階のボタンを押して外に出ると、受付嬢は扉が閉まるまで頭を深々とさげていた。小峰がいった。

「驚いたな。どこかの上場企業の秘書室の女の子みたいだ」

香月は唇の片方をつりあげ、まぜ返した。

「あら、うちの店だってお客の顔が見えなくなるまで、お辞儀はしてるよ」

「どうせ、嫌な客ならそのあとで塩まいてんだろ」

サルは小峰と香月のかけあいを、冷たい目で見ていた。エレベーターは五階についた。廊下に出ると、サルはつき当たりのドアに進んだ。静かにノックする。

「はいりなさい」

ドア越しでもわかる、太い声だった。

「はい、失礼します」

サルは直立不動で扉を引いた。頭をさげたまま、小峰につぶやいた。

「先にはいれ。失礼のないようにな」

ドアのなかは黒革のソファセットと重役用の袖机がたっぷりと空間を取っておかれていた。静かに都はるみが流れている。小峰は振りむいて驚いた。扉のある壁側には、フルセットで軽く三千万を超えるスイス製のステレオコンポーネントが設置されていた。アンプだけでももって帰りたいくらいだった。

「よくきたな。氷高組のサルさんか。噂は聞いてる。池袋で売出中だそうだな」

手術台ほどある机の向こうで、壮年の男が立ちあがった。紺のストライプのスーツに、襟の高いシャツ、きらきらと光る紺のネクタイには、手のこんだ刺繍の白ユリが一輪立っている。指や手首にはごつい金のアクセサリーが、びっしりとからんでいた。

北条の顔はそのままノーメイクで、悪徳暴力団の組長がつとまりそうな凶悪な面構えだった。ほんものの組長の氷高が怜悧な銀行員に見えるのに、こちらの金融業者は本物のヤクザにしか見えない。サルは自分のところの組長のまえにいるよりも、緊張しているようだった。直立不動を解かずに、勢いよく返事をする。

「ありがとうございます。今日はいくつかお聞きしたいことがあってまいりました」

北条社長がソファに向かって手を振った。三人は北条がやってくるのを待ち、腰をおろす。北条は目を細めて小峰を見つめてきた。たいした貫禄で小峰の汗はその視線だけでぴたりととまった。

「サルさん、紹介してください」

「はい。こちらはうちの組の客分で、小峰渉さん。普段は映画監督をしていますが、今は事情があって例の件を追っています。それで、こちらの女性が……」

サルはちらりと小峰を見た。眉をつりあげる。

「……女優の秋野香月さんです」

北条は不思議な顔をした。

「なあ、センセイ、なんだってあんたみたいなインテリが、カジノバーの金なんて探してるんだ。サルさん、どうせ日曜の強奪事件の金の話なんだろう」

サルは背筋を伸ばして、浅く腰かけたたまうなずいた。北条はいう。

「噂には尾ひれがついているが、あの店の週末の売上なら、まあ一億から二億のあいだか。その中間くらいというのが、ちょうどいいところだな」

さすがに東京中の組織の財布の中身を知りつくす、暴力団専門の金融機関だけのことはあった。奪われたのは一億四千万円。ほぼ正確な読みだ。小峰はいった。

「今回の件には、複数の人間がからんでいて、どうやらどこかの組織による犯行の可能性が高いんです。北条さん、今のどから手が出るほど金を欲しがってる組織の心あたりはありませんか」

北条は目を細めたまま、迫力のある笑顔を見せた。

「十や二十はすぐにあげられるな。暴対法と不景気でどこもピーピーいってる。もうちょっと絞らなきゃ、だめだな」

いきなり香月がいった。

「例えば、この豊島区内ではどうですか」

「それでもまだ、十や二十じゃあきかない。氷高さんのところの兄弟の岩谷組だろうが、京極会だろうが、大手でも金まわりはきつい。中小零細はなおさらだ」

サルは姿勢を正したまま、まったく話には参加しなかった。小峰はいった。

「仮に一億五千万の金が、急にどこかの組織にはいったとします。組関係では、そういう現金はどう扱っているんですか」

北条はソファの背にもたれると、腕を組んだ。

「それはまあ、いろいろだ。借金を背負っているところなら、金主に返すだろうしな」

「銀行に預けたりするんですか」

北条が初めて笑顔を見せた。

「ああ、それはない。銀行に金をいれれば、税務署にも知られる。普段からつきあいのない都市銀行なぞ、ヤクザは信用せんよ。まず、間違いなく金はその組の手元におかれているはずだ。どの組事務所にも、でかい耐火金庫がおいてあるのは、そのためだ」

それなら、強奪された「セブンライブス」の金も、丸のまま残っているかもしれない。小峰は勢いこんでいった。

「出所を明らかにできないやばい筋の金で、しかも派手に使うことも無理とすると、可能性としてはどうなりますか」

「そうだな。まず、十中八九は、金庫に塩漬けで、ほとぼりが冷めるのを待つことになるだろう。だがな、カントク、どうやって百も二百もある組織の、奥の院の金庫を開かせるんだ。そんなことは無理に決まってるだろう。国税のマルサだって、指をくわえて見てるだけなんだからな」

サルが小峰に目くばせした。そろそろ切りあげようという合図だった。それでも小峰は、さらに十五分ほど粘って、裏の世界の金の流れの詳細を聞きだした。仕事はなにも、奪われた氷高の金の回収だけではなかった。

こうした取材が、映像をつくるときにあとで効いてくるのだ。


その日は、さらに強奪事件現場のひかり町と村瀬が撃たれた上池袋を、サルの運転でまわった。これといった収穫はなかったが、小峰は香月の度胸のよさにはあきれる思いだった。最初は足手まといにしか見ていなかったサルも、その日の夕方には積極的に意見を求めるようになっている。

サルが東池袋の氷高クリエイティブにプジョーを戻したのは、午後六時すぎだった。三人は裏手の駐車場から、B－1ビルに向かった。東口風俗街はこれから始まる夜に備え、ようやく眠りから覚めたようだった。夕暮れの空より明るくネオンサインが光り、若いホステスや風俗嬢も、その夜最初の男を引っ張りこむのに必死だった。

「ここで待っていてくれ」

そういってサルが曇りガラスの自動ドアにはいろうとすると、横から声がかかった。

「スミマセン、サルさん。私、アグネス……」

小峰が自動販売機の陰に目をやると、雇われ店長・平山の愛人が、胸になにかを抱えて立っていた。サルはおかしな顔で舌打ちする。

「あんた、いったい、なんの用だ」

フィリピーナは浅黒い顔をうつむかせていった。

「あの、みなさんに見てもらいたいものがあります」

香月がその場の空気を読んで、とりなすようにいう。

「まあ、いいじゃない。どうせ三人で晩ご飯にするところだったんだから、もうひとりくらい増えたって」

「しょうがねえな。人数が多いな。今夜は割り勘だぞ」

サルはそういうと、タイムカードを押すために組事務所へ消えた。


ひとり増えた小峰の一行がはいったのは、風俗街の裏手にある例の中華料理屋だった。冷やし中華と黒豚餃子が名物の店だ。赤いビニールのボックス席に四人が顔をそろえると、サルが餃子を四人前と中ビンを二本注文した。

その場で一番年下のサルが、汗をかいたキリンをかたむけ、全員に注いでくれた。乾杯の音頭は仕事で慣れた香月だった。一息でコップをあけると、香月はいった。

「やっぱり銀座で飲むブランデーより、池袋のビールはうまいな」

サルはあきれて見ている。小峰はちいさくなっているアグネスにいった。

「見てもらいたいものがあるっていってたけど、なんなの」

アグネスの表情が輝いた。顔をあげ、ひざにおいていた白いポリ袋を、テーブルにのせる。ごそごそとなかを探った。

「あの、これなんですけど……」

テーブルに出されたのは、ネガフィルムと紙焼きの束だった。ざっと二、三百枚はあるだろうか。どの写真にも別々の頭が薄い中年男が映っている。唖然として小峰はいった。

「どうしたんだ、これ。アグネスさんが撮ったのか」

アグネスは笑ってうなずいた。

「そう、私が撮った。毎回毎回、シャッター押すたび、聖母マリア様の名前を呼んでから、撮った。このなかに、うちの人を撃ったオトコいないか」

サルが声をあげて笑いだす。小峰はあきれて返事ができなかった。

「こりゃあ、いいや。傑作だ。あんた、いったい、どこでこんな写真撮ったんだ」

アグネスは笑い声も気にせずに、真剣にいった。

「サンシャイン60階通り、グリーン大通り、ＰＡＲＣＯや東武デパートのまえ……」

小峰がつぶやいた。

「全部、池袋で撮ったのか。それにしてもこれだけの数となると……」

香月は怒ったようにいう。

「そうだよ。サルさん、笑ったら失礼だよ。見当違いかもしれないけど、これだけ撮るのは大変だよ」

アグネスは笑って、香月を見た。女同士はすぐに共同戦線を張るものだ。アグネスはうれしそうにいった。

「うちの人の病院でつきそいしてないとき、ずっとカメラもって、街で立ってた。このなかに、ハンニンいないか」

黒豚餃子とビールでのんびりひと休みという小峰のもくろみは、もろくも崩れた。晩飯を食いながら、写真を三百枚も見なければならない。それも可能性は限りなくゼロに近い写真だった。直感像の記憶力をもつ小峰には、拷問のようなものだった。そのうちの何枚か、あるいは数十枚が一生忘れられない視覚像として、頭のなかに残るのだ。香月にせっつかれて、小峰はテーブルで山になるプリントを一枚ずつ見始めた。

サルは餃子をつまみながら、笑っている。冷やかすように小峰にいった。

「ちょっとは、あんたも苦労したほうがいいってことだな」

小峰はサルをにらみ返したが、サルの笑顔に変化はなかった。香月さえ調子に乗って笑っていた。そのとき、サルの胸元で携帯電話の着メロが鳴った。懐かしいステッペンウルフの『ボーン・トゥ・ビー・ワイルド』。携帯に出たサルの顔色が変わった。

「なんだって、すぐにいく。うちの組のやつらには、絶対手を出させるな」

「どうしたんだ、サルさん」

小峰は表情を硬くしたサルにいった。すでにサルは中華料理屋のボックスシートから、腰を浮かせている。内ポケットに携帯を落とし、こたえた。

「もめ事だ。あんた、池袋二丁目の『シンドバッド』ってカジノバーは知ってるか」

小峰は黙ってうなずいた。そこなら、何度かいったことがある。

「その店のまえで今、京極会と岩谷組がもめてるそうだ。間が悪いことに、岩谷の連中のなかにうちの組の人間もいる」

そういうとサルは残りのビールをのどに流しこんだ。

「おれはちょっといってくるが、小峰さん、あんたはどうする」

この店で餃子をつまみながら、アグネスと香月の相手をするのはうんざりだった。見たくもない頭の薄い中年男の写真が、テーブルのうえで山になっている。

「いいだろう。ぼくもいく」

目を丸くして話を聞いていた女たちに、サルがにやりと笑いかけた。

「この店で待っててくれ。おれたちはひと走りしてくる」

「走るって、クルマじゃなく、走っていくのか」

「あたりまえだ。タクシーで池袋大橋をまわるより、ガードをくぐったほうが断然早い。運動不足なんだろ。自分の足を使えよ」

そういい残すと、サルは油染みの浮いたのれんに手をかけた。小峰もビールのコップを空けると、サルに続いて夜の通りに飛びだした。

小峰のいる東口風俗街から、西口の池袋二丁目にあるカジノバーまでは、直線距離では三百メートルほどしか離れていない。だが、タクシーでJRの陸橋を渡り、信号にいくつかつかまれば、かなりの時間をロスすることになる。

サルの揺れる背中を追いながら、小峰は久しぶりに走った。八月の夜の空気が肌を滑り、汗を冷ましていった。パチンコ屋のネオンがまぶしい風俗街を抜けて、ウイロードと看板のはいったＪＲの線路をくぐる。ガードのしたではギターケースを地面においてどこかのガキが聞いたふうな歌を歌い、外国人のヒッピーが異常に安いロレックスをカバンのふたに並べて売っていた。酔っ払いは狭いトンネルに響くような大声でしゃべり散らし、カップルはべたべたと張りついてラブホテル街へゆっくりと移動していく。いつもの池袋の夏の夜だ。

ＪＲの西口側に出ると、サルは喫茶店の角を二丁目のホテル街に向かって走りだす。ようやく追いついた小峰が、息を切らせていった。

「あっちの様子はどうなってるんだ」

サルは振りむかずに、同じペースで走り続けている。涼しい調子で背中でいった。

「『シンドバッド』は岩谷組がみかじめ料を取ってる店だ。そこで京極会のちんぴらが派手に遊んで金をすった。いつもの調子で組織の名前を出して、借金を踏み倒しバックれようとしたらしい」

小峰はふくらはぎがつりそうだった。それでもサルに弱みを見せるのが嫌で、平然とした声を装う。

「なるほどな、それで店員が岩谷組を呼んで、一触即発か」

「そうだ。すぐにサツがくるようなところで、ドンパチやる。頭が弱いんだ。だいたい岩谷と兄弟組といったって、うちはあのカジノバーから一銭ももらってない。手を出すだけ損だ」

「それで、サルさんが抑えにいく訳か。ご苦労だな」

サルは鼻息で返事をした。

「フン。探偵ごっこのあとは、脳なし同士のケンカの仲裁だ。やってられねえ」

常磐通りにぶつかると、ふたりは角を左に曲がった。通りのあちこちに風俗の呼びこみが立っている。男女は半々で、女はタイ、ベトナム、フィリピン、台湾と東南アジアのセクシーコンテストのようだった。そのままプールで泳げそうな格好でびらを配っている。怪しげな飲み屋のネオンが、通りの両側を垂直に埋めつくしていた。

三十メートルほど前方の歩道に、人だかりが見えた。現場に向かって駆けているのは、サルと小峰だけではなかった。夜の路地のあちこちから、派手なケンカをひと目みようと、ガキどもが押し寄せている。携帯電話はやじ馬集めには最高のメディアだ。

サルは背中をかき分けて、人だかりの最前列に出た。小峰もあとに続く。歩道の五メートル分ほどで、人がとぎれて戦闘地帯になっていた。中央に三人の男が背中をあわせ、そのまわりを七、八人の別な組員が取り囲んでいる。小峰は外側の円に、氷高クリエイティブで見かけた顔を発見した。金髪の坊主頭でマッキントッシュに向かっていた若いというより幼い男だ。

「埋めるぞ、コラー、さっさと金もってこい」

「じゃかましい。仕事なんぞいれよってからに」

仕事をいれるはカジノの裏用語で、イカサマをすることである。京極会のちんぴらは博打に負けて、あいも変わらぬ難癖をつけているようだ。男たちは口々になにかわめいていたが、まだどちらも手を出してはいなかった。

「関西の田舎もんが、調子こいてんじゃねえぞ、ここは東京・池袋だ。てめえら……」

金髪の坊主が叫んでいる。サルがすたすたと歩き、坊主頭をうしろから平手で張った。金髪は脅し文句を途中で切って振りむいた。口の端に白い泡がたまっている。

「なにすんだ、コノヤロー……あ、サルさん」

サルは冷たい目で金髪の坊主頭を見つめた。低い声でいう。

「調子こいてんのは、おまえだ。佐々木を連れて、ここを離れろ。これだけの人数がいれば、腕を貸すまでもない」

「でも、サルさん、関西のやつら、最近池袋でもでかい面をしやがって、チョー腹立ちませんか」

サルはやれやれという表情をつくった。

「だから、岩谷の連中と仲良く留置場にお泊まりするのか。氷高さんが、つまらんもめごと大嫌いなのは知ってるだろ。さっさと引け。暮れのボーナスなくなるぞ」

金髪の坊主頭は、しぶしぶもうひとりの若い男に声をかけた。こちらはライオンのように髪を立てた十代で、白いタンクトップにぶかぶかのチノパン姿。やくざというよりは、ストリートギャングのような格好をしている。

属す組織によって明らかに服装のセンスは異なるようだった。岩谷組は、黒に原色をあわせた古典的な裏業界ファッション。表向き氷高クリエイティブを名のる氷高組は、若いガキに流行のストリートカジュアル。関東の男たちに囲まれた京極会は、値は張るのだろうがうるさい柄のサマースーツ姿だった。小峰が誰が着るのだろうとメンズショップの隅で首をかしげる、金の縫いとりがはいった孔雀のようなスーツである。

金髪とタンクトップが人の輪にさがり、サルのうしろについた。岩谷組のひとりが、目を細めてサルをにらみつける。オールバックの三十まえの小柄な男で、先ほどから離れた場所で騒動を眺めていた組員だった。サルは表情を変えずに、ただ見つめ返している。小峰は相手に聞こえぬように、声を殺していった。

「あれは、誰なんだ」

サルは視線を相手にすえたままいった。

「岩谷組の渉外委員長で、中本という。めずらしくあの組じゃ切れるやつだ。見てろ、やつは、こんなときに手は出さない」

岩谷組のちんぴらが、どこかから消火器をもってきた。携帯電話で応援を頼んでいる京極会の一番背の高い男の頭にうしろから振りおろす。スイカを割るような音がして、男が片手で頭を抱えた。押えた指のあいだから、水鉄砲のように血が噴きだす。それでも残る片方の手にはしぶとく携帯がにぎられていた。蛍光色に輝く液晶画面は血でぬるぬるになっていた。

その一撃が合図だったように、岩谷組が京極会に襲いかかった。血の気の多いカジノバーのディーラーまで加勢して、勝負ははじめから一方的になった。流れはいつもの街のケンカと同じだった。殴るか、足をかけるかして、ともかく相手を地面に引き倒す。それからは、倒れた相手をただ蹴りまくる。それを二、三人がかりでやられるのだから、日本有数の広域暴力団の構成員といってもたまらない。

風俗や街金のチラシが吹きだまる池袋の歩道で、腹と頭を守るため必死に身体を丸めた男たちを、岩谷組のちんぴらがコサックダンスのように蹴り続けていた。暴力はどちらか一方が優勢になると、さらに激しさを増すようだった。余裕のできた岩谷組は腕のすきまを狙いすまして、急所につま先をめりこませていく。蹴りまくられる京極会の男たちからは悲鳴さえ聞こえなくなった。周囲を取りまくやじ馬は、冷やかしの言葉もなく息をのんで見つめている。

遠くでパトカーのサイレンが響いた。黙って腕を組み、乱闘を見ていた中本が鋭く叫んだ。

「よし、みんな消えろ。組事務所にまっすぐ帰るなよ」

岩谷組のちんぴらは、地面に倒れる京極会の男たちに思いおもいに最後のひと蹴りをたたきこんで、夜の街に消えていった。中本はまた、サルを見つめた。

「よう、サル。兄弟分の組の人間が、熱くなってんだ。金儲けばかりやってねえで、たまには手を貸すくらい、いいだろうが」

渉外委員長だという組員の組んだ腕の先、左手に小峰の注意が集まった。小指と薬指、あわせて一本半ほどが切断されている。サルは平然といった。

「中本さん、そんなに危ないようには見えなかったですよ」

サルは地面で荒い息をついている京極会の男たちをあごで指す。

「それとも、こいつら、ひとりを四人がかりで潰さなきゃならないほどの、上玉なんですか」

中本は冷たい笑いを浮かべた。サルからはずれた視線が、小峰の目を捕らえる。しばらく壁にあいた穴でも見つめるように、小峰を眺めていた。

「そろそろ、サツがくる。氷高さんによろしくな。サルよ、おかしな男を連れてるな」

そういうと中本は、子分をふたり引き連れてロマンス通りのほうへ歩いていった。サルが背中を見送りながらいった。

「なあ、あんたは中本と知りあいなのか」

「いいや、今夜初めて見る顔だ」

「そうか。ならいいんだ」

小峰は中本をおかしなことをいう男として記憶にとめた。なぜか、自分を知っている。どこかの博打場でも会ったことがあるのだろうか。中本を先頭に岩谷組が歩いていくと、自然にやじ馬の列は左右に割れた。

しばらくしてパトカーが歩道の横に乗りつけた。やかましいサイレンはとまったが、回転灯はまだ夜の通りを真っ赤にかき混ぜている。やじ馬は増え続けているようだった。歩道に倒れた京極会の三人に、制服と私服の警察官が駆け寄った。すでにあたりには岩谷組の影もない。小峰はサルの耳元で囁いた。

「これから、どうなるんだ」

サルは笑いを含んだ声でいった。

「どうにもならない」

「どうして」

消火器でなぐられた男は、スーツの背をペンキで塗りたくったように血で濡らしている。大丈夫かと警官に聞かれると、うるせーと叫び返していた。

「やくざが少々なぐられたくらいで、警察に被害届を出せるか。気が鎮まれば、自分たちは三人そろって、なにもない歩道でつまずいたとでもいい出すさ。このくらいのもめごとで告訴するやくざなんていない」

小峰はあきれていった。

「そうか、それじゃ、ここではなにもなかったことになるのか」

「そうだ。だってなにもないじゃないか。くずがくずにつまずいたというだけだ」

スカイラインの覆面パトカーが停り、なかから灰色のポロシャツを着た男がおりてきた。クルマのなかにはひとり残っている。男はあたりをざっと見まわし、京極会に職務質問する警官に二言三言声をかけた。それから、サルに気づくとゴルフ場のフェアウエイでも進むようにゆっくりと歩いてきた。腰ベルトにさげたクリップが、短銃でふくらんでいる。心なしかサルが緊張しているようだった。小峰はそっと声をかけた。

「今度のは、いったい誰なんだ。やばいのか」

「ああ、おとなしくしてろ。本庁の保安課のデカだ。田所という。うちのニュースソースのひとりだ」

サルはそういうと直立不動になり、日焼けしたポロシャツに頭をさげた。細面のサラリーマン顔ににやにやと笑いを浮かべ田所がいった。

「私のうわさ話でもしてるのかな。斉藤くん、今夜ここでなにがあったのか教えてもらえないか」

田所は所轄の池袋署の警官にはろくに取材もせずに、サルに事情を話せという。小峰が目を伏せていると、保安課の刑事がビルとビルの暗いすきまを指さした。

田所はエアコンの室外機からたれた水が中央にたまる細い路地に入っていく。革底の靴を濡らすのが嫌なのだろうか、水を避けてつま先立ちになっている。十メートルほど歩き、やじ馬から離れると、塗装のはげた非常階段にもたれて、こちらを振りむいた。小峰は訳がわからずにサルのうしろについていった。

「さて、京極会の連中はいったいなんにつまずいたんだろうな」

ポロシャツ姿の刑事はきざな調子でいった。

「田所さん、この『シンドバッド』はご存じですね」

サルはそういうとすぐ隣のビルへあごをしゃくる。刑事はサルから、小峰に視線を動かしうなずいた。

「岩谷組がみかじめ取ってる店ですが、今夜京極会の連中が派手に博打で負けたらしい。だが、難癖をつけて金を払おうとしない。それで店の人間が岩谷組に通報をいれた」

目を細めてきいていた田所がいった。

「そんなことか。カジノバーの縄張をめぐる抗争という訳ではないのだな」

「ほんもののドンパチじゃありません。下っ端同士の単純なもめごとです」

「なるほど、私が出ばってくるほどのことでもなかったな」

サルは頭をかいた。小峰はサルのうしろ姿から、この刑事のまえではサルがお人好しの若造の振りをしているのに気づいた。サルはほがらかにいった。

「奥さんと真由美ちゃんは、お元気ですか」

「ああ、元気でやってる。今度の旅行も楽しかった。氷高さんにもよろしくいってくれ」

サルは深刻そうな声をつくる。

「ところで、田所さん、今回の『セブンライブス』の強盗事件なんですが、その後なにかわかりましたか」

保安課の刑事はむずかしい顔をした。

「ああ、斉藤くんのところも大変だったな。私の課の担当じゃないから、それほど詳しくは知らない。ただ、捜査一係には池袋のカジノバーの勢力図などの話はしておいた。交換でもらった情報はわずかだ。なにせ明け方の話なので、目撃者がみつからないといっていた。襲われた店長の証言では、外国語を話す四人組だったそうだ。それなら、かなりホシを追うのはむずかしくなる」

サルは一歩踏みこんできいた。

「でも、うちの店の店長と村瀬とかいうちんぴらが撃たれたのは、同じチャカだというじゃありませんか」

「そうだ。そこが問題らしい。だがな、刑事は事件を二時間推理ドラマのようには考えないものだ。捜一では、村瀬が外国人強盗団を手引きし、事件後仲間割れかなにかで邪魔になり、やつらに殺されたという筋で、引き続き中国人の裏社会を洗っている」

「そうですか」

サルがため息をつくと、折り返し田所がいった。

「やめておけ」

「…………」

サルは無言だった。田所がかぶせるようにいう。

「ホシを追って、金を取り戻そうなんて無茶はするなと、氷高さんにいっといてくれ。もっとも飲食代金三百万だなんて、大嘘もいいところだろうがな。一億か、二億か知らないが、そのくらいの金で氷高組の屋台骨は揺らがないだろう」

小峰は田所の言葉を不思議に思った。かなりの事情通のようだが、普通の警察官とは様子が違う。カジノバーのオーナーである氷高やその組員であるサルとも、親密そうだった。田所はサルの陰に立つ小峰に、視線を動かしいった。

「そちらの人は、どういう関係なのかな」

「ああ……」

サルは初めて小峰に気づいたように、あわてて紹介した。

「こちらはうちの氷高クリエイティブで、今度仕事をしてもらう映像ディレクターの小峰渉さんです。今はカジノバーの取材で、自分が案内させてもらってます」

小峰は黙って軽く頭をさげた。田所はおかしそうにいう。

「ほう、とうとう氷高さんも、映画なんかに手を出すのか。氷高組の客分ねえ……」

居心地の悪い間をおいて、田所がいった。

「どういう事情か知らないが、あまり『セブンライブス』のまわりをうろうろしないほうがいいんじゃないか。それじゃ」

そういうと田所は軽く左手をあげて、路地を常磐通りのほうへ戻っていった。腕にはカルティエのタンク・クロノグラフが光っていた。地方公務員の給料ではとても手が出る時計ではなさそうだ。小峰がいった。

「サルさん、あの刑事は何者なんだ」

「曲者だ。警視庁生活安全部保安課の刑事。博打の取り締まりなんかが専門だ。毎年夏休みには、家族そろって海外旅行にいかせてる」

小峰は驚いていった。

「えっ、氷高組でか?」

「いいや。池袋のオープン店がつくってる組合でさ。世界中のカジノを研修旅行するという名目でな」

カジノバーには、風営法の認可を受けた正規のオープン店と非合法のアングラ店がある。この数年、池袋では十店内外で、オープン店の数は安定していた。もちろん、オープン店とはいえパチンコ屋と同様に、チップを店の近くの換金所にもっていけば、現金に交換できる。実質はアングラ店とやっていることは変わらない。

田所という刑事は、そのオープン店で結成した組合から金を出してもらって、家族で海外のカジノへ旅行するという。古い映画で観た文字が、小峰の頭に浮かんだ。

「それじゃ、悪徳警官という訳か」

サルはあざけるようにいった。

「世のなか、なんでもそう簡単に白黒がつけられるか。ルーレットじゃねえんだぞ。あいつは灰色さ」

小峰にはサルの言葉がよくわからなかった。

「どういう意味だ」

「田所は、カジノバーの手入れ情報なんかを、適当に漏らしてくれる。その見返りに海外旅行やつけとどけを、うちがしてやる。やつは現金は受け取らないし、あまりあくどい商売をしてる店には、しっかりと摘発をいれるんだ。カジノべったりでもなきゃ、法の正義を杓子《しゃくし》定規に振りまわす訳でもない。池袋の博打場が安全で、客が自由に遊べるのも、半分は保安課と組合がうまくやってるおかげだ」

釈然としないまま小峰がつぶやいた。

「そんなものなのか」

「ああ、そうだ。摘発の厳しい街では、勢いカジノの稼ぎ方も荒くなる。ふた月ばかりででかく儲けようとしたら、イカサマ、つけ馬なんでもありだ。一晩で身ぐるみはいで、女房をソープに沈めるなんて話は、池袋じゃきかないだろ。アリジゴクみたいなカジノバーだって、東京にはいくらもあるんだ」

そういうとサルは苦笑した。

「それでも、やつの腕時計を見るとむかつくな。あのクロノは、オーストラリアドルで一万五千以上したらしい」

「よく知ってるな」

「ああ、財布代わりについていってるうちの組員が、トラベラーズチェックを切ったのさ。やつは海外では、自分のカードは絶対に使わないそうだ」


小峰とサルはしばらく路地にとどまってから、常磐通りに戻った。田所の乗ってきた覆面スカイラインはすでに現場になく、やじ馬の数もだいぶ減っている。サルは空車のタクシーがのろのろと続く通りに手をあげた。乗りこむと東口風俗街の入口にある電気量販店の名を告げた。サルは正面を向いたままいった。

「それにしても、ああだこうだと怪しげなやつばかり、最近顔を出してくるな。なあ、小峰さん、おれたちはすこしでも、あの鈴木って野郎に近づいているのか」

小峰にはこたえる言葉がなかった。日曜朝から、自分はまるでジェットコースターに乗っているようだ。息をつくひまもなく、池袋の裏社会の移り変る景色に目を丸くしているばかりだ。肝心の銃撃役にはかすりもせずに、地獄めぐりが続いている。小峰は正直にいった。

「ぜんぜんだ。影も形も見えないよ」

小峰は夜の常磐通りを見た。ネオンサインに照らされ、酔っ払いと呼びこみで、朝のラッシュアワーのようだった。誰もかれもひどく脳天気に見える。焦りが嵐の雲のように、小峰の心を暗くした。

自分の執行猶予期限は、すでに二週間を切っている。

アグネスと香月の待つ中華料理屋に戻って、壁の時計を見ると、あれから四十分ほどしかたっていなかった。女ふたりが座るテーブルにビールの中ビンが五本と、日本酒の小ビンが二本並んでいる。香月はかなりの酒豪だったが、雇われ店長の愛人も酒好きのようだった。

サルと小峰は席に着くと、冷たくなった黒豚餃子と伸びてうどんのようにふくらんだ冷やし中華をぼそぼそとつまんだ。酔った香月は、威勢がよかった。

「ねえー、サルさん。五千万くらい、ワタルさんと私ですぐに返しちゃうからね。ワタルさんて、ギャンブル弱いけど、映像のほうはけっこう才能あるんだよ」

アグネスがいった。

「そうね、クロサワに、クロサワに……」

他に日本映画の監督の名前が浮かばないようだった。思い出したようにアグネスはいった。表情は底抜けに明るい。

「そうそう、ヤマモト監督みたいに有名になってね、『トゥナイト』出るね。そうしたら、私もテレビ出してね」

サルは笑って女たちを見ていた。笑顔になると、二十代初めの若さがのぞくようだった。小峰は諦めて、アグネスの撮った中年男の写真を一枚ずつ手に取りチェックしていった。三百枚の写真をじっくりと見るのに、二十分以上かかった。アグネスが目を輝かせて、きいてくる。

「どうね、ハンニンいたの」

小峰は首を横に振った。香月の手を握ったまま、アグネスは肩を落とした。

「そうねー、簡単にいかないね」

なんとかここで撮影を諦めさせなければ、あとあと面倒になる。

「よくがんばったよ、アグネスさん。だけどな、鈴木はもうこの街にいない可能性が高いし、頭の薄い中年男なんて東京には何十万人といるんだ。だから街に出て、でたらめに写真を撮るのは、もうやめたほうがいいんじゃないか」

アグネスからサルに視線を動かすと、サルは目だけで笑いかけてきた。フィリピーナは胸のまえで手を組んだ。

「ありがとう、小峰さん。でも、私には聖母マリアさまがついてるよ。私、ちゃんとお祈りして日本にくることできた。お祈りして、うちのパパに会えた。だから今度もお祈りして、パパを撃ったハンニン、見つけるよ。心配ない、ダイジョーブね」

頭を抱えそうになった。アグネスは懲りずに、これからも何百、何千枚となく写真を撮るつもりのようだ。当然、小峰もそれにつきあうことになる。香月が笑っていった。

「犯人探しを、アグネスが手伝ってくれるっていうんだから、いいじゃない。ワタルさん、細かいこといわないの」

サルも口をはさんだ。

「なあ、カントクさんよ。あんた、ギャンブルにも女にも、からきし弱いんだな」

小峰はぬるいビールをあけると、冷酒を一本注文した。飲まずに、この三人の相手をするのは不可能だ。

「サルさん、あんたこそ、どうなんだ。好きな女はいないのか。まさか童貞って訳じゃないんだろ」

サルは一瞬真顔になった。驚いて香月がサルを見つめる。

「心に決めた女はいた。死んじまったけどな」

香月もアグネスも息をのんだようだった。小峰はつぶやいた。

「そうか……それで、その女の子とはうまくいってたのかい」

「いいや。向こうはおれのことなど、なんとも思っていなかっただろうな。ださい片思いだよ」

「サルさん、カッコいいー」

香月は店に響き渡る声でそう叫ぶと、小峰のために運ばれた冷酒をサルのコップになみなみと注いだ。今夜はどうやら長い夜になりそうだ、小峰は覚悟を決めた。


深夜二時すぎ、小峰とサルはタクシーで帰るという女たちを、明治通りで見送った。八月のぬるい夜風が、小峰の開襟シャツのしたを抜けてすぎた。サルの背中にいう。

「どうする、サルさん?　ぼくは酔いざましにぶらぶら歩いて帰るけど」

「ああ、おれも帰る。途中までいっしょにいくか」

そういうとふたりは池袋大橋を目指して歩き始めた。池袋の風俗街とはいえ、真夜中をすぎると客足はだいぶ淋しくなるようだった。店のまえのちいさな明かりのなかに、呼びこみがぽつりと立っている。呼びこみの顔は、うえから照明を浴びて影になっていた。ときおり酔っ払いが通ると、影のなかでさっと表情が動く。

小峰とサルはＪＲの鉄路を渡る陸橋の長いのぼり坂にさしかかった。終電の終わったあとの線路は、銀の筋が数十本となく走る広い荒野のようで、埼京線の貨物列車がときおり暗くすぎるだけだった。小峰は思いだしたようにいった。

「そういえば、サルさん、あの金がはいっていたアルミのアタッシェだが、おかしな細工をしていなかったか。村瀬がバールで鍵をこじ開けたとき、内側から透明な霧みたいなものが噴きでたんだが」

サルは池袋駅の方向のネオンに目をやっていた。線路沿いに切り立った崖のように白いビルが続いている。

「ああ、あれか。うちの社長が用心深くてな。無理やり開けると、なかの金に印が残るように小細工したのさ」

小峰は映画の撮影現場で、かなりの特殊効果用の薬材を見ているが、あの手のものは初めてだった。不思議に思いきいてみる。

「ものはいったいなんだったんだ」

サルはポケットに手を突っこんだまま、ぶらぶらと歩いている。

「なんでも香港製の特殊インクだといっていた。無色透明で臭いもしない。だが、専用のコンタクトレンズで見ると、赤く光って見えるんだそうだ。もともとはバカラのカードにマーキングして、店のディーラーがイカサマやるための小道具だったんだがな」

「それをアタッシェのなかに仕こんだのか。そのコンタクトはまだあるのか」

「ああ、事務所にいけばどこかに大事に取ってあるはずだ。イカサマ用の道具ってのは高くつくからな。インクとレンズのセットで、あわせて二百万もしたらしい」

悪だくみと金儲けに関する人間の知恵は、果てがないようだった。小峰はあきれていった。

「二百万くらいカジノの客に仕事をいれれば、ひと晩で回収できるもんな。だけど池袋一の優良店といわれた『セブンライブス』で、そんなものを仕こんでいたなんて、ちょっと驚いたよ」

サルはにやりと笑顔を見せた。見あげる月が高い。

「おいおい待ってくれよ。店でそんなもの使うはずがないだろう。あんた、わかってねえな。ハウス側としたら、そんな小細工は危なくて仕方ないんだよ」

「どうしてだ。簡単に客をカモれるんだろう」

「だから、危ないのさ。おっかないのは客のなかじゃなく、店の不良ディーラーにいる。客とグルになって金を抜かれたら、目もあてられない。それでパンクしたカジノバーだってあるんだ」

「そんなものか」

「そうだ。ギャンブルに熱くなってる客なんて、かわいいもんだ」

池袋大橋のうえを涼しい風が抜けていった。風切り音を立てて、車道をタクシーが駆けていく。

小峰はいった。

「だが、そんな仕事がばれたら、ディーラーだって命が危ないだろう」

サルの声は真夜中の風より冷えこんでいた。

「そうだな。どっかに埋められるかもしれない。だが、そういうやつは、あんたみたいなギャンブル好きとは別の意味で、骨まで博打にはまってるんだ。サツに何度手入れをくらおうが、前科がつこうが、結局はカジノに舞い戻ってくる。それで、ときには命をかけてバカをやるのさ」

小峰にはディーラーの気持ちがよくわかった。ギャンブルのあの興奮とスリル、そしてしびれるような空しさ。単純に金を稼ごうなどと思って、博打を打つ訳ではない。ある種の人間にとって、ギャンブルは音楽と同じだった。実際の暮らしのなかではめったにない、凝縮された喜びや悲しみと出会う場所なのだ。一度あの熱に撃たれて、なにもなかった振りができるだろうか。

今の小峰には、音楽を聴かない人生を考えられないように、ギャンブルのない夜も想像できなかった。


翌日も池袋は快晴だった。昼まえには、気温が三十度を超え、真夏日が続いている。サルのクルマによる出迎えは、すでに習慣になりつつあった。小峰も昼食を終わると、要町のマンションのエントランスに出て、日陰でサルを待つようになった。

その日の聞き込みの目的は、昔小峰が村瀬に連れていかれたことのある氷川台のスナックだった。そこの若いママとできているのだと、自慢げにきかされたことがあったのだ。フリーランスのやくざをしていた村瀬から、他に女関係の噂を小峰はきかなかった。しかし店が開くのは、午後六時からである。サルはプジョーを池袋東口に向けた。

「夜までまだ時間があるだろう。ちょっとうちの事務所で打ちあわせでもしよう。冷房のないところには出る気がしねえ」

要町の住宅街を抜けて、西口五差路を左折した。しばらくすると、サルが急にハザードをつけ、路肩に寄る。サルはグローブボックスを探る振りをしながら、鋭くバックミラーを見つめていた。小峰がいった。

「どうした」

「わからん。だが、うしろは振りむくな。あんたのマンションのまえから、おかしなワゴンがついてきてる」

前方を見つめたまま、小峰は低い声でいった。

「そうか」

「今、やつらも路肩に停まった。シルバーのトヨタ・エスティマだ。スモークフィルムでなかは見えない。しょうがねえな」

そういうとサルはハザードを切って、クルマを流れに戻した。池袋大橋に向かって右折する。小峰がいった。

「どうだ。ついてくるのか」

「わからない。やつら信号に引っかかってる。だが、つぎのところで本当の尾行かどうか、わかるだろう」

プジョーのカブリオレは陸橋のうえにさしかかった。アスファルトは照りつける日ざしで、輝く帯になって前方に広がっている。サルはなんの遮蔽物もない橋梁のまんなかで再びハザードを出し、路肩にプジョーを停めた。

「ここなら、動きは丸見えだし、なんか用があるから停めたって顔もできないだろ」

小峰も手を伸ばし、ドアミラーの角度を変え、後方が映るようにした。サルと小峰はドアに腕をかけて待った。遥か後方にエスティマの姿があらわれる。フロントウインドウにさえ偏光フィルムが貼られ、ドライバーの顔は判然としなかった。だが、おかしなもので工業製品にすぎないはずの自動車のマスクが、はっきりと表情を変えたようだった。小峰には切れ長のエスティマのヘッドライトが、焦りで吊りあがったように見えた。

エスティマは今度は停らずに、スピードをあげてプジョーの横を走り抜けていった。小峰はいった。

「どう思う、サルさん」

「間違いないな。ど素人だが、おれたちを張ってるようだ。おれとあんたのどっちを追っかけてるのかな」

そういうとサルは愉快そうに笑った。それでも陸橋の車線に合流するときには、その顔は真剣になっている。

「本気で尾行をするなら、クルマだって何台も用意してあるだろうし、もうつぎのクルマにつけ代えてるかもしれない。これからは気をつけなくちゃいけないな」

東口風俗街を突き抜けた先にあるB－1ビルは、もう小峰にとっても通い慣れた場所だった。曇りガラスの自動ドアをはいり、マッキントッシュの並ぶ事務所に顔を出す。サルがパーティションで仕切られた会議室に案内してくれた。

冷蔵庫から冷えた麦茶が出てきた。とても暴力団の組事務所とは思えない雰囲気だった。関東賛和会羽沢組系列の代紋など、どこを探しても見あたらない。サルは先ほどの尾行の話をする。

「おれには今、誰かに追われる理由などない。もし、やつらがあんたを追ってるなら、どうしてだかわからないが、おれたちは銃撃役探しでけっこういい線をいってるのかもしれない」

小峰には誰かが自分を尾行するなど、まるで実感が湧かなかった。

「おかしいな。ぼくたちはまだ、鈴木の尻尾さえつかんでいない。なぜ、その先にある組織がそれほど焦る必要があるんだろう。ぼくたちが池袋をちょろちょろして、なにかマズイことでもあるんだろうか」

サルは鼻で笑った。頭のうしろで両手を組んで、天井を見あげる。

「理由などわからないが、田所のいうように実際の事件は案外単純なものなんじゃないか。おれたちが池袋でばたばたと走りまわるだけで、心配でたまらなくなるやつがいるとしたら、原因はふたつだろう。まずひとつは、銃撃役の鈴木が、まだこの街に潜んでいる」

それは小峰も考えていたことだった。残りのひとつは小峰がいった。

「そうだな。あるいはその組織が、ぼくたちのすぐそばにいるかだ。案外、鈴木のオヤジも、やつを使った組織も、この池袋のジャングルにいるのかもしれない」

サルの顔で笑いがおおきくなった。

「おもしろくなってきたな。おれはあんたの犯人探しなど、まったく期待していなかった。だが、こうなるとひょうたんからコマで、なにかとんでもないやつらが、転げでてくるかもしれねえな」

「サルさん、池袋にはやくざの組は、いくつくらいあるんだろう」

サルは肩をすくめ、椅子を回転させた。この組事務所では、会議室でさえハーマンミラーの肘つきスイベルチェアを使っている。

「残念だったな。三つ、四つじゃきかないよ。池袋の駅周辺だけで、百を超える組が看板をあげてる。ほとんどはマンションの一室で、しこしこやってるちいさな三次、四次団体だけどな」

「そうか、そのなかから強奪犯を探しだすのはたいへんだな」

「ああ、でもものは考えようだ。こっちからいくのはたいへんでも、おびきだすならなんとかなるかもしれない。やつら、そうとう焦ってるみたいだからな」

「どうしたらいいのかな」

サルは椅子から立ちあがるといった。

「別にどうする必要もないんじゃないか。今まで通り、休みなくこの街をかぎまわればいい。そのうち目障りになって、やつらのほうからアクションを起こしてくるさ。ちょっと待っててくれ」

そういい残すと、サルは会議室から出ていった。小峰は興奮していたが、同時に不安も感じていた。荒事に慣れたサルはいいかもしれないが、自分は素人で、組織の人間などに襲われたらひとたたまりもない。

しばらくしてサルがなにかをもって、会議室に戻ってきた。黒い布で包まれたものがふたつ、小峰のまえのテーブルにおかれた。サルがいった。

「開けてみろよ」

小峰は最初の包みをほどいた。なかは赤い布張りの箱だった。おおきさは眼鏡ケースくらいである。ふたを開く。中央に丸く透明なプラスチックケースがふたつ並んでいた。小峰はいった。

「なんなんだ、これ」

「昨日の夜話していた特殊コンタクトレンズさ」

そういうとサルは丸いケースを取りあげた。小峰のまえにかざす。

「見てみろ」

小峰は目を細めて、澄んだ液体に浸るコンタクトを見つめた。それはひどく雑なつくりで、きれいに真円を描くはずの縁が、ギザギザに欠けている。とても目につけられる代物には見えなかった。中央部は瞳孔ほどのおおきさに赤茶色に染まっている。サルが得意そうにいった。

「こいつをつけて奪われた金を見ると、べったりと血で濡れたみたいに、赤く光って見えるという訳だ」

小峰はそれをきいても、驚かなかった。あの一億四千万円は、すでに雇われ店長の平山と村瀬の血で、芯まで濡れていたからだ。

サルはもうひとつの黒い包みを指さした。

「このところちょろちょろとあんたのまわりもうるさくなってきたろう。もし、身の安全が不安なら、そいつを貸してやってもいい」

小峰はいかさま博打用の特殊コンタクトレンズをテーブルにおいて、包みに手を伸ばした。黒いビロードのしたにごわごわした手ざわりがある。布を開いた。なかは油紙にくるまれた三角形の代物だった。小峰は思わずいった。

「これは……」

恐るおそる油紙をはがす。機械油でぬめるように光る銃身があらわれた。それは真新しいオートマチックピストルだった。銃器に詳しくない小峰には、どこの国でつくられたものかわからなかった。横には予備の弾装がふたつ。青黒い金属の裂けめから、びっしりと肉食魚の卵のような薬きょうがのぞいている。サルはにやりと笑っていった。

「どうする、もっていくか」

小峰はあわてて拳銃を包み直した。どんな道具でも、もっていれば使いたくなるに決まっている。小峰の脳裏には、過って村瀬を撃ち殺し、泣いて謝っていた鈴木の涙が浮かんでいた。

「サルさん、こいつはぼくの見えないところに隠してくれないか。撃たれるのも嫌だが、自分で撃つのも気がすすまない。今回の強奪犯探しだって、ピストルの弾が飛びかうようになったら、とてもじゃないがぼくの出る幕はないよ。そんなことなら、氷高組の下働きでもしてたほうが、いくらましだかわからない」

サルは肩をすくめていった。

「まあ、確かにそうだな。こんなものに頼るのは、自分も死ぬ覚悟を固めたときだけにしといたほうがいい」

再び黒い布に包まれた銃を、サルは会議室の長テーブルのいちばん端に遠ざけた。小峰は安心したように、この数日気になっていたことを漏らした。

「これは氷高組とは関係ないネタなんだが、ちょっと相談してもいいかな」

サルはテーブルに組んだ足をあげ、周辺がぎざぎざになったコンタクトレンズを、天井の蛍光灯にかざしていた。

「ああ、なんだ」

「実はちょっとはめてやりたいやつがいるんだ。それでサルさんの知恵を、貸してもらいたいんだが」

そういうと小峰は、新作ビデオ映画のスポンサーに小判鮫のように張りついている広告プロダクション社長について手短に話し始めた。


ひと通りの説明をきくと、サルがいった。

「なるほど、どの世界にも欲の深い奴がいるもんだな。なにもしないで見ているだけで、顧問料だか、広告費って名目で製作費の二十五パーセントか。一千五百万、荒稼ぎもいいとこだ。その橋って野郎も、おいしくてたまらないな。それで、あんたはどうしたいんだ」

小峰は考えながら、ゆっくりとこたえた。

「なんとかして、橘をこの企画から引きはがしたい。あいつを骨の髄までびびらせるうまい方法がないもんだろうか」

サルの目つきが鋭くなっている。まだ若いが、氷高組の切れ者と池袋で評判を取るだけのことはあった。返事は即座にかえってくる。

「その男はいつ東京にくるんだ」

「来週早々。日曜日に前泊して、月曜火曜と配給元や撮影所の見学を組んである。ぼくが抑えてる原作が、この街のストリートギャングの話だから、池袋にもロケハンで連れてくるつもりだ」

サルは人差し指でこめかみを突いていた。うなるようにいう。

「それで、あんたいくら出せるんだ」

「金か……」

「もちろん、そうだ。誰かをはめるといったって、ただじゃなにもできない」

今度は小峰がうなる番だった。

「そうだな……ぼくは三百万くらいなら、口きき料の代わりに橘にくれてやってもいいと思っていた。消費税の五パーセントと同額だ。上限でそのくらいのもんじゃないか。映画の製作費なんて、いつもぎりぎりだからな。余裕なんてないんだ」

サルはテーブルから足をおろし、肘つき椅子をくるりと回転させた。顔中をしわくちゃにして笑うと、ますますあだ名に似てくるようだ。勢いよく立ちあがり、手をたたいていった。

「決まりだ。その金をよこせ。まず半金でいい。あとはこっちで絵を描いてやるよ」

「だいじょうぶなのか」

「まかせておけって、この街でなら、どんなやつだってはめてやれるさ。おれが何年池袋でしのいでると思ってんだ」

サルが小峰の肩を強くたたいた。見あげるとサルは満面の笑みを浮かべている。小峰は不安の言葉を黙ってのみこんだ。


その夕方、氷川台のスナックを訪れたが、店はすでに閉店しており、村瀬がつきあっていたというママの行方もわからなかった。駅前の商店街にある明かりの消えた店のまわりで、ひと通りの聞き込みを済ませ小峰が戻ってくると、サルは携帯電話の通話を切っていった。

「どうだった」

「もう二カ月以上もまえから、店は閉まったままらしい。どうする？　もうちょっと追ってみたほうがいいかな」

サルはカブリオレの運転席に座ったまま、肩をすくめ首を横に振った。

「いいや、もういいだろう。事件の二カ月もまえじゃ、どうせ見つけてもろくな話はきけないだろう」

小峰は助手席に乗りこんだ。素人の調査は、関係者と事件現場をひとまわりすると、とたんに壁にぶちあたってしまう。

「まいったな。もう打つ手がひとつも浮かばない。そっちはどこに電話していたんだ」

サルはにやにやと笑っていった。

「あんた、池袋のストリートギャングの話を映画にするといってたろう。おれの知ってるほんもののギャングのボスに電話してたのさ。この街では、Gボーイズといえば、やくざだって一目おいてる。やつの名前は、安藤崇《あんどうたかし》。ガキどもはみんなキングと呼んでる。王様のキングさ。例の小判鮫をはめ殺しにする相談をしてたんだ」

ストリートギャングという言葉に、小峰の心は動いた。

「その彼をそのうち紹介してくれないか。取材してみたいな。映画では、なにより実物に会うのがいちばんだから」

「ああ、そんなことならお安いご用だ。だけど、あんた、芝居はうまいのか」

そういってサルはプジョーのエンジンキーをひねった。バックミラーで不審な動きをするクルマがいないか確認している。小峰はいった。

「どういう意味だ。ぼくは演出はするけど、自分で芝居を打ったことはないよ」

サルは鼻で笑うと、クルマを出した。

「それじゃ、小判鮫を釣りあげるまでは、タカシに会うのはやめておけ。おれはともかく、あんたの表情で罠がばれたりしたら最悪だからな」

停っていると蒸し風呂のような暑さだったが、走りだすと車内に涼しい風が流れこんできた。サルは幌をおろすのが嫌いなようで、どれほど日ざしが強くても、屋根を出そうとしなかった。エアコンをいれても足元に冷風があたるくらいなのだが、いつも平然としている。素肌に半袖のパーカをかぶったサルにきいてみる。

「ぼくはてっきり、氷高組関係でなにか手を打つのかと思っていたよ」

サルは運転しながら、つまらなそうにいった。

「そうかい」

「氷高さんにひとことといっておかなくていいのか」

ちらりと横目で小峰をにらむとサルはいった。

「なあ、小峰さん、あんたが倍の金を出す気があるなら、それでもいいぜ。うちの社長に話を通すというなら、同じ仕事でもギャラは跳ねあがる。なんといっても、組織を使うことになるからな」

小峰にもようやく、サルの考えが読めてきた。

「なるほど、そのときはサルさんの取り分も、その辺のガキのアルバイトと変わらなくなるって訳か。氷高さんはえらく金には細かそうだしな」

サルは目のまえを走る軽トラックに、短いクラクションを鳴らした。

「あんたもだんだんわかってきたじゃないか。やくざなんてみんな個人事業みたいなものなのさ。結局はそれぞれの才覚でしのいでいる。今回の話は、おれがうける営業だ。確かに夏休みのアルバイトみたいなものかもな」

川越街道の遥か先、池袋のビル街の空に、巨大な積乱雲が浮かんでいた。雲の端にだけ夕日があたり、紅をさしたように染まっている。内側から湧きたつような勢いのある雲で、底は墨を流した濃灰色だった。小峰は前方を見ながらいった。

「ひと雨くるかもしれないな」

サルは愉快でたまらなそうな表情でいった。

「おれ、子どものころから、台風とか嵐が大好きだった。なあ、大荒れの天気って、最高だと思わないか」

サルはアクセルを踏みこんだ。外側の車線に移り、のろのろとまえをいく先ほどの軽トラックを追い抜いていく。プジョーは冷たくなった空気のなか、嵐の雲を目指して速度をあげていった。


その週末は、陽動作戦以外に打つ手はなかった。池袋のオープン店の組合で理事を務めている氷高社長に口をきいてもらい、十二店あるカジノをサルと小峰は順番にまわった。どの店でも、客の出入りが最高潮になる真夜中すぎに、人目につくように正面から堂々と訪れている。

ディーラーや支配人に、銃撃役の鈴木に似た男が出入りしていないか、最近怪しい客がいないか、こたえなど期待していない質問をばらまいていく。どの男の反応も、バカラのカードのように薄かった。客商売なので、みなそれなりに愛想はいいが、本音では関わりになりたくないという顔をしていた。

小峰とサルはそれでも週末の夜を三日分潰して、せっせと餌をまいていった。以前小峰に尾行をつけた組織が、どこで耳を立てているかわからなかったからである。


手ごたえも反応もない夜が続き、また代わりばえのしない月曜日がやってきた。まぶしい夏空のした、幌をおろしたままのプジョーに乗り、小峰とサルと秋野香月は池袋のとなり駅にむかった。

目白は山手線でひとつ離れているだけだが、街の雰囲気は池袋とはまったく違う。同じ地続きでも、社会的には巨大な断層が口を開けているようなものだった。こちらの駅の周辺には緑が多く、学習院や川村学園など学費のかさむ私立校が集まっている。文教地区で高級住宅街なのだ。

小峰とサルが小判鮫と呼んでいる仙台の広告プロダクション社長、橘智明が指名してきたホテルは、贅沢な設備で知られる目白のフォーシーズンズだった。

ホテルの車寄せでボーイにプジョーの鍵を渡すと、サルはガラス扉のむこうに広がるロビーに目をやった。その日はめずらしくオフホワイトの麻のスーツに、同系色のシャツをネクタイをせずに着こなしている。手にはブリーフケースが見えた。

「さて、橘とかいうやつを、がちがちにはめ殺してやるか。手はずは覚えているよな」

香月は銀座の夜用の化粧とスーツ姿で、胸を張った。

「まかせてよ。私は女優なんだから」

小峰はやけになっていった。

「ああ、わかってる。前半はもちあげるだけもちあげといて、夜になったら池袋で罠にかけるというんだろう。そんな程度の作戦で、ほんとうにうまくいくのか」

香月がとりなすようにいった。

「もう舞台に立つ時間よ。今さら脚本に文句いったってしょうがないじゃないの」

サルは平然としている。

「だいじょうぶさ。なにせこっちが用意してるのは、役者なんかじゃない。ほんもののギャングなんだ。小判鮫どころか、あんただってションベンちびるかもな。さあ、カントク、本番だ。いこうぜ」

小峰はサルと香月に背を押され、なめらかに開く自動ドアを抜けた。

真夏のこの季節、ビジネスマンの姿はすくなく、シティホテルのロビーは閑散としていた。炎天下から室内にはいった小峰には、息をすると気道の形がわかるほど、空気が冷たく感じられた。点々とあいだをおいて並ぶソファを縫って、ロビーの奥にすすんでいく。サルがいった。

「カントク、待ちあわせは確かロビーでよろしかったんですよね」

小峰は啞然としてサルの顔を見た。普段の荒っぽい言葉使いが、ですます調に変わっている。

「ああ、そうだ、斉藤くん。十時にここのロビーの約束だ。まだきていないようだな……なあ、サルさん、今日はずっとそんな調子でしゃべるのか」

そういって小峰は柱の陰のソファに腰をおろした。サルは手にカバンをさげたまま、ソファの横に立っている。ソファの正面は吹き抜けの天井までガラス窓が高くそびえ、その向こうには贅を凝らした日本庭園が見えた。巨大に引き伸ばした絵はがき用フィルムのようだった。ちいさな池は色濃い緑に淀んでいる。

十時五分すぎ、エレベーターホールの方向から橘智明と今回の仕事のプロデューサー駒井光彦があらわれた。小太りの駒井が手をあげて、小峰も軽くうなずき返す。駒井にはまだ今日の仕掛けの詳細は話していなかった。ソファの三人は立ちあがり、橘がやってくるのを待った。

橋はヤマモト・ヨージの黒い箱のようなスーツにスタンドカラーの白いシャツをあわせていた。半白の長髪をうしろで束ね、細面のとがった鼻に楕円形のメタルフレームをのせている。どこかの建築家か、大学講師のようだった。気障な男だと小峰は思った。反発を隠し、ていねいに声をかける。

「橘さん、お久しぶりです。紹介しましょう」

そういって香月に手のひらを向ける。

「こちらは一度、仙台でお目にかかって覚えていらっしゃるでしょう。今回の映画にも出演を予定している秋野香月さん。それから、これはぼくのしたでアシスタントディレクターを勤める斉藤富士男くんです」

橘はサルを無視して、香月にうなずくといった。

「まあ、よろしく頼む。今日の見学はどうなっているのかな」

駒井が頭をかきながら、割ってはいった。

「久しぶりの東京なんで、こちらもいくつか打ちあわせを予定しています。橘さん、申し訳ないですが、ここで失礼させてもらってかまいませんか」

無邪気な表情をつくっている。大学の映画研究会から駒井を知っている小峰には、それがこの男の嘘をつくときの癖だとわかっていた。橘はすでに駒井になど関心がないように軽くうなずいた。目くばせする駒井に、小峰もうなずいてやる。

「それじゃ、そこまでいっしょにいきましょう」

五人は橘を中心に、広いロビーをゆっくりと渡っていった。

エントランスで駒井と別れた小峰たちは、サルの運転で目黒に向かった。目黒にあるビデオ撮影用のスタジオで、小峰の知りあいが新作の撮影中だったのだ。プジョーが走りだすと、橘はさっそく文句をつけた。

「東京の空気は排ガス臭くてかなわないな。幌をさげて、もっと冷房を強くしてくれないか」

助手席に座る小峰は、サルの表情を盗み見た。サルは一度きつく歯を噛み締めると、何事もないようにいった。

「わかりました。今、停めますから」

サルは山手通りの路肩にプジョーを停めると、黙々とルーフをかぶせ、フロントウインドウに留めた。小峰はそのあとで、サルの口数がすくなくなったのに気づいたが、橘は若いＡＤの様子など、どうでもいいようだった。

移動のあいだに、プロダクションの社長は得意の映画史について語り始めた。橘はその場にいる人間の誰ひとり観たことがなく、自分だけが観ている映画の話をするのが好きなようだった。

「『上海特急』は観たかね。あれは走る夜汽車のなかのマレーネ・ディートリッヒのアップが素晴らしかった。撮影はリー・ガームス。確か一九三二年度のアカデミー撮影賞を獲っているはずだ。

小峰さんは、ご存知ですか」

ディートリッヒとジョセフ・フォン・スタンバーグ監督の黄金コンビの第三作か四作目だとは知

っていたが、小峰はその映画を見逃していた。運転しながらサルがちらりとこちらを見た。視線だけで我慢するように伝えてくる。小峰はサルに笑いを送るといった。

「いやー、さすが橘さんですね。スタンバーグ監督の作品はもうすこし勉強しなくちゃとは思っているんですが」

「それはいい心がけだ。今度の映画は、池袋のストリートギャングをドキュメンタリータッチで撮るといっていたようだね。それじゃ『スリ』は観たかな」

五九年フランス、監督はロベール・ブレッソン。小峰の大好きな映画だった。パリ北駅や競馬場で上着から財布を抜き取るシーンはすごいスリルで、手に汗をにぎったものだ。俳優はみな素人で、モノクロの絵は砂のように乾いたドキュメンタリー調だった。小峰は残念でならないようにいった。

「申し訳ありません。その映画も観ていません。傑作だとはきいているんですが」

橘は小躍りしそうに、プジョーの狭い後席で喜んでいるようだ。

「それなら『地の果てを行く』はどうかな。あれはデュヴィヴィエ監督のミステリーで……」

目黒に着くまでの二十五分間、三人は三〇年代の世界映画の状況を、たっぷりときかされることになった。


撮影所の受付で入館証を胸につけると、一行はそのまま長い通路を歩いていった。ここで最大のスタジオは機材やセットの搬入が容易なように、一階につくられている。薄暗い廊下の隅には、幅数メートルもある布や紙などのロールが積まれていた。小峰は早口で説明する。

「これから見にいくのは、レンタルビデオ用の学園ホラーの撮影現場です。橘さんもご存知のように、今ビデオ映画のマーケットはたいへんな過当競争になっています。昔はヒット作なら一万本二万本と売れたものですが、このところ二千本も売れるとパート2をつくろうかなんてこともあります。もちろん製作費はどんどん削られていくんですがね」

橘は澄ました顔でいった。

「売れないから数を出して、表面上の数字だけあわそうとする。映画という芸術にとってあまりいい環境とはいえないな」

芸術！　なけなしの製作費から、千五百万も抜こうという男の言葉とは思えなかった。サルと香月は平然として、橘の言葉にうなずいている。たいした役者だった。

「通り筋の企画は、今では五種類だけになってしまいました。刑事かやくざの出てくるアクションもの、パチンコ、スロットなんかのギャンブルもの、子ども向けの学園もの、特殊メイクのホラーもの、あとはあいも変わらぬエロです」

「そうなると今回の企画は、学園とホラーのジャンルミックスという訳か」

「そうですね。それに主演の女の子が高校を卒業して、大人の女優を目指すとかでおっぱい見せもあるので、エロも兼ねていますかね」

開いたままのスチール製の大扉を抜けて、スタジオにはいった。広々としたスタジオの両端に教室と職員室のセットが組まれている。汚れたジーンズ姿のスタッフが駆けまわっていた。うんと若いか、定年間近かという人間が多く、中間層の年齢は見あたらない。

小峰は小型モニタでカメラテストをチェックしている旧知の監督に声をかけた。

「ごゆっくりどうぞ。スポンサーは大事にしないとな」

監督はざっくばらんにいうと、自分の仕事に戻っていった。四人はスタジオの奥でパイプ椅子を並べて腰かけた。長い待機の時間が始まる。照明、音声、衣装にメイクと、撮影のほとんどは、待ちの時間が占めている。また、橘の映画講義が始まった。

「あのビデオモニタというやつが、近ごろの映画の画面構成をゆるくしている元凶だ。昔の監督は実物の芝居を見て、現像されたフィルムにどう定着するか、ぴたりと予測できたものだ。見えるからといって安心してはいけない」

一時間ほどたってアイドル女優の撮影が3カットほど進行した。本格派を目指すという割りには、たどたどしい科白まわしだった。橘は冷ややかな視線で見つめていたが、少女が脱がなければ、きっとこの企画は流れてしまっていただろう。

映画、演劇、音楽、どの分野でも変わらなかった。表面上のにぎわいはともかく、現在の日本には芸能を支える基礎体力がないのだ。悪いのは大人の男たちである。仕事にばかりうつつを抜かし、国を支えるもう一本の柱を放りだしてしまった。男が遊ばない国に、ろくな文化など育つはずもない。

昼まえに小峰たち一行は、早々と退散した。

神宮前の割烹で個室を取り、近くのOLに人気がありそうな形だけの懐石料理のコースで昼食を済ませた。つぎは青山にある編集スタジオだった。表通りから一本それた静かな裏街にある中層のコンクリート打ち放しの建物である。

小峰はエントランスをはいってすぐの階段をおりていった。ガラスブロックを通して、観葉植物がおかれた半地下の踊り場にも、夏の日ざしが降りそそいでいる。小峰はうしろについてくる橘にいった。

「別に悪気はないんでしょうが、ここでは値段の高い順にうえから編集室が並んでいるんですよ」

「どういう意味かね」

小峰はちらりと振りあおぐといった。

「地下にあるのは、一時間あたり一万から二万の旧式の設備ばかりです。お客はぼくたちみたいな金のない映画やビデオの関係者。うえの一、二階は時間あたり三万から五万で、客はテレビ番組の制作会社。最上階の三階には、日本にはまだ二台しかない最新鋭のハイテクマシンがあります。ハリウッドのSF大作で使うようなデジタル編集機で、ぼくは借りたことはありませんが、一時間で八万という破格のレンタル料金です。客は金のある広告代理店の連中だけです」

橘は感慨深げにいった。

「本来なら映画のために開発されたものが、日本ではCFにしか使われていないのか。残念なことだな」

小峰は地下の通路の右手に並ぶ扉を開けた。四畳半ほどの内部は、映像と音声のモニタ、業務用規格のビデオデッキ、調整卓にコンピュータなどで、ぎっしりと埋めつくされている。知り合いの編集者に挨拶して、壁際の薄い座面のソファに腰をおろした。

先ほどの橘の嘆きには実感がこめられているようだった。この男をはめて、今回の企画から手を引かせる。小峰はかすかな罪悪感を感じて、サルの顔を見た。サルは凪《な》いだ海のように表情のない目でじっと見つめ返してくる。それはためらいなどまるで感じていない冷めた目だった。


午後の二件目は銀座のビデオ配給会社だった。そこは大手の映画会社の子会社で、独自のビデオシリーズをいくつか製作販売している。小峰は自分の担当者には、橘をスポンサー関係者と紹介していた。相手は橘に手慣れたていねいな対応を示した。挨拶もそこそこに通された応接室のテーブルには、小峰の過去の作品が数本飾られている。

横浜の暴走族を描いたもの、かつての国民的美少女がSM嬢にふんしたマンガ原作もの、それに犯罪者と刑事の友情をテーマにした小峰渾身の力作。なかでも一番のヒットは、三十近い元国民的美少女が主演した作品で、興行的にかすりもしなかったのは全力投球の力作だった。製作者側の力のいれ具合と作品の売れゆきとは、まるでリンクしないようだった。ビデオ雑誌の批評では、ヒットの半分はたれ気味の乳房を細い鎖で締めあげたパッケージ写真のせいだと書かれた愚作である。

晴海通りを見おろす応接室では、楕円のテーブルを囲み、冴えない話が続いていた。映画産業の不調と世のなか全体の不景気の話である。配給会社側は決して調子のいいことはいわなかった。どんな作品でも、マーケットに出すまでは売上の予測はできない。

ストリートギャングを描いた作品は過去にはないので、新鮮な素材ではあるが、誰にも大あたりの太鼓判は押せない。わかってはいても、小峰は身が引き締まる思いだった。橘は芸術には興味があっても、興行には興味がないようだった。退屈そうに営業部の話をきき流している。

配給会社を出るころには日は西に傾いていた。銀座の通りにおりると小峰はいった。

「これから夜にかけて、池袋のロケハンにいきます。橘さん、どうせならご自分でカメラをまわしてみませんか」

退屈そうだった橘の表情が動いた。小峰がサルにうなずくと、サルはブリーフケースを小峰に渡し、クルマを取りに走りだした。

小峰が開いたブリーフケースを、香月が支えた。灰色のウレタンフォームのくぼみには、最新型のデジタルビデオが二台納まっている。小峰は手のひらにすっぽりとはいる小型のビデオカメラを橘に差しだすといった。

「ロケハンといっても、今回の作品はビデオ撮りですし、ドキュメンタリー調で現場の雰囲気を第一に考えています。橘さんが今日撮る絵でも、いいのがあればどんどん使わせてもらいますよ。デジタルになって、画質は本編でも十分いけるレベルです」

橘はピストルマニアが実銃を渡されたように、よだれを垂らしそうな顔をしている。さっそく細かなスイッチをいじり始めた。地下の駐車場からサルのプジョーが鼻をのぞかせ、配給会社のエントランスのまえで勢いよく停った。

仙台からきたプロダクションの社長は、眼鏡の奥の細い眼を光らせていった。

「それじゃ池袋にいこう。これからが私の本領発揮だ」

サルは池袋西口公園裏の路上駐車場にクルマを停めた。すでに太陽は西口のビル街のあいだに沈んでいるようだった。空には燃えかすのような赤黒い雲がいくつか浮かんでいるだけだ。西口公園は小峰が押さえている原作では、重要な舞台として何度も登場する予定になっていた。四人は東京芸術劇場の横手を通り、公園の入口に向かった。小峰は橘の背中にいった。

「どうしますか。先に夕食にして、ロケハンは夜にしましょうか」

橘は振り返りもせずに、足早に歩きながら返事をした。

「いいや。せっかくの夕暮れの光りがもったいないじゃないか。晩飯など二、三本テープをまわしてからでも遅くはないだろう」

西口公園の円形広場に足を踏みいれた。ガングロの女部族、酒盛りをするホームレス、異国の言葉でざわめいている外国人、デートの最中の高校生カップル、すでに軽く酔っているサラリーマンの一派。違法テレカと合法違法の薬物類の売買が、池袋署の目と鼻の先であたりまえのようにおこなわれている。

池袋の夏の夜が始まろうとしていた。周囲を取り巻くのは商業ビル群の原色のネオンサインだった。御影石張りの広場には、あらゆる階層の人々がにぎやかにいき交い、池袋という街のでたらめな勢いを誇示しているようだ。

橘は公園にはいるまえから、すでにカメラをまわし始めていた。同心円を描く広場の中央に立ち、ぐるぐるとその場で回転しながら、周囲にあるものをテープに収めていった。サルがもう一台のビデオカメラをさげた小峰のそばにやってくると、小声でいった。

「そろそろかかろう。Ｇボーイズの連中も待機している」

サルが流し見た視線の先には、銅像が建っていた。そのまわりを囲むように、だらしなくストリートファッションを着崩した少年たちが群れている。どのギャングの衣服にも、必ず青い色をしたものがはいっていた。これが池袋のカラーギャングなのか。初めて見るストリートギャングに、小峰は興味をそそられた。それは夢中で撮影を続ける橘も同じようだった。

広場の中心をはずれ、夕闇がたちこめ始めた公園のなか、引き寄せられるように橘は少年たちに近づいていく。サルが小峰に囁いた。

「さあ、始まるぞ。おれたちもいこう」

小峰とサルと香月の三人は、ゆっくりと橘のあとを追った。その橘は、氷のように無表情にビデオカメラをにらみ返すストリートギャングを、ひとりひとりアップで撮っていた。サルがあきれたようにいう。

「ありゃありゃ、あのオッサン怖いものしらずだな。うちの組の駆けだしだってあんなむちゃはやらねえぞ。Ｇボーイズをそのへんの不良少年のお坊ちゃんとかん違いしてんじゃないのか。あんな調子じゃ、へたすると本気でぶっすりやられちまう」

ビデオカメラを構える橘の周囲を、少年たちが取り囲んでいく。サルがいった。

「始まる。おれたちもなかにはいろう」

小走りで青い集団に向かうサルに、小峰はちいさな声で叫んだ。小峰は段取りの詳細をサルから知らされていなかった。

「いったいなにが始まるんだ。くそっ！」

サルからはもう言葉など返ってはこなかった。じきに小峰も青いTシャツやパーカやタンクトップの背中をかき分けていた。塩辛い汗のにおいと甘ったるい大麻のにおいが混ざって、むせるような熱気だった。集団のなかから、いきなり叫び声がきこえた。

「なに撮ってんだ、おまえ。キングに許可取って、そのカメラまわしてんのか」

白いTシャツを着たギャングが、橘の胸元をつかんで叫んでいた。胸が厚い。橘の足先はかろうじて公園の石畳にふれているだけだった。そのギャングは上半身にぴっしりとアメリカ風の入れ墨を入れているのだろう。半袖からのぞく二の腕から指のあいだまで、濃紺の幾何学模様が稲妻のように走っている。白いのはTシャツの背中だけだった。

「殺せー！」

「埋めちまえ！」

周囲を取り巻く青いギャングたちが、口々に叫んでいた。橘はすでに言葉を失っているようで、ひとこともいい返せずに、つま先立ちの足を震わせている。顔色は周囲のギャングの衣装に負けないくらい青かった。サルが人だかりの中央に進みでた。

「申し訳ありません。この人は昨日仙台からやってきたばかりで、今日は映画のロケハンでこの公園を撮影していただけなんです」

入れ墨の男は、表情を変えずにいった。

「だから、どうした。こいつは許可も得ずに、おれたちの顔を撮りやがった。ここにはまだ執行猶予中の人間も、追われてる人間も何人かいる。おれたちのプライバシーはどうしてくれるんだ。この男は肖像権という言葉を知らないのか」

小峰はあきれて見つめるだけだった。格好だけで脳細胞はお寒いガキかと思っていると、青いギャングはしゃれた口をきく。誰かに背中を小突かれて、ガキの輪のなかに押しだされた。香月もハイヒールの足をひねって、石畳に手をついている。誰かが携帯で電話をかけていた。

「おまえら四人だけか」

入れ墨の男が薄笑いしながらいった。小峰は黙ってうなずいた。確かにたいした迫力だった。事情を知る小峰でさえ、得体の知れない恐怖に襲われている。公園を通る他の人間たちは、見てみぬ振りで顔をそむけてすぎていった。入れ墨の男がいう。

「いいだろう。おれたちじゃ決められないな。キングのところにいこう。オッサン、あんた、ラッキーだな。池袋にきて初日にキングにお目通りがかなうんだ。もっともこれが生涯最後になるかもしれないがな」

そういうと男は軽々と橘を肩にかつぎあげた。ギャングのあいだで歓声があがる。小峰とサルと香月は両腕を男たちに抱えられ、すぐ近くの公園出口に向かった。西口公園の裏手にはラブホテルの並ぶ細い路地がある。その人影の薄い通りに三台ほどアメリカ製のミニヴァンが停められていた。

小峰たちは黒いヴァンに押しこめられた。橘はひとり、別なヴァンに乗せられている。スキンヘッドの運転手がいった。

「おねえさん、荒っぽいことして、ごめんね」

振りむくと小鼻の脇にパチンコ玉ほどある銀のピアスをいれている。香月が髪を手で直しながら、さばさばといった。

「おかげでかかとが折れちゃったけど、新しい靴はワタルさんに買ってもらうから、いいわ。許してあげる」

サルが笑いをこらえていった。

「橘のおやじ、今ごろひとりで泣きそうになってるんじゃないか。向こうのクルマじゃ目隠しをする手はずになってる。いい気味だな。なあ、タカシのほうは、ちゃんと準備できてるのか」

金髪を根本からスプレーでかちかちに立ちあげた助手席のギャングがこたえた。

「うちのキングがミスったことありますか。サルさん、まかせてくださいよ」

「ああ、わかってる。ところで、最近おまえたちの集会に、マコトのやつは顔出してないのか」

マコト？　小峰がきいたことのない名前が出てきた。このヴァンにはフロアパンのしたにライトが仕込んであるようだった。青白い光りに浮きあがるように日の出通りを、東池袋に向かっている。

「集会では見かけません。マコトさんはフリーだし、うちのチームというより池袋全体の人ですからね」

どういう人間かはわからないが、青いギャングに一目おかれている人物であるのは間違いないようだった。幅二メートル近くある大型ヴァンは雑居ビルが建ち並ぶ、狭い路地に侵入していった。

前方に有刺鉄線の張られた空き地が見えてきた。ビルの谷間の雑草が生え放題の空き地で、何台かよく似た大型ヴァンが停められていた。鉄パイプで組まれたゲートの横に、青いバンダナを頭に巻いた上半身裸の男がふたり立っている。青いギャングの歩哨のようだ。小峰たちが乗ったヴァンが近づくと、自然にゲートが開いた。

ヴァンが停まると、サルがいった。

「さあ、もうひと芝居頼むぞ。うんと荒っぽくな」

スキンヘッドはにやにやと笑ってこたえる。

「楽しみですよ。羽沢組系氷高組の出世頭を、思いきりぶん殴れるなんてチャンスは、そうそうないですからね」

サルと運転手はにぎったこぶしをぶつけあうチーマー風の挨拶を交わしている。小峰は首を振り、あきれてクルマをおりた。

車外に出ると青いギャングは再びこわもてに戻った。三人はまた引きずられるように、人の輪に連れていかれた。その空き地には五、六十人のガキが集まっているようだった。半円形を描いて停めたヴァンを背に、中央に雨ざらしのソファがおいてあった。うえには青いサテンの布がかけられている。鮫の背のように光る布の真ん中に、色の白い男がひとり足を組んでいた。細くしなやかそうな身体つきだった。ギャングたちは思いおもいの格好で、好きに騒いでいるようだが、その男のまわりだけはしんと静まり返っている。この八月にひとりだけ真冬の空気をまとっているようだ。小峰は誰に教えられなくても、その男がGボーイズのキングだとわかった。

目隠しをされた橘といっしょに、小峰たちはその男のまえに連れていかれた。なにか別件のもめ事があったようでキングの冷たい声が、後ろ手に縛られ雑草のあいだにひざまずいたギャングにあびせられていた。

「……それで何回やったんだ」

ストリートギャングの王様・安藤タカシの声には、目のまえでひざまずく男への人間的な関心や興味は感じられなかった。縛られた男は震え声でいった。

「二回……くらい……です」

まわりのギャングから野次が飛んだ。

「くらいってなんだ、おまえ。自分が女とやった回数もわかんねえのか」

荒れた笑い声がはじけたが、キングは平然としている。橘の目隠しがはずされた。同時にサルが両腕をつかむ男を振り切ろうと暴れだした。先ほどのスキンヘッドの運転手がサルの顔面を殴った。ごつんと鈍い音がする。橘はあわてて目を伏せていた。キングは静かにいった。

「この男は、仲間の家族に手を出した。おれたちみんなの妹だ。そいつの年はいくつだった？　みんなのまえでいえ」

縛られた男は涙声でうつむいている。

「十二歳だった。おれは……おれは……」

「おまえが知っていようが、知らなかろうが関係ない。定められた罰を加える。腕とペニスとどっちがいいんだ。選べ」

蚊の泣くような声がきこえた。

「腕で……腕にしてください」

キングの横に立つ大柄な男がふたり、泣いている男に近づいていった。男の手首を縛るプラスチックのコードをぱちんと音を立ててはずしてやる。男を立たせ、右腕を水平に伸ばさせた。でかい男の片方が腰のケースから、ナイフを抜いた。揺れる雑草を背に両刃のナイフが暗いきらめきを見せる。男は無表情にサインペンで印でもつけるように、ギャングの二の腕に沿ってナイフの先でゆっくりと円周を描いた。空き地に血が滴り落ちても、ギャングは歯を食いしばって耐えていた。赤い輪を一周腕に刻むと、三センチほど離れてもう一周、ナイフの刃先が腕に切りこみをいれる。

泣いているギャングのジーンズでナイフの先を拭くと、大柄な男はキングの横に戻った。キングのそばに先ほどの入れ墨男が立って小声でぼそぼそと話していた。小峰は橘を見た。橘は自分がなぜここにいるのかもわからないようだった。吐き気をこらえているのか、蒼白な顔で唇を嚙み締めている。キングの涼しい声が響いた。

「つぎだ。おまえたちは、なにをした？」


小峰たち四人は、キングの座る雨ざらしのソファのまえに引き立てられた。入れ墨のギャングがいう。

「こいつらはGボーイズの許可も得ずに、ウエストゲートパークでビデオカメラをまわしていました。その場にいたうちのメンバーの顔を全部収録しています」

橘が青い顔を引きつらせていった。

「ちょっと待ってくれ。私たちは映画のロケハンで……」

うしろにいた別のギャングが振り幅のちいさな鋭いまわし蹴りを橘の尻にかませた。広告プロダクションの社長は束ねた半白の髪を宙に乱して、くの字に身体を折った。きれいに尾骶骨《びていこつ》にはいったようだ。顔をあげた橘の目には苦痛と屈辱の涙がたまっている。

「キングに質問されたときだけ、口を開け」

橘は黙ってうなずいた。ゆったりと座ったまま、池袋のGボーイズの王は動かない目で小峰を見ていった。

「なぜ、おれたちの絵が必要なんだ」

夕暮れの風がビル街の空き地を吹きすぎていった。小峰は目のまえの少年に出演交渉ができないものか考えていた。こんな冷たさをもったタレントはどこを探してもいない。登場するだけできっと画面が締まることだろう。思いだしたように、小峰はこたえた。

「Gボーイズのメンバーの顔が必要な訳ではなかった。この秋から池袋で撮影にはいる新作のために、ロケハンしていた。この街のストリートギャングが主人公の話だ。そこの橘さんは映画のコンサルタントで、みんなの顔があまりにも作品の雰囲気にあっていて、参考のためにカメラをまわしてしまったんだろう」

橘がまた勝手に口を開いた。声が震えている。

「その通りだ。悪気はなかった。だが、なんの権利があって私たちを誘拐などするんだ。公園はみんなのものだし、私がなにを撮ろうが自由だろ……」

キングは先ほどのギャングに目くばせした。短い風切り音がして、再び足が飛んだ。フリーキックの練習のようだ。つま先に鉄板のはいったワークブーツが、正確に尾骶骨の先を捕らえる。橘は腰を突きだすように跳ねあがった。キングは小峰にいう。

「まるでわかってないな。この街にあるものはみんな誰かのものなのさ。池袋で映画を撮るというなら、おまえは知っているだろう」

小峰は黙ってうなずいた。池袋で撮影するには、役所や警察だけでなく、主だったやくざやストリートギャングにも話を通しておかなければ、どんな妨害をされるかわからなかった。それは新宿や六本木や上野など、東京の盛り場ならどこも同じだ。

キングは熱のない声でいった。

「さて、こいつらをどうするかな」

やっちまえ、ぶっ殺せという野太い野次が、周囲を取りまく数十人のギャングたちから投げられた。芝居だとわかっていても、その場の雰囲気は異様だった。香月の顔色は青く、殴られて頬をはらしたサルは唇の端からひと筋血を流し下を向いている。橘は目に見えて震えていた。

「身元を確認しろ」

青いギャングはそれぞれの財布から、名刺やＩＤの類を抜きだすとキングに手渡した。街灯の光りの届かぬ空き地の隅に、夕闇がたまり始めていた。キングは手のなかで紙切れをいじっている。

小峰はしだいに心配になってきた。サルを通じて頼んだのは、橘を死ぬほどびびらせるだけで、怪我を負わせたりする予定はなかった。骨の髄まで恐怖をたたきこみ、あとで手を引くように説得しようと考えていたのだ。Gボーイズのキングは頭の回転が速い男だときいていたが、いったいこれからどうするつもりなのだろうか。安藤崇はソファから小峰にほほえんだ。無邪気そうな笑顔は周囲を埋めつくすギャングの誰よりも危険そうだ。名刺の角で橘を指して、キングはいった。

「おれはあんたが気にいらない。あんたは二度と池袋の土を踏むな。映画にも関わるな。いいな」

めちゃくちゃな話だった。橘は思わず声をあげた。

「ちょっと待ってくれ、いったいなんの権利が……」

三度目の蹴りがうなった。尻を押えてひざまずいたまま、橘は今度はなかなか立ちあがらなかった。キングは無表情に名刺を読みあげた。

「仙台市青葉区国分町か。いいところなんだろうな。あんたの会社の住所も、あんたの家もわかった。Gボーイズはどこにでもいくし、なんでもやる。それを忘れるな。さっきの話は、わかったな」

橘は黙っていた。ギャングが手を伸ばし、横長のメタルフレームの眼鏡をインテリ面から取りあげ、雑草のあいだに落とした。橘の尻を蹴り飛ばしたワークブーツが草のうえのレンズを踏みつける。石のすれるような音がして、二枚のガラスは粉々に砕けた。キングはほほえんで繰り返す。

「わかったな」

橘の声は秋の蚊が泣くようだった。

「……わかりました」

キングはつぎに小峰にいった。

「この街でいい映画を撮るために、アドヴァイスをひとつやろう。コンサルタントならおれたちを使え。ストリートの生活について、なんでも教えてやる。その男は御払い箱だ。その映画はおれたちが仕切る。わかったな」

本心なのかもしれない。小峰は迷った。キングの顔色には、内心をうかがわせる感情のひと刷毛《はけ》も見えない。小峰の背に数人のギャングが迫ってくる気配がした。恐怖に襲われ、本気でこたえてしまう。

「わかりました」

キングはまたあの無邪気な笑顔を浮かべた。名刺をそばに控えるナイフ男に渡すと、また無関心な声に戻っていう。

「そいつらをウエストゲートパークまで送ってやれ。ていねいにな。さて、つぎは誰だ」

王の裁判はまだ続くようだった。


小峰たちは両腕をギャングに抱えられ、ミニヴァンに押しこまれた。周囲にそびえるビルのネオンサインに明るく照らされた西口公園に着いたのは午後八時まえだった。小峰は橘にいった。

「どうしますか、警察に届けましょうか」

橘は首を横に振って、空のビデオカメラを返した。

「いいや。何時間も警察ですごすのは耐えられない。やつらにとっては、ひとりやふたり補導されてもなんでもないだろう」

おびえた橘の視線の先には円形広場にたむろする、さっきとは別な青いギャングがいた。ギャングたちは静かにこちらを見ていた。橘は顔面をひきつらせていう。

「それより、ほんとうにこんなところで映画を撮るつもりなのか。やつらは食いついたら離れないぞ。考えられん、悪質なギャング団だ」

その夜はその場で解散になった。タクシーに乗りこんだ橘を見送ると、サルがあごを押えながらいった。

「きいたな、さっきのパンチ。あのガキは本気だった。奥歯がぐらぐらするぜ」

香月も両腕で身体を抱くようにしていった。

「ほんと、お芝居だとわかっていても、私も怖かった。ワタルさん、あんな人たちが主人公の映画を撮るの」

小峰はうなずいていった。

「誰も撮ってないからな。それにしても、映画は自分が仕切るって科白、本気じゃないよな。あのキングには映画に出てもらいたいけど」

公園の石畳にサルが赤いつばを吐いた。香月は目をそらせている。

「ああ、かかわるつもりはないだろう。本心は誰にも読めないが、自分の面が割れるようなものに、やつが出る訳もない。どっかのアイドルといっしょにしないほうがいい」

小峰はキングのまわりを取りまく、しんと静まった空気を考えていた。その空気の冷たさは確かに思いだせるのに、細かな顔の造作は夢のなかで見たようにまるでイメージを結ばなかった。

翌日、東北新幹線で仙台に帰るという橘を小峰とサルは東京駅で見送っている。小峰が橘から遠距離電話を受けたのは、さらにつぎの日の午後だった。サルのプジョーで明治通りを移動中に、小峰の携帯が鳴った。耳元で橘の声が流れだす。

「うちの会社を、今度の映画からはずしてもらいたいんだが……」

橘の声は無理に平静を装っているようだった。小峰は運転席に座るサルに目で合図を送った。不思議そうに返事をする。

「いったい、どうしたんです。これから、プリプロダクションで忙しくなるのに」

「いや……いいにくいんだが、私の家の玄関先と会社のエントランスに、今朝魚が大量にまかれていた……もう一カ所、私の愛人……いや、ガールフレンドのところにもだ」

小峰は素直に驚きの声をあげた。そんな手を打つとは初耳だった。

「誰がやったんです?」

橘の声はもう恐怖を隠してはいなかった。

「Gボーイズとかいうギャング団に決まってる。死んだ魚は、みな青いペンキで塗られていた。私が今回のプロジェクトからはずれたと、あのいかれたキングに伝えてくれ。いいな、私は映画とはもう無関係だ」

電話はいきなり切れた。小峰はサルに橘の言葉を伝えた。サルは笑っていった。

「やっぱりインテリってのは弱いな。やつがぶち折れるまで、毎朝魚をまいてやれといっておいたんだが、一日で音をあげやがった」

小峰は涼しい顔をしたサルをあきれて見つめた。

「それじゃ、嫌がらせはサルさんの指示だったのか」

サルの笑顔はあくまで爽やかだった。

「おいおい、嫌がらせはないだろう。心理戦に関しちゃ、やくざはプロなんだ。もっともおれだって『ゴッドファーザー』を見て思いついたんだけどな。馬の首ほど生々しくはないが、青い魚ならけっこうきれいだろ。仙台は港も近いから、イキもいいしな」

小峰は池袋の夏空を見あげた。連日三十三度を超える熱気のせいで、空もくすんだように青かった。マンションの玄関先にまかれたバケツ一杯の青い魚。悪くないイメージだ。涼しげでもある。今度の映画でどこかに使えないだろうか。


新作映画の制作資金六千万円は、八月中旬に小峰が代表をつとめるペーパーカンパニーに振り込まれている。久々のおおきな入金に小峰は新作への思いを強くした。サルとGボーイズに謝礼を先払いしたせいで、口座はひと月分の生活費を割りこんでいたのだ。

小峰は、銃撃役の鈴木探しに並行して、脚本家との打ち合わせを重ねていた。まだ若い原作者の機嫌を取るために、アグネスのいるフィリピンパブに連れていくのも忘れなかった。本業の映画監督にはようやくつぎの筋道が見えてきたが、氷高組長と約束した現金強奪事件に関しては、まるで手ごたえがなかった。サルに見破られたせいか、あからさまな尾行も途絶えてしまっている。

サルと小峰のコンビは、毎晩池袋のカジノをまわり、本家の羽沢組の系列組織を訪れては、裏世界の情報をさぐり、適当な噂をばらまいていった。いつのころからか街には、銃撃役を見つけた者に氷高のポケットマネーから一千万の懸賞金が出るという話が流れていた。

打つ手のなくなった小峰は、豊島区の電話帳を手元において、区役所や警察の名前を偽って、片端から銃撃役に似た年格好の男がいないか、ローラー作戦を始めていた。テレフォンアポインターのような間の抜けた努力で、あの悲しい顔をした男が見つかるとは自分でも思えなかった。だが、サルは依然として氷高組長に毎日捜査報告をいれていたので、小峰はなにもしない訳にはいかなかったのだ。じりじりと猛暑の八月は、終盤に向かっている。

小峰の焦りは深かったが、覚悟は半分固まっていた。あの氷高という男のもとでなら、なにかおもしろいことができるかもしれない。組織に属した経験のすくない小峰には、非情ではあるが、その反面濃厚な裏世界の人間関係がまぶしくもあった。サルという年下の友人を得たせいかもしれない。このまま宙ぶらりんの状態が続くなら、それも悪くないだろう。自分のような中途半端な人間には、やくざでもかたぎでもない企業舎弟が似あいなのかもしれない。

銃撃役の鈴木を探すという小峰の決意がぐらつきだしたころ、皮肉なことに手がかりは予想もつかないところからやってきた。それについて、小峰とサルはただのラッキーな偶然だといい、香月とアグネスは神様がさずけてくれた奇跡だといった。だが、池袋のストリートでは奇跡も偶然も同じ意味の言葉だった。どうせ悪い結果を生むに決まっているのだから。

アグネスの見つけた手がかりは、もうひとりの死者を生んだ。

その夜、小峰とサルは実りのない探索を終えて、いつものように池袋東口の風俗街にある中華料理屋で夜食を取っていた。小峰は午後いっぱいを使って、豊島区に住む鈴木姓の番号四十件に電話をかけている。電話帳には区内に鈴木姓は四百以上あった。もちろん、よくあるように東京では電話帳に名前を載せていない可能性も高い。

指定席になったビニールのボックスシートで、名物の黒豚餃子をつついてサルがいう。

「やくざなんていつも室内にいて生白いもんだけど、あんたのおかげで今年は焼けちまったな」

小峰の声は電話のかけすぎでかすれていた。

「悪いな。なんの成果もないのに、つきあわせてしまって」

サルは首を横に振った。ビールをひと口で飲み切る。

「まあ、いい。こづかい稼ぎもさせてもらったし。だが、いよいよ時間がなくなってきたな。つぎはどうするんだ。やつらのほうも動きはないし……」

そのとき長年の油煙で曇った店の窓をこつこつとたたく音がした。外でアグネスと香月が手を振っている。ふたりとも夜の仕事のためにぴっちりと化粧を済ませ、髪をセットしていた。スカートの丈がアグネスのほうが十五センチ短いくらいで、銀座の高級クラブでも池袋のフィリピンパブでも、男たちの好きな格好はあまり変わらないようだった。サルは笑いながら、小峰を見た。

「また、きたぜ。この分だと、あんたは東京中のハゲ男の顔を覚えちまうな」

小峰は眉をあげて、うんざりした表情を浮かべた。これでアグネスの写真を見るのも五回目だった。池袋の街頭ででたらめに撮った頭の薄い中年男のプリントが千枚以上。小峰はうんざりしていたが、とめるきっかけを失っていた。アグネスは写真を撮ることにも、マリア様への信心にも飽きることはなかった。今日も手にはコンビニの白いポリ袋がさがっている。もう二百人分の写真が追加だ。

香月が先に立って店内にはいってきた。昔からどんな店にいっても、香月はその店の人間とすぐに仲良くなるという特技をもっている。

「おはようございまーす。おばさん、冷やし中華ふたつね。私お店に出るまえにここの冷やし中華食べないと、調子が出ないようになっちゃった」

香月が席に着くと、サービスの腸詰が出された。アグネスがさっそくポリ袋から、紙焼きとネガフィルムの束をテーブルに並べる。小峰は手慣れた様子で写真を一枚一枚見ていった。同じ三十近辺のアグネスと香月のあいだで、どちらが化粧ののりがいいか女同士のほめあいが始まった。サルはまんざら不愉快そうでもない顔をして、ふたりの女を眺めている。

小峰の手は四つめの三十六枚撮りパックに伸びた。やけににぎやかな笑い声が、テーブルの向い側ではじけた。香月がアグネスの耳元でなにか囁いている。アグネスはおかしくてたまらないようだった。小峰をちらりと見てからいう。

「うちのパパさんだって、病院を出たらすぐしようって元気いっぱいね。香月さんのダーリン、若いのに元気ないね。こんな美人放っておいたら、あぶないよ」

どうやら小峰が不能になったいつかの夜の話をしているらしい。サルがまぜかえしてきた。

「心労のあまりインポになったのか。裏のルートでバイアグラ手に入れてやろうか。診断書いらないぜ」

小峰は三人を無視して、手早く写真を片づけていた。三十六枚の写真は途中からどこかで見たことのある背景に変わった。白い壁と白いタイルの床。廊下の隅には心電モニタがワゴンに乗せておいてある。扉の開け放たれた部屋のなかには、パイプベッドが並んでいた。いつか雇われ店長の平山を見舞いにいった池袋病院のようだ。

その待合室を背に、太った男がひとり写っていた。最初に目についたのは、鮮やかなピンクのポロシャツだった。村瀬が撃ち殺された夜の鈴木の服装を確かめようと、小峰は直感像の記憶をサーチした。あの日、鈴木はショッキングピンクのポロシャツにベージュの綿パンをあわせていた。手のなかの写真を見る。太ももで切れているが、パンツはしわだらけのベージュだ。素材もコットンだろう。斜めうしろからなので、顔はわからなかった。だが、左のこめかみから頭頂部を横切るようになでつけた薄い頭はよく似ている。

小峰は顔色を変えて、つぎの写真を見た。こちらも斜め後方からの写真だったが、男は手をあげて、薄い髪を押さえていた。右手の甲に色は浅くなっているが、丸い痣が残っていた。記憶に残る銃撃役の腰と腹、それに肩と首の線を思いだしてみる。ポロシャツの背中と脇にあった汗の染み。頰のしたまで伸びた二重あごの深いしわ。男を特徴づける細部をすべて目のまえの写真と比べていった。

香月が小峰の異変に気づいたようだ。箸をとめて、不思議そうにいった。

「どうかしたの、ワタルさん」

小峰は二枚の写真をテーブルの中心、餃子の皿の横に並べた。

「見つかった。ぼくも今夜から、聖母マリアを信じるようになるかもしれない。この男が鈴木だ。間違いない。アグネスさん、ありがとう。おかげでぼくたちは銃撃役に、一歩近づいた」

その場の笑い声はぴたりとやんだ。静かになったテーブルで、小峰は銃撃役の鈴木と写真のなかの男の相似点を、つぎつぎとあげていった。サルがつぶやくようにいった。

「確かなのか」

小峰はかすれた声でこたえた。

「絶対とはいえない。だが、ぼくの記憶はこいつが百パーセント、鈴木に違いないといっている」

直感像の記憶について小峰はサルに説明したことがあった。写真を撮るようにその場の視覚的なイメージを丸のまま記憶する能力である。サルはいった。

「人間のすることだ。絶対に間違わないということはない」

小峰はうなずいて返した。

「そうだ。でも、ぼくたちには他に追う線がない。こいつをたぐってみたいんだ。アグネスさん、この写真はいつ撮ったんだろう」

胸のまえで十字を切って、聖母マリアに感謝の祈りを捧げていたアグネスが口を開いた。

「二日まえ、パパの病院で」

「時間は」

「面会時間が終わる夕方五時すぎだったね」

サルは目を光らせて、小峰を見た。

「そうか、二日まえか。こいつはいけるかもしれねえ」

その夜、店に出勤するふたりを送ってから、小峰とサルは氷高クリエイティブの会議室で深夜まで打ちあわせを続けた。

つぎの朝も東京の空は、輝くような積乱雲を浮かべていた。午前十時すぎには、三十度を突破している。いつもは午後から動きだす小峰とサルも、この日は病院の面会時間が始まる午前九時には、プジョーをまだ空きのある池袋病院の駐車場にいれていた。

エントランスの自動扉で若い研修医とすれ違うと、サルがいった。

「おれ病院は嫌いだな。この薬くさい空気。ぴんぴんしてても病気になる気がする」

小峰は脇のフルーツバスケットを抱え直した。サルに目をやりいった。

「暗い顔をしてればいいさ。今日は見舞いにきてるんだからな」

順番待ちの老人がソファを埋めるロビーを通りすぎ、受付に向かった。小峰は沈痛な笑顔を浮かべ、若い看護婦にいった。

「ここに鈴木さんという人が入院していると思うんですが、部屋番号わかりますか」

看護婦はコンピュータのモニタから目もあげずに、キーボードを操作した。

「えーと、おふたかたいらっしゃいます。ひとりは八十八歳の鈴木敏春さん、それから四十二歳の鈴木亜矢子さん」

一瞬迷ったが、小峰はとっさにこたえた。

「ああ、亜矢子さんのほうです」

「お部屋は三〇九号室になります」

小峰とサルは受付を離れ、エレベーターに移動した。サルが小峰に小声でいう。

「もし、じいさんのほうだったら、どうするんだ」

「そのときはサルさんが、年寄りのほうの名前を出して、受付できいてくれ。それより、病室を確認しておこう」

三階でエレベーターをおりると、長い廊下が続いていた。アグネスの写真で見た通りの白い廊下だった。両側に病室が続いている。小峰は部屋番号を確かめながら、歩いていった。三〇九号室は昼間でも蛍光灯で明るく照らされたナースステーションの向い側にあった。小峰とサルはなかをのぞきこんだ。病室はカーテンで四つに仕切れるようになっていたが、そのうち病人が眠っているベッドはひとつだけだった。点滴のスタンドが二本と呼吸や心拍数を計るモニタがパイプベッドの脇に見える。鈴木亜矢子は美しくもなく、やせひからびた生気のない中年女だった。病気のせいでしぼんでしまったのかもしれない。身体からは何本ものチューブが医療機器に走っている。眠っているようだ。緑の波がゆるやかにモニタの画面でうねっている。

小峰は廊下から室内を一瞥すると、三〇九号室を通りすぎた。サルもあとに続く。廊下のつきあたりにある休憩コーナーまでゆっくりと歩いた。缶コーヒーの自動販売機のまえで立ちどまり、やりきれないようにいった。

「まいったな」

サルが小峰をみあげていった。

「どうしたんだ」

「あの病室だよ。ナースステーションの正面にあるといえば、手術直後か、危険な状態にある患者がはいる病室だ」

サルは表情を変えずにいった。

「そうか」

「ああ、追いつめられているのは、ぼくたちだけでなく、鈴木も同じかもしれないな」

小峰とサルは、一階のロビーに戻ると銃撃役を待つ長い待機にはいった。病院にはいつも不特定多数の人間がやってくる。なかには数時間、薬や診察を待つ患者もいる。張り込みをするには格好の場所だった。鈴木に顔の割れている小峰は、淡いオレンジのレンズがはいったサングラスをかけ、巨乳タレントが表紙でしなをつくる週刊誌をひざに、入口の自動ドアを見つめていた。サルが小峰にいった。

「やつはほんとうにくるのか」

小峰はページをめくった。風俗ルポのページのようだ。アグネスによく似た女に亀のイラストが抱きついて舌を使っていた。小声で返す。

「もし、さっきの女性が鈴木の妻なら、確実に毎日見舞いにやってきているはずだ。このまえ平山の病室にきたときだって、どこかですれ違っていたかもしれない」

張り込みはそれから四時間続いた。自動ドアが開く音に反応して、小峰も自動的に目線だけあげる癖がついた。雑誌スタンドの週刊誌はすべて読み切って、すでに二巡目にはいっている。その男が二重になったガラスの自動ドアの向こうにあらわれたのは、午後一時すぎだった。鈴木とは面識のないはずのサルが先に気づいて、小峰にいった。

「おい、あれ、あの男」

見あげた小峰の視線の先に、銃撃役の鈴木が立っていた。ひざの抜けた紺の綿パンに、ピンクとブルーの縞が交互に走るキャンディストライプの半袖シャツ。あいかわらず服装の趣味はよくないようだ。突きだした腹と情けない表情も、あやまって村瀬を殺した夜と変わらない。男は小峰たちに気づかずにロビーを通りすぎていった。サルがいった。

「どうする、すぐに押さえるか」

小峰は首を横に振って立ちあがった。

「いいや。見舞いくらい、先にやらせてやろう。あの男とは重い話になるはずだ」

サルは薄笑いを浮かべ、あとをついてくる。

「やっぱりあんたはカタギだな。本物のやくざなら、死にかけた病人のまえでだって、亭主は人殺しだと騒ぐもんだ。甘ったるいけど、おれはそういうの嫌いじゃないぜ」

ほめ言葉にはきこえなかった。小峰とサルはエレベーターを避けて、非常階段を三階までのぼった。三〇九号室まで歩き、外の廊下で立ったまま鈴木を待った。

病室のなかからは中年男が、横になった女性に話しかける声が優しく漏れてきた。女性は意識はあるが、声を出すことはできないようだった。ベッドの横のパイプ椅子にかけて、一方的に鈴木が話している。異常な暑さと天気のこと、毎日の生活と食事のこと。鈴木のわびしい暮らしは、小峰の心をいっそう暗くした。

退院したらどこかの海にでもドライブにいこうと鈴木はいっている。小峰はサルを横目で見た。サルはなにごともないかのようだった。感情を表にあらわさず、腕を組んで立ちつくしている。

三〇九号室に鈴木は三十分といなかった。まだ口もきけない病人の見舞い疲れを思いやってのことだろうと、小峰は思った。銃撃役を買ってでて、村瀬を撃ち殺したとはいえ、鈴木は最近の映画によく登場する冷酷無比なサイコパスの殺人者ではなかった。そんな人間がこの日本にいったい何人いるというのだろうか。

「また明日くるから。ゆっくりと休んでいるといいよ」

別れの言葉が病室から響いた。開け放したままの病室の入口を抜けて、鈴木が顔をあげた。サングラスをはずした小峰の視線と中年男の見あげた先がまっすぐに結ばれた。驚きの表情が脂肪の乗った顔に走る。鈴木はつぎの瞬間泣きそうになった。男はいきなり無人の廊下で、小峰とサルに深々と頭をさげた。バーコード頭の地肌にぷつぷつと汗の玉が浮いている。銃撃役は泣き声でいった。

「すみません、申し訳ありません……すみません、ですが……」

サルの声は氷のように冷たかった。やくざの交渉モードにはいったようだ。

「ですが、なんなんだ」

鈴木は頭をさげたままいった。

「ごいっしょしますから、ここでは勘弁してください。うちの妻は、なにも知らないんです。手術の直後ですし」

小峰があいだに割ってはいった。

「鈴木さん、このへんでまわりに人がいないところはありませんか」

「あの、屋上ならこの時間は……」

「サルさん、いこう」

小峰は鈴木にうなずいて歩きだした。銃撃役の太った中年男が背を丸めてあとに続く。サルは男に張りつくように、背後を固めた。


最上階までエレベーターでのぼると、屋上へは階段を使わなければならなかった。階段室の扉を開けると、小峰は真夏の日ざしのなかに出た。コンクリートの屋上は浜辺の砂のように灼けていた。半分ほどの広さが物干しに使用されているようで、タオルやシーツなどが夏風にはためいていた。自殺防止のためだろうか、四方は高さ二メートルほどの金網フェンスで囲まれている。

小峰たち三人は、肌を刺す日ざしを避けて、飲料水のタンクの影にはいった。サルが鉄骨にもたれ、凄みをきかせていった。

「おれたちは、おまえがなにをしたか知ってる。おまえの女房やサツにばらされたくなかったら、ここですべてを話せ。悪いようにはしない」

サルの脅しなど用がないようだった。鈴木はボタンダウンのシャツを汗で濡らし、両手を力なくたらして、なにか忘れものでもしたようにぼんやりと立っていた。人間を支える大切な骨の何本かが抜け落ちてしまっているようだ。鈴木は絞りだすようにいった。

「村瀬さんのことは、どうもすみません。家内の手術がうまくいったら、警察に自首しようと思っていたんです。あれは偶然で、殺そうなんてまったく思っていませんでした」

現場にいた小峰は、鈴木の言葉が真実であることはわかっていた。だが、知りたいのはそんなことではなかった。感情を殺して小峰はいった。

「鈴木さん、あなたはなぜ裏切ったんですか。村瀬の計画は、あなたが寝返らなきゃ完璧だった。あなたを追いこみ、ぼくや雇われ店長をはめたのは、誰なんです」

鈴木はもうどうでもいいようだった。破れた袋から砂が漏れるように、だらだらと言葉をつなぐ。

「すみません。すべて私が悪いんです。私がカジノなんかに手を出したから。妻の命が危険なのに、博打に手を出す。私は最低の男です。うちの家内もかわいそうだ」

日陰でも三十度を軽く超えているだろう。汗のしずくが小峰の首筋を落ちていった。無人の屋上の広がりにめまいがしそうだった。積み木のようなビル街の向こうにサンシャインシティがまぶしくきらめいて、雲に手を伸ばしていた。サルがいらついたようにいう。

「ぐずぐず泣き言をいうな。あんたひとりですべての絵を描いた訳がないだろう。どうやって狂言強盗の仲間四人分の住所や電話番号まで調べられるんだ。さあ、いえ。どこの組織があんたを動かしてんだ。金はどうした。一億四千万、うちのカジノバーのあがり十四本分だぞ。目を覚ませ、こら」

鈴木は頭を抱えた。ぶつぶつと口のなかでなにかつぶやいている。耳を立てた小峰には、終わりだ終わりだ、話したら終わりだときこえた。サルがいきなり切れたようで、鉄骨を足で蹴って叫びだした。演技なのかもしれないが、小峰にはよくわからなかった。

「鈴木よ、この場で終わりにするか。おまえの女房の枕元で、亭主は人殺しだとわめいてやってもいいんだぞ」

洗いたてのように顔を汗で濡らして中年男が顔をあげた。最初はなにをいっているのかよくきこえない。サルがシャツの襟をつかむ。

「なにいってんだ、おまえ」

鈴木はまた涙声になった。

「……勘弁してください……だから、岩谷組に脅されて……しかたなく」

今度、頭を抱えるのはサルのほうだった。

三人は日陰に腰をおろした。小峰と鈴木は対面していたが、サルはどうでもよくなったように空を見あげている。鈴木の話が始まった。

「すべてが始まったのはうちの亜矢子が病気になってからです。子宮の腫瘍でした。うちの会社では系列の生命保険に強制的に加入させられます。それで、思わぬ保険金が手にはいった」

サルが鼻を鳴らしていう。

「あんた、女房のガンの保険金を博打に使ったのか」

鈴木の声は消えいりそうだった。

「そうです。私は最低です。もともと賭け事が好きで、病院の払いを計算しても、だいぶ保険金に余裕があると思ったら、つい……資金さえ豊富なら一発あたるんじゃないかと思ったんです」

サルはばかにしたようにいった。

「それでまわし蹴りを食らったのか」

鈴木はうなだれたまま、首を縦に沈ませる。まわし蹴りはカジノ用語で大逆転負けのことである。自分と同じだと小峰は思った。流れる汗もぬぐわずにいう。

「店はどこでしたか」

「東口の『エメラルド』です」

「だけど、あそこはどの組からも距離をおいているはずだ」

小峰は「エメラルド」が広く薄くみかじめ料をまいているのを知っていた。オープン店で風営法の認可も受けている。それほどあくどい稼ぎをしているとの噂もきかなかった。鈴木はぽつぽつと話し続けた。

「忘れもしない。七月最後の金曜日でした。妻は入院していて、早く帰ってもしかたない。私は一杯引っかけてから、『エメラルド』にあがりました。ポケットには百万円の束が三つ。ひとつくらいすってもかまわない。気持ちにゆとりがあるせいか、最初はおもしろいように勝ちました」

鈴木の目は夢見るように、とろりとした光りをためていた。小峰もよく知るカジノジャンキーの目つきだ。人間はあらゆるものに依存症になることができる。それほど自在に形を変える生きものである。

「真夜中をすぎて、運の流れが一変しました。私は普段おとなしいせいか、博打場に足を踏みいれると人格が変わります。最後のチップを失うと、強気で店にシャクりました。なにまだまだ保険金は余っている。三百万取り返さなきゃ帰れない。見境なく熱くなっていたんです」

サルはまったく同情などしていないようだった。鼻を鳴らしてきいている。小峰にとっても、それはあちこちのカジノで嫌になるくらい出あった話である。だが、何度耳にしても、同じ中毒者として身に染みることは変わらなかった。

「どうかしていたんです。私は明け方、店が閉まるころには年収を越える借金を背負っていたんですから」

サルが初めて興味を示した。横目で鈴木を見ていう。

「あんた、その借金どうしたんだ」

「とうてい返せません。家内の入院費と手術代は取っておかなければならないですし。それで業をにやした『エメラルド』が債権を岩谷組にたたき売ったのです。岩谷組の人間が職場にあらわれたときには、私は職場で吐きそうになりました」

サルはつばを吐いていった。

「確かにあんたは最低だな」

うなずくと鈴木は自分の物語に戻った。いったん話し始めると、最後まで話さずにはいられないようだった。誰だってゲロを途中ではとめられない。小峰は鈴木の吐瀉物の極彩色の輝きに魅せられていた。

「ちょうどそのころ、私が借金に困っていることをききつけて、村瀬さんがあらわれました。もともと、カジノバーでの顔見知りだったのです。私は狂言強盗の誘いに飛びつきました」

サルは低い声でつぶやいた。

「やっぱりあんたはどうしようもないバカだな」

小峰もサルにうなずかざるを得なかった。その先の話は想像がつく。この男は自分の身になにか幸運が起きると、それを隠してはいられないお人好しなのだ。小峰は鏡で自分を見ているようだった。

「すみません。近いうちに大金がはいるあてがあると口を滑らせたとたんに、岩谷組の様子が変わりました。私の手に痣があったのを、小峰さんは覚えていますか」

小峰は黙ってうなずいた。忘れられるはずがない。あのうしろ姿の写真から確信を得たのは、右手の痣を発見したからだ。

「私は岩谷組の事務所に連れていかれ、椅子の肘掛けに手を縛られました。ちんぴらがもってきたのは、先が丸くなったやわらかなゴム製のショックハンマーでした。最初は私も抵抗したんです。だが、ちいさな子どもがふざけてたたく程度の力で、小一時間も同じところを打たれると、黙っていることはできませんでした。また殴られる、また殴られる。つぎの苦痛を待つのがつらかった。周囲では岩谷組のちんぴらが、なにごともないように野球中継に興じています。おしまいには、私は鼻水をたらして泣いていました」

そして、あの銃撃の朝がくる。岩谷組は村瀬の周辺を洗い、狂言強盗のメンバーをひとりひとり調べていったのだろう。暴力団の調査網を使えば、四人の身元など簡単に調べあげることができる。自分たちはまんまと泳がされていたのだ。村瀬の計画通りに進んだ狂言強盗は、最後の瞬間にすべて銃撃役の鈴木にさらわれ、岩谷組はメンバーの氏名が載ったファックス一枚を氷高に送りつけるだけで、関係者をすべて始末できる。

誰にもばれるはずがないのは当然だった。この計画はあの頭の切れる村瀬が必死で考えたものに、岩谷組の容赦ない残虐さが加わって、見事にねじ曲げられていたのだ。一筋縄では裏の絵を読み切れるはずがなかったのだ。警察などはいまだに中国人強盗団の線を追っている。サルが投げやりにいった。

「それで、あんたの報酬は？」

鈴木の声はまた消えいるように細くなった。

「借金をちゃらにしたうえで三百万。結局、私は人をひとり殺して、最初の地点に戻った訳です」

「岩谷の叔父貴のところじゃ、そんなもんだろうな」

小峰に初めて怒りが湧いてくる。たたきつけるようにいった。

「それじゃ、残りの一億三千七百万は、すべて岩谷組のものか。いったいどうするんだ、サルさん」

サルは金属のように青い空を見あげ、頭のうしろで両手を組んだ。

「どうにもならないな。おれは氷高さんに今の話を報告する。それでおしまいだろうな」

小峰にはとても納得がいかなかった。

「なにいってるんだ。やつらは『セブンライブス』のあがりを奪ったうえ、のうのうと氷高組を笑ってるんだぞ」

サルが叫んだ。

「うるせーな。素人ががたがた抜かすな。おれだって悔しいさ。だが、本家の跡目相続では、うちの氷高さんと岩谷の叔父貴がライバルだ。この男の話くらいじゃ、証拠にもならない。警察も裁判官もいないんだ。それにな、ドンパチになったら、武闘派の岩谷組にかなうはずもない。うちの会社の名前は知ってるだろう。㈱氷高クリエイティブだぞ。マッキントッシュのG4で、やつらのトカレフに勝てんのか。利にさというちの社長が、負け戦をしかけるはずもねえ。くそっ」

「どうしようもないのか」

小峰は諦めきれずにいった。サルは皮肉な笑みを浮かべる。

「道理が通らないのが裏の世界だ。力の強いやつにかなうはずがない。あんたの友人の村瀬とかいうチンピラも犬死にだな。岩谷組を追いつめたいというなら、誰にでもわかるようにやつらがカジノの金を奪ったと証明するしかない。そうすりゃ、氷高さんも動かざるを得なくなる。面子ってもんがあるからな。ただしサツは使えないぜ。奪われた一億四千万は幻の金なんだ。それともあんた、自分でチャカもって鉄砲玉にでもなってみるか」

小峰は呆然として、白いシーツが翻る病院の屋上を眺めていた。思いついて汗と涙で顔を濡らした銃撃役にきいた。

「鈴木さん、あなたはさっき手術がうまくいったら自首するといってたけど、なにか証拠はもってるのか。あのときの銃はどうしたんだ」

鈴木はうつむいたまま、ちいさな声でいった。

「岩谷組の人間に取りあげられました。警察にいって私がやったというしかありません」

サルはあきれて、小峰を見る。

「そうすりゃ小峰さん、あんたが狂言強盗の一味だってこともばれちまう。どっちにしてもこの男をサツにやる訳にはいかないだろう。仮にやつらが本気で捜査を始めても、岩谷組が身内の跳ね返りがやったことだとしらを切れば、それで済んじまう。尻尾を切っておしまいだ。金は戻らないまま、氷高さんならしゃんしゃんしゃんと手打ちをするだろう」

今度は小峰が叫んでいた。

「くそっ、それでもやくざか。金の勘定ばかりして。それじゃ銀行屋と変わらないじゃないか」

サルは疲れたようにいった。

「おれも残念だ。だが、やくざだって堅気と同じでいろいろだ。おれは今夜にでも氷高さんに報告をいれるが、あんたどうする？　いっしょにくるか」

借用証書に拇印を押したときの氷高の醒めた目を思いだす。小峰の全身から力が抜けていった。カジノ強盗の真相は判明したが、結局金は戻らない。それでは最初の約束通り、五千万の借金を背負って、残りの一生を氷高組の下働きとして生きることになる。自分はこの夏の盛りに、焼けつくような池袋をうろつきまわり、いったいなにをしていたのだろう。すべてが無駄骨だった。知らないままならそれで済んでいたのに、今では岩谷組への怒りで腹わたが煮えくり返るようだ。だが、この街で最大の武闘派に腹を立てたところで、映像ディレクターの自分になにができるというのか。岩谷組に手を出すのは、裸の身体に肉を巻き、猛獣の檻にはいるようなものだった。


病院を出た三人は近くのファミリーレストランへ場所を変えた。小峰にはもう質問する力さえ残っていなかった。だが、サルは氷高へ正確な報告をしなければならない。サルの尋問は執拗だった。警察の取り調べと変わらない。何度も同じ話を繰り返させ、わずかでも前回と違う細部が浮かぶと、その部分を徹底的に責めたてる。

小峰はなかば感心して見ていたが、もう狂言強盗に関しては傍観者に過ぎなかった。四時間を超える尋問を終えて、三人は夕暮れの光りのなかサルのプジョーに乗りこみ、鈴木の住まいに向かった。北区との境に近い駒込六丁目にある公団住宅である。サルは小峰のときと同じように、室内まであがりこみ、平然と家捜しをした。

見知らぬ男ふたりを連れて帰った父親を、玄関先で子どもたちが目を丸くして見あげていた。上は四歳くらいの女の子、下は二歳くらいの男の子のようだ。小峰はサルが２ＬＤＫの決まりきった間取りを見てまわるあいだ、子どもたちの相手をしていた。サルがあちこちをかきまぜるところを見せたくなかったのである。

銃撃役の鈴木に似て、賢そうでもかわいくもない太った子どもだった。異様な雰囲気を感じるのか姉は黙りこんでいるが、下のチビは訳もわからず「チチ……ウマ……オハー」と同じ言葉を楽しそうに繰り返している。玄関先にまで甘ったるい煮物のにおいがした。入院している母親の代わりに、鈴木が子どもたちにつくったものだろうか。

部屋にいたのは十五分ほどだった。サルが渋い顔をして狭い玄関に戻ってきた。

「なにもねー。こんな貧乏暮らししてるくせに、よくカジノなんかに手を出すな。おい、ボウズ、おまえの親父は……」

子どものまえにしゃがみこんだサルに小峰は鋭くいった。

「よせ。この子たちにかまうな。父親がなにをしようが、なんの責任もない」

姉が弟を胸に抱き締めた。サルは冷やかすように笑い、立ちあがる。

「あんたが切れそうになったの、初めて見たよ。うちの組でもその調子でこれからばりばりやってくれ」

小峰とサルが玄関を出ると、裸足の鈴木が扉を開いたまま見送った。鈴木は病院のときと同じようにに深々と頭をさげる。口のなかでもごもごとつぶやいた。

「すみませんでした。私はこれまで通りに暮らしていていいんですね」

サルは肩をすくめてうなずく。

「ああ、どうしようもねえからな」

鈴木は落としていた目をあげて、その日初めて小峰をまっすぐに見た。

「小峰さん、どうもありがとう。いつか、あの、償いはしますから……」

そういうと今度は頭をさげたままの姿勢で固まってしまう。

小峰は思いついてきいてみる。

「ところで鈴木さんは、電話帳に名前を載せていますか」

「ええ、出てると思いますが」

サルはにやりと笑って小峰を見た。それなら電話のローラー作戦でもそのうち網にかかったかもしれない。事件だ謎だといっても、わかってしまえばすべては単純なことだった。鍵をにぎっていた鈴木にも日常の生活があるのだ。小峰とサルは外廊下に自転車が並ぶ公団住宅をあとにした。

小峰が銃撃役を思いだすときは、そのときのバーコード頭をさげる鈴木の姿であることが多い。それがその男を見た最後の場面だったせいかもしれない。


翌日も池袋は抜けるような快晴だった。銃撃役を探しだすという当面の目標を達成し気の抜けた小峰は、昼近くまで自宅マンションでごろごろとしていた。八月も残りあと十日ほど、鈴木が見つかっても奪われた金が戻らない以上、九月になれば氷高組の下っ端としての生活が始まるのだろう。もっともせっかく制作資金が手にはいったのだから、なんとしても新作だけは撮りあげるつもりだった。映像の世界では、それが自分の最後の仕事になるはずだ。金にうるさい氷高のことだから、ある程度の額さえ積めばひと月くらいの猶予はくれるだろう。

ベッドでごろごろしていた小峰の携帯電話が鳴ったのは、夕方の五時近くだった。

「はい、小峰です」

「ああ、おれ。あんたきいたか？」

サルの沈んだ声だった。嫌な予感がする。

「なにをだ」

「鈴木が死んだ。自殺ということになってる。あの病院の屋上から飛びおりたらしい」

真っ白なシーツやベッドカバーが風にはためく屋上を思いだす。小峰は動転していた。あわててテレビをつけ、ニュースで鈴木の自殺をやっていないかチャンネルをザップした。毎日百人近くの自殺者が発生する不景気の日本で、投身自殺になどニュースバリューがないことをすっかり忘れている。

「だけど、昨日はこのまま暮らしていいですかと、ぼくたちにいっていたじゃないか。なぜ、あの男に自殺する理由があるんだ。警察にもばれていない。狂言強盗で岩谷組への借金もチャラになった。奥さんだってまだ退院できないだろう」

サルは怒りを抑えて冷ややかにいう。

「それにあの不細工なガキふたりを残してな。いくら気が弱いといっても、あの男が昨日の今日で自殺なんかするタマか」

「それじゃ……」

「殺されたんだ。岩谷組だろう。おれたちを尾行していたのは、やつらだったんだ。気づかれて、尾行の対象を変えた。おれたちから鈴木へ。鈴木は見舞いと子どもの世話で、この街を離れることができない」

サルの言葉をさえぎり、小峰はつぶやいていた。目のまえが怒りで暗くなる。

「……そこにぼくたちがあらわれた。やつらは口封じのために、あの男を病院の屋上から投げ落とす……くそっ、それじゃ……」

サルは氷のように冷たく返した。

「そうだ。おれたちがやつの死のきっかけをつくった」

小峰はソファベッドに起きあがったまま、携帯を思いきりにぎり締めていた。言葉などひとつも浮かばない。

「だが、忘れるなよ。殺したのは岩谷組だ。おれたちは探すものを探しただけだ」

小峰の腹の底に火がついた。

「あんたの親分は、それでもなにもしないのか。いくじなし。やくざなんて、みんな辞めちまえ」

叫んでいる途中で、携帯は切れてしまった。小峰は肩で息をしながら、しばらく身動きもできずにいた。

狭いワンルームでじっといられずに、小峰は池袋の街に出た。いくあてなどなかった。抑え切れない怒りを抱えたまま歩き続ける。一丁目のラブホテル街、西口公園、ビックリガードをくぐり東口へ。街はいつも通り、無関心なにぎわいを見せて舞いあがっている。

小峰の足はいつのまにか、サンシャイン60階通りに向いていた。狂言強盗がついこのまえの出来事に思えるひかり町のゲートを横目にすぎた。あのときの仲間五人のうち、ふたりは死に、ひとりは腕を撃たれ、自分も含め生き残りは一生を根性なしのやくざに売り払った。

絶対安全な襲撃計画、十分間で分けまえは一千万円。そういって小峰を誘いこんだ村瀬を恨みたくなる。実際たいしたプランだった。岩谷組のやつらに嗅ぎつけられるまでは完全犯罪に近い。村瀬の田舎でおこなわれた葬儀に、小峰は顔を出すことさえできなかった。今度の鈴木の葬式でもなにもしてやれないだろう。あの子どもたちを見ないで済むだけ、気が楽といえばいえる。

川越街道を渡ると、すぐに池袋病院だった。意識しないうちに、いつの間にか銃撃役の鈴木が死んだ病院に着いてしまっている。小峰は建物を見あげ、ふらふらとガラスの自動扉を抜けた。鈴木の妻が眠る三階まで、静かに非常階段を使った。

ナースステーションの向かいにある病室のまえに立つ。そっとなかをのぞきこんだ。

「チチ、くる……ママー……チチ、くる」

二歳の男の子は父親が死んだことなど理解できずに、母親のベッドのまわりで跳ねている。親戚の人間だろうか、痩せこけた頬で点滴につながれた女によく似た女性が枕元で座っていた。四歳の姉は泣き疲れたのだろうか、ベッドの端に頭をもたせかけ眠っている。

小峰は呆然と父親を失った家族を見ていた。病室には奇妙な静けさがある。池袋の街のにぎわいとは対照的だ。この家族にこれからなにが起きるのだろうか。ひとつの家庭から奪われた未来を小峰は思った。死んだ村瀬や鈴木のために、ほんとうに自分はなにもしてやれないのだろうか。つまらないやくざの下働きなど死んだも同然だった。鉄砲玉はともかく、岩谷組にひと泡ふかせてやることはできないのか。ぶつぶつと口のなかでつぶやく小峰の肩を誰かがたたいた。

「よう、やっぱり、きたか。時間は早いが、飲みにでもいこうぜ。今夜は徹底的につきあってやる」

つまらなそうな顔をしたサルが、小峰の背後に立っていた。振りむきもせずに小峰はサルにいった。

「氷高さんは、なんといってた」

サルはため息をつく。

「予想通りだ。やつらとドンパチやるのは、まだ時期じゃない。ここは黙って手を引き、静かにしてろとさ」

小峰は押し殺すようにいった。

「ふぬけの玉なしやくざが……」

サルはちいさな笑い声をあげた。

「おいおい、本職みたいな口をきくな。しかたないだろう、殺されたふたりは組うちの人間でもない、ただのチンピラだ。それにうちの組だって被害者なんだぞ」

小峰はきびすを返すと、病院の白い廊下を足早に歩きだした。サルがあわててあとを追ってくる。背中越しに小峰はたたきつけるように叫んだ。

「そんなことはわかってる。だけど、もう我慢できないんだ。誰もやらないなら、ぼくがやる。いいか、絶対に岩谷組をぶっ潰してやる。ぼくがやつらを潰してみせる」

心の底に刻みこむように、小峰は何度も同じ言葉を繰り返していた。


鈴木が飛び降りたという屋上の一角は、立入禁止の黄色いテープが張られていた。小峰とサルは前日鈴木から裏切りの真相を聞きだした病院の屋上に戻っている。だいぶ日は西に傾いているようだった。夏の夕暮れ、金の粉をはたいたように池袋の街が西日に燃えている。小峰は金網に手をかけ遥か下方の中庭を見つめていた。チョークで描いた人型と血の跡を流した水たまりがあった。サルが醒めた声でいう。

「岩谷組を潰すか……いいだろう、それで、どうやるんだ」

小峰にこたえなどあるはずがなかった。サルは皮肉にいう。

「チャカをやるから、ひとりずつタマを取っていくか」

小峰は首を横に振る。サルの顔で笑いがさらに広がった。

「それじゃ、盗んだタンクローリーで組事務所にでも突っこむか」

岩谷組の事務所が爆発し、炎を噴きあげるシーンが頭に浮かんだ。確か北野武の映画でそんな場面があったはずだ。とても話にならない。サルはしつこかった。

「やつらの食いものにＯ１５７でも混ぜるか。今年は食中毒が多かったからな」

首を横に振ることしかできなかった。サルは慰めるようにいった。

「なあ、素人がそんなにいきがるな。へたに手を出したら、つぎに消されるのはあんただぜ。あんたはもう氷高組の関係者だ。今回の銃撃役探しを氷高さんは結構高く評価している。鈴木が殺されたと報告したら、あんたから目を離すなといわれたよ。まだ素人だから思いこみで突っ走ったら危ないってな。さあ、いこうぜ。酒でものんで、鈴木のことは忘れろ」

小峰は思い切り金網をつかんだ。手の甲に赤錆が降りかかる。

「嫌だ。忘れることも許すこともできない。これは復讐なんかじゃない。やつらをそのままにしておいたら、ぼくは自分のことが許せなくなる」

サルはじれったそうにいった。

「やくざになったら、そんな我慢ばかりだ。自尊心なんて捨てろ。そうじゃなきゃこれからやっていけない」

小峰はサルの忠告などきいていなかった。

「確かにぼくには暴力的な手段は使えない。だが、どんな組織にだって弱みがあるはずだ。武闘派の岩谷組にも、必ずどこかに弱点がある。そいつは絶対動かない。岩谷組にも弱点はあるんだ」

考えろ、考えろ、小峰は自分自身にいいきかせた。村瀬や鈴木、それに鈴木の残された家族に自分はそれしかしてやれることはない。裏の世界を探るあいだ、岩谷組に関して耳にした情報はなかっただろうか。

サルはいっていた。誰の目にも明らかなように岩谷組が「セブンライブス」の金を奪ったと証明する方法があれば、氷高社長も動かざるを得なくなる。やくざの世界で面子が立たなくなるからだ。そのためにはなにをすればいい。

西の空を見た。ＪＲ池袋駅の上空に傾いた太陽はなかなか沈もうとはしない。小峰は誰かが岩谷組の話をしていたことを覚えていた。燃えるような西日に汗を流しながら、直感像の記憶をサーチする。あれは銃撃役を探し始めて間もなくだったはずだ。

凶悪な面構えに、紺のストライプのスーツ、ぎらぎらと光りを反射する紺地のネクタイには白ユリの刺繍が一輪。ごつい男の映像が浮かんだ。

「北条ファイナンスだ……」

小峰の口から突然、暴力団専門の金融屋の名前が飛びだしてきた。サルは不思議そうに繰り返した。

「北条のところがどうしたというんだ」

小峰は興奮していた。企画会議などで素晴らしいアイディアが浮かぶときと同じだった。まだ完全にはつかめていない。だが、すぐ目のまえ、あるいは意識の表層の一枚したに、輝くようなアイディアが形をあらわそうとしている。小峰は慎重にサルにいった。

「北条社長は岩谷組ものどから手が出るほど金をほしがっているといっていたな」

サルはじれったそうにいう。

「それがどうした。一億四千万もはいれば、今ごろは左うちわだ」

「そのあとで、ぼくはやくざの金の流れを取材している」

サルもなにかを感じたらしかった。

「ああ、おれも覚えてる。裏の金なら税務署に足がつく銀行の口座になどいれるはずがない。たぶん、組事務所の奥の金庫にでも塩漬けにしてあるだろう。あそこの社長はそういってたな」

「そこだ」

小峰は夢中で叫んでいた。

「その金を今度はこちらが奪ってやればいいんだ。しかも、あの金には氷高さんが仕掛けた特殊インクでべたりと印がついている」

小峰の脳裏に無色透明の霧が噴きあがった。金の詰まったアタッシェをこじ開けた瞬間、ちいさな虹が村瀬の部屋にかかっていた。あのときは村瀬も鈴木も生きていたのだ。サルは馬鹿にしたようにいった。

「それがどうした。小峰さんよ、あんた、岩谷組の事務所にコソ泥にでもはいるのか。奥の院の金庫の中身なんて、どうやって奪うというんだ。できる訳がねえだろうが」

確かにサルのいう通りだった。やくざの組事務所には緊急事態に備えて、いつでも誰かしら詰めている。武闘派で名高い岩谷組の本拠地に乗りこんで、無事に帰れるはずもなかった。素人では巨大な耐火金庫を開ける技術もない。小峰はそれでも諦めきれなかった。

「それはそうだが、考えかたの方向は間違っちゃいないだろう。駄目だといってすぐに捨てていたら、いいアイディアだってふくらまない」

サルは苦笑いしていた。

「あんた、結構しつこいな。だけど、おもしろいよ。いつの間にか、なんでも自分のフィールドに引っ張りこんで考えようとする。映画と違って岩谷組はそのへんの悪役商会なんかとは格が違うがな。うちの社長の目は確かだ。あんたはちょっとやくざにはいないタイプだが、案外向いてるよ」

ほめられたのか、けなされたのかわからなかった。だが、小峰はいつもそうしてねばって映像の企画をものにしていったのだ。ときには荒唐無稽のクズアイディアが思わぬ傑作に化けることもある。

零細の下請け映像プロダクションで働いていた小峰の現場にはいつも金はなかった。時間もなかった。才能も、コネもなかった。それでも、その場その場を思いつきと勢いでなんとかしのいできたのだ。池袋最強の武闘派だってなんとかなる。小峰はそう信じこみ、自分自身に空元気をつけた。

サルはあきれたようにいった。

「そろそろ暗くなる。どこかにのみにいこうぜ。岩谷の叔父貴からごっそり金を奪うネタな、『スターウォーズ』みたいなむちゃくちゃな話だがつきあってやるよ」

ライトサーベルを振りまわし、サンシャイン60階通りで決闘する場面が浮かんだ。すると自分がルーク・スカイウォーカーで、チビのサルがハン・ソロということになる。

（フォースがぼくとともにありますように）

小峰はあの映画の決め科白を心に刻み、錆びた金網から手を離した。

本格的にのむまえに、ふたりが腹ごしらえに向かったのは、いつもの中華料理屋だった。東口風俗街を歩いていくと、岩谷組の経営する暴力バーのネオンが見えてきた。小峰は低い声でいった。

「やつらが黒幕だとわかると、看板さえ憎らしくなる」

サルは笑っていった。

「そうだな。店のまえで立ち小便でもするか」

奥のボックスシートの定席に座り、冷やし中華と黒豚餃子を注文する。中国人のおかみがビールをおくといった。

「今日はいつものべっぴんさん、こないか」

香月とアグネスのことをいっている。サルは小峰のコップにビールを注いだ。

「ああ、おれたちの仕事が終わった。もうあの女たちもこの店にはこなくなる」

「あんたたち、若いのに明るいうちからビールなんかのんで。ちゃんと働かないとダメだよ。女を泣かしちゃだめだ」

ふたりがホステスにたかるヒモにでも見えているのだろう。おかみはそういうと小峰たちに背を向けて、塩化ビニールの木目がはげ落ちたカウンターに戻っていく。

「あーあ、あたしもブラックナイトで遊べるくらいお金ほしいねー」

一部だけアメリカ人のような発音でそういった。太ったおかみも中国人のつねで博打が好きなようだった。「ブラックナイト～黒夜《ヘイイエ》」は月に一回開かれるギャンブルの祭りだ。池袋の大手のカジノバー三件ほどを順ぐりに使って開催されている。今月は二十七日、氷高組の直営店「セブンライブス」で開かれるはずだった。

小峰も噂だけはきいていた。その夜は賭け金の上限はなし、勝ちも負けも即現金の決済で、客筋の半分は金持ちの中国人。さらにそのうち半分は蛇頭や窃盗団など危ない筋の連中という。ギャンブル好きの小峰にも興味はあったが、最初の見せ金が三百万円からでは、敷居が高くてとても顔は出せなかった。

サルは口元に運んだコップを途中でとめて、目を見開いていた。小峰は不思議に思いきいてみる。

「どうしたんだ。ビールに虫でもはいっていたのか」

あと何年かすれば、この夏はやたらに食品に異物が混入した夏と記憶されるのだろう。ただ暑かっただけで、小峰にはいいことなどひとつもなかったが。

「黒夜だよ。ひとつだけ方法があった」

小峰にはサルがなにをいっているかわからなかった。

「なにいってるんだ。ブラックナイトがどうした」

サルは思いだしたように、ビールを空けると早口でいった。

「さっき、あんたがいってた話だ。岩谷組の金庫の中身をごっそりいただく計画さ」

それだけいわれても、小峰にはまだどういうことかわからない。

「だって今回の黒夜だって、氷高組の『セブンライブス』で開かれるんだろう。岩谷組なんて関係ないじゃないか」

「いいや、おおありなのさ。あんた、なぜ黒夜が毎回場所を変えて開かれるか知ってるかい」

小峰が首を横に振ると、サルは続けた。

「事件が起きたのは今から五、六年まえになる。それまでは黒夜なんてやっちゃいなかった。ある晩、今はなくなった『クオルーン』って店で客同士のもめ事があった。台湾系と大陸系に分かれてな。なんでもルーレットのチップをかすめたのどうのって最低のケンカだったらしい。片方がカジノを出ていき、その場はうまく納まったと店側は思った。だが、三十分後、さっきのやつらが青龍刀をもってなだれこんできた。店の人間にも日本人の客にも怪我人は出なかったが、その襲撃で台湾系の中国人がふたり血を流しすぎて死んじまった。おかげでどのカジノバーにも客がぶるって寄りつかなくなった」

小峰にもようやく話が読めてくる。冷やし中華と餃子がテーブルに届けられた。サルも小峰も手をつけようともしない。小峰は自分にいいきかせるようにいった。

「それでやばい筋の人間だけ集めて、黒夜が開かれるようになった。一般客をシャットアウトしてるのも、毎回店を替えるのもそのせいだろう。ブラックナイトは、博打好きの危ない中国人のガス抜きの場所だったのか」

サルはのどをビールで湿らすと低い声でいった。

「そうだ。日本人の一般客から切り離すための特別興行のカジノさ。いくら儲かるからといって、あんな危ない博打場を誰が仕切りたがるんだ。うちはひと晩、店のなかを貸すだけだ。運営には手も出さない」

小峰はうなずいた。裏の世界の利益は表の世界と同じように錯綜しているようだ。

「わかった。荒っぽい中国人窃盗団と渡りあえる組織といったら、池袋最強の武闘派・岩谷組しかいない。それで、黒夜の仕切りは自然に岩谷組の利権になった」

「そういうことだ。だから、あんたがブラックナイトで一億も勝てば、岩谷組の金庫をすっかりさらうことができる。金欠の岩谷組のことだ。きっと塩漬けの分まで吐きだすさ」

サルの目は興奮で光っていた。そこまで勢いでいうと、サルはテーブルに視線を落とした。麺は皿のうえで伸び放題で、餃子の皮は古タイヤのように固くなっている。盛りあがっているあいだはわからなかったが、越えることが不可能な壁が岩谷組を追いつめるためには立ちはだかっていた。小峰は上目づかいにサルを見た。

それは世界中のギャンブル好きが歴史を通じ、必死で追い求めてきた方法である。残念ながら、まだ誰も成功したものはいなかった。サルはぼそりとつぶやいた。

「岩谷組にひと泡ふかすためには、絶対に負けないギャンブル必勝法を見つけなきゃならないな。黒夜に乗りこんで、負けて帰ってくるなんて、やつらを太らせるだけだ」

小峰が引き取るようにいった。

「ああ、死んだ村瀬も、今日殺された鈴木も、それでは浮かばれないな」


これまで数々のギャンブル必勝法が考案され、歴史の試練を受けてきた。小峰はギャンブルに関する本を読むのが好きだったから、いくつかは即座に思い浮かべることができる。数学の確率論を応用し出目の流れの法則性を探すもの、気合いや根性以外に根拠をもたない怪しげな精神論、ほとんどオカルトに近いデタラメ。だが、どの自称「ギャンブル必勝法」も、しょせんは紙のうえの出来事で、実際のカジノで試され生き延びたものではなかった。

第一、本物の必勝法なら発見者が他人に教えるはずがないのだ。自分ひとりでひっそりと稼げばいい。必勝に確かな根拠があるなら、広く世に知れ渡ればカジノ側も必ず対抗策を打ってくる。人に教えたのでは、見つけ損に終わってしまうだろう。

小峰は冷えた餃子をつまむサルにいった。

「むずかしいな。必勝法があるなら、ひと晩で世界中のカジノは破産する。ところで、黒夜では、なにか特別な博打があるのかな」

サルは首を横に振った。

「よく知らないが、『セブンライブス』にある種類だけだろう」

常連の小峰はそれならわかっていた。あのカジノバーにあるのは、スロットマシンとバカラとルーレットだけだ。

スロットは機械に運をまかせるしかない。必勝法とは最も遠いギャンブルだ。ラスヴェガスのカジノで、スロットで大当たりをとるのは、たいてい普段は博打をしない主婦や引退した教師だったりするのを見てもわかる。少額で楽しめる、素人のためのギャンブルなのだ。

残るはバカラとルーレットだった。カジノにおける必勝法は、結局はこの二種類のギャンブルに限られるといっていい。海外の巨大カジノなら、加えてホイールズ・オブ・フォーチュンやブラックジャック、それにクラップスというサイコロ賭博があるが、日本のカジノバーでなんといってもメジャーなのは、バカラとルーレットである。

小峰自身は普段はバカラ専門だった。ルーレットのことはそれほど詳しくない。自分の数年間の浮き沈みを冷静に考えると、バカラに必勝法があるとはとても思えなかった。カジノバーで見かける客のほとんどは、勝ったり負けたりを繰り返し、ゆるやかだったり急激だったりする下降線を描くだけだった。

無口になった小峰にサルはいった。

「せっかくだが、ここまでギブアップだな。岩谷組に勝てる保証がないなら、黒夜に参加してもしかたない。残念だが、このアイディアは流れだな。それに小峰さんよ、あんた、賭け金はどうするんだ。一億勝つには、いったいどのくらいの元手が必要なんだ」

単純な計算なら、何度も頭で繰り返し、小峰にもわかっていた。

「一発勝負で賭けるなら、バカラで二倍づけだから五千万、ルーレットは二倍から三十六倍づけで五千万から二百八十万で、一億の配当になる。だけど、それは頭のなかだけの計算だ。実際には一発勝負で五千万なんて、とても賭けられるものじゃない。神経がいかれちまうよ」

小峰はたいていの場合、五千円のチップを一枚から十枚ほど、ツキの波にあわせて増減させ勝負を張っていた。根拠のない五千万の一発勝負など狂気の沙汰だった。とても自分にそれだけの根性があるとは思えない。サルはにやにやと笑いながらいった。

「なあ、白状しちまえよ。金は例のやつを使おうと思ってるんだろう」

サルは小峰の痛いところを突いてきた。小峰が動かせる金は、振り込まれたばかりの新作映画の製作費に限られている。額は六千万円。だが、その金に手をつけることは、そのまま業務上横領に手を染めることと変わらなかった。失敗すれば、二度と映像の世界で仕事ができなくなるばかりでなく、五年以上の実刑を打たれてしまうだろう。小峰はしぶしぶ認めた。

「サルさんのいう通りかもしれない。絶対に確実な方法でなければ、とても使える金じゃない。第一、自分のものでもないんだからな」

小峰はスタッフの顔を思い浮かべた。プロデューサーの駒井、すでに初稿をあげている脚本家、つきあいの長いカメラマン、出演を予定しているガールフレンドの秋野香月。あの金は小峰に託されているだけで、すべて仲間たちの取り分なのだ。自分のギャラだけなら負けてもかまわないが、すべてを失う訳にはいかなかった。

「あーあ、おれたちが必死こいても、ここまでか。なあ、小峰さん、今夜はのみ明かそうぜ」

サルが中華料理屋の油ぎった天井をあおぐ。小峰はぬるくなり苦味を増したビールを空きっ腹に流しこんだ。

その夜、小峰とサルはふたりだけで、池袋の酒場をはしごした。いくらのんでも小峰の頭は冴えるだけで、アルコールの生む気楽な浮遊感はやってこなかった。サルに冗談を飛ばしていても、死んだ鈴木やその家族のこと、岩谷組への怒りが心の底にたまるばかりだった。頭に渦を巻くのは同じ質問だけである。

(岩谷組を潰す方法はないか)

（カジノに必勝法はないか）

どちらにもこたえが見つからないまま、三件目の店を出たのは深夜二時近くだった。東京は八月にはいり熱帯夜が続いている。冷房のきいたバーを出て池袋の路上に戻ると、街全体がサウナのような熱気だった。小峰はサルと東池袋で別れた。線路の反対側にある要町のマンションまで、頭を冷やしながら帰ろうと、路地裏をぬって歩いた。腹に響く声がきこえたのは、ビルに囲まれた猫の額ほどの児童遊園である。

「ちくしょう、どいつもこいつも、バカにしやがって」

誰かが植えこみのなかに倒れて叫んでいる。どこかできいた声だと思い、小峰は目だけ動かし緑の陰を探った。黒と白のブロックチェックの上着が見える。ガジリ屋の末永拓司のようだった。末永は落ち目とはいえ、二十年以上まえの第一次カジノブームからの生き残りである。池袋のカジノバーの冴えない主といってもいい。それでも小峰はガジ拓からのアドヴァイスで勝ったことなど一度もなかった。いつものようになにも出ないだろうが、帰っても眠れそうにない。児童遊園に足をいれると、小峰は植えこみに向かって声をかけた。

「末永さん、あんた、そこにいるんだろう」

丸く剪定《せんてい》されたツツジのむこうで、小太りの男が縮めていた身体を起こした。

「なんだ小峰さんか、驚かせるなよ。やつらがまた帰ってきたのかと思った」

末永がしたを向いたままなのはなぜだろう。照れたような表情で、ガジリ屋が街灯の光りをあおいだ。末永の顔は左目のまわりに青痣ができ、同じ側の頬がひどい虫歯でもできたように腫れていた。

「年がいもなく暴れちまった。おれもしょうがねえな」

小峰は黙ってうなずいた。暴れたのではなく、誰かに一方的にやられただけなのだろう。一張羅のチェックの背広には泥がいく筋も走っている。

「末永さん、ちょっと話をきいてもいいかな」

小峰がそういうと、末永の目に光りが戻ってきた。誰かに話しかけられるのは久しぶりなのかもしれない。


小峰は近くの自動販売機で缶コーヒーを買うと、児童遊園に戻った。ガジ拓は無人の深夜の児童遊園で、ブランコをベンチ代わりに座っていた。びっしりと霜を浮かべた缶を二本手渡してやる。末永は不思議そうな顔をした。

「一本は傷を冷やすといい」

末永は背を丸めるとブランコに座ったまま、無言のまま身体を震わせた。小峰にはなにが起こっているのかわからなかった。五十をすぎた男が缶コーヒーを恵まれただけで、泣いている。言葉をなくして小峰も隣のブランコに腰をおろした。しばらくすると、末永が口を開いた。

「なんでもきいてくれ。おれはもうだめだ。こんな涙もろくちゃ、ハスラーなんて張ってられねえ」

小峰は一晩中、心にのしかかっていた質問を漏らした。

「ギャンブルに必勝法なんてあるのかな」

ガジ拓はあきれていう。

「それはビギナーがするクエスチョンだ。その質問にはノーとこたえるしかない。小峰さん、いったいなにがいいたいんだ」

小峰は地面を蹴ってブランコを揺らした。ギャンブルには一般論などない。すべては限定された個別の勝負があるだけだ。ガジ拓からアドヴァイスを受けるなら、今回の事件のかなりの部分を明かさなければならなかった。小峰はとっさに決意を固めるといった。

「絶対に負けられない勝負がある。ぼくは一晩で一億勝ちたいんだ」

ガジ拓の反応は冷静だった。

「それは無理だ」

予想していた通りの返事だった。だが、ガジ拓はさらに続けた。

「それでも缶コーヒー二本分の礼はする。博打はなんだ」

「バカラか、ルーレット」

「バカラで一億勝つのはまず無理だ。当たるとでかいのは、まあルーレットだろう。だが、それも今のウィールとレイアウトが分離した台では無理だろうな」

赤黒三十六の数字に0と00の計三十八のスポットが切られたおなじみの回転盤がウィール、チップを張る緑のフェルトのテーブルがレイアウトである。小峰はそれまで分離型のルーレット台しか見たことはなかった。

「他にもタイプがあったのか」

「ああ、もう二十年以上まえになるがな、そのころのルーレットはほとんど、ウィールとレイアウトが一体化していた」

昔の女の話でもするように、ガジ拓の声に張りが戻った。じっとしていられないのか、いきなりブランコをこぎ始める。

「そりゃあ、いい時代だった。おれだってルーレットの張り師としちゃ、ちょっとは名を知られたものだった。あのころ、あんたにさっきの質問をされたら、必勝法はあると笑っていってやれたろう」

どういうことだろうか、この落ち目のガジリ屋が必勝法を発見したとでもいうのか。小峰が不審に思っていると、ガジ拓が歌うような調子でいった。

「一体台はな、角度や高低なんか、ウィールの細かな調整ができなかった。だからおく場所と台の癖によって、球の落ちる場所に偏りが出やすかったのさ。かなりの腕のディーラーでも、球を完全に散らすことはできなかった。おれがやってたのは、つばめ返しって打ちかただ」

初めてきく必勝法だった。ガジ拓のブランコの揺れはさらにおおきくなる。

「カモにするカジノバーにはいるだろう。初日はこつこつと少額を張っていく。長い時間粘って、そうだな二十万も負けて、かりかりになった振りをして出ていくんだ。そのあいだに、台の癖とディーラーの腕を見極める。それでつぎの日に今度は本玉をもって、カジノをさらいにいくのさ。わかるか……」

　末永はブランコをこいで笑っていた。

「百万の束をテーブルに放りだして、最高額のチップに代えさせる。そこから勝負だ。台の癖もわかってる。ディーラーは前日にボウズになったおれのことなど、カモとしか思っちゃいない。おれは張って張って張りまくる。二時間で五百万稼いだ夜もある。二十年まえの五百万だ。田舎にいけば安いマンションくらい買える大金だった」

　小峰は思わず声をあげた。

「その必勝法はもう使えないのか」

　ガジ拓の声は張りを失った。

「駄目だろうな。今、カジノバーにはいってる台はみんな分離型だろう。きちんと高低や角度の微調整もきくし、ウィール自体の工作精度もあがっている。ほとんどの台は数学の確率通りの出目になっちまった。人間のやることは読めるが、でたらめに出てくる数字なんぞ、誰にも読めない。すくなくとも、おれには読めないな……」

　ブランコの揺れをとめて、ガジ拓はなにかを考える表情になった。口のなかでつぶやくようにいう。

「いや……やつならできるのかもしれん。だが、わからんな。最近は名前もきかないし、どこでなにをしてるやら……」

「そんなに凄腕の張り師がいたのか」

「ああ、とんでもない男がいた。日本中のカジノバーを荒らしまわり、億を超える金をさらい、生きたまま伝説になった野郎がな。一時期はおれと組んでいたこともある。まあ、今はこんなふうでも、当時はおれもなかなかだったのさ」

小峰は息をのんで、伝説の名をきいた。ガジリ屋の声は深夜の児童遊園に凜と響く。

「やつの名前は阿部賢三《あべけんぞう》。みんな根枯らしのアベケンと呼んでいた。やつが通ったあとはカジノバーのフロアに雑草一本残っちゃいない。最後のチップ一枚までさらうからさ」

(日本全国のカジノに悪名を轟かせた伝説のルーレット張り師か……その男さえこちらにつけば、岩谷組にひと泡吹かせられるかもしれない)

諦めかけていた小峰の心に、興奮の灯がともった。全盛期の自分自身を思い出したのか、となりではガジリ屋が勢いよくブランコを揺らしている。金属のこすれる音がキーキーと深夜の児童遊園に響いていた。小峰はいった。

「アベケンという男はそんなに凄かったのか。いったいどんな必勝法を使ったんだ」

ガジ拓はザッと足元の砂を鳴らしてブランコをとめると、小峰をまっすぐに見つめた。左目の痣は腫れあがっていたが、目には光りが戻っている。

「そりゃあ凄かったなんてもんじゃない。おれは一体台の癖を読んで勝負を張っていたが、やつは一体台でも分離台でもルーレットとくればおかまいなしだった。やつと組んでいるときに、おれはやつの張り方を嫌になるくらいしつこく盗もうとした」

ガジリ屋が鼻を鳴らして自嘲の笑いを浮かべた。小峰は先がききたくてたまらなかった。せっつくようにいう。

「それでどうしたんだ」

「おれにはアベケンのやることは、全部はわからなかった。それなりに名の通った張りプロのおれが目のまえで目を皿のように見てるのにわからなかったんだ。やつは正真正銘の化け物だったのさ。あんたは張り師が使う技を知ってるか」

バカラ専門の小峰は、ルーレットの張り方には詳しくなかった。首を横に振るとガジ拓はいった。

「まずはさっきの癖読みだな。あとは周回張りと瞬間張りというのが、メインの攻略法になる。周回張りというのは球の勢いがなくなるパターンを覚えて、どのあたりに落ちるのか予想する方法だ。辛抱強い記憶力やデータ収集が大事になる。瞬間張りはその逆でディーラーがノー・モア・ベット！と賭けを締め切る寸前、スポットに落ちる球の先を瞬間に予想する。感覚の冴えや瞬時の判断力の勝負だ。おれの知ってる張り師はみんな、自分の気質にあったどちらか一本で勝負していた」

ガジリ屋は興奮でじっとしていられないのか、足元の砂を蹴りあげる。ひとりごとのように繰り返した。

「そりゃあ、楽しくていい時代だった……まったく、いい時代だったな」

「末永さん、それはいつごろの話なんだ」

「もちろん第一次のカジノブームのころさ。もう二十年以上も昔になる。アベケンはな、癖読みも周回張りも瞬間張りもお手のものだった。おれの知る限り、ほかにはそんなやつはいない。それに球の回転、勢い、ウィールの傾斜、スポットのつくり、スポットを分ける仕切りの高さや材質、それこそ数十カ所のチェックポイントをもっているようだった。おれにはそのうち半分もわからない。目のまえで見ているのにだぞ」

小峰はギャンブルにかける人間の熱意に感心した。金のためだけではない。寝食を忘れて大のおとなを熱中させる力がギャンブルにはあるのだ。ガジリ屋の話は続いていた。

「だがな、すぎた才能ってのは必ず潰されるもんだ。やつは東京中のカジノで連戦連勝だった。あまりに勝ちすぎて、しだいにあちこちの店から出入り禁止をくらうようになったのさ。仕方ない、そうなりゃ日本全国のカジノに旅打ちに出るしかない。それだっていく先々で噂に尾鰭《おひれ》がついて、どんどん腕を振るう場が狭くなっていく。しまいのころには、ヤクザと組んでカジノ荒しをしていたそうだ。ひとりきりでも勝てるものを、ヤクザの力を借りるなんて切なかっただろうな」

ガジ拓の声も細くなった。末永によれば、最後にはどこのカジノにもはいれなくなったアベケンは地場のヤクザの顔で無理を押して店にはいり、正当な勝負を張って勝ったあがりの半分を召しあげられていたという。

「それでも、おれはやつがカジノから消える直前の勝負を見てるんだ。ありゃあ、凄かった。伝説の勝負だな。場所は赤坂のカジノバーだった。まだガキの雇われ店長は、自分もディーラーあがりで張り師をバカにしていた。アベケンがいくら有名でも、条件をハウス側に有利にしてやればまさか負けることはないと、たかをくくって勝負を受けたんだ。アベケンに許された一回の勝負で張れるスポットは三カ所まで、瞬間張りを禁じるために球が落ちる六周回まえまでにすべて張り終えるという、でたらめに厳しい条件だった」

そんな縛りをつけたのではとても一般の客はカジノに寄りつかなくなる。絶対的にカジノ側に有利な条件だった。小峰は自然にブランコから身を乗りだしている。声がかすれてしまうのが自分でもわかった。

「それで、勝負はどうなったんだ」

ガジ拓はタバコのやにで黄色く染まった前歯をのぞかせる。

「勝ったさ。そりゃ、始まってしばらくは、さすがのアベケンも苦戦した。だが調子をつかんだやつをとめられるディーラーなんているはずがない。一時間半ほどで六十万も稼ぐと、やつはふらりと店を出ていった。それがおれがやつを見た最後だ」

「今はどうしているんだろう」

ガジリ屋は首を横に振った。

「わからん。噂はいろいろある。どっかの億ションで悠々自適だとか、海外のカジノを流してまわっているとか、ギャンブル学校の開校準備中だとかな。まあ、ほかにもあるんだが……」

小峰は口を濁す末永にいった。

「ほかに、なんだい」

ガジリ屋は声をひそめた。

「ヤクザ同士の抗争に巻きこまれ、コンクリート漬けで東京湾へ。アベケン自身がルーレットの球のように、ポンと放り投げられたとさ」

小峰の胸のなかでなにかがしぼんでいくようだった。

「そうか、もう生きてはいないかもしれないのか」

末永はまたブランコをおおきく揺らせた。ガジリ屋の声はサイレンのように近づいては遠くなる。

「だがな、おれはやつが死んだなんて思っちゃいない。アベケンは慎重だったし、決して無理はしないやつだった。それにな、なによりも運が強かった。これはギャンブラーで名を売るには欠かせない条件だ。その証拠にやつは第一次のカジノブームを通して、一度もサツに引っ張られたことがないんだ。そんなやつが、ヤクザなんかに殺されるか」

伝説の張り師・阿部賢三。小峰はなんとしても、その男にあってみたかった。もちろん岩谷組への復讐の気持ちはある。だが、それよりも同じカジノ好きの人間のひとりとして、その伝説が本物であるかどうか確かめてみたかったのだ。今度は、小峰が話す番だった。

「末永さん、しばらくあなたを専属のアドヴァイザーとして雇わせてもらえないか」

ガジリ屋はいきなりの提案に目を白黒させている。小峰は腹を決めると、「セブンライブス」の狂言強盗から始まった真夏の池袋の騒動をいちから語り始めた。


末永と別れた帰り道、小峰は我慢できずにサルに電話をかけた。足は軽やかに、池袋大橋を渡っている。陸橋を渡る風は熱帯夜でも爽やかだった。左手にはゴミ焼却場の煙突が白い骨のように夜空に刺さっている。いらだったサルの声が携帯から返ってきた。

「なんだよ、こんな時間に。明日じゃすまない話なのか」

小峰は興奮していった。

「見つかったんだ」

「だから、なにがだよ」

「ギャンブルの必勝法。岩谷組のやつらの金庫を空にしてやる方法さ」

サルはまったく信用していないようだった。

「小峰さん、あんたは酔ってるし、ついさっき飲み屋で別れたばかりだ。つまらん夢を見てないで、さっさと寝ろ。もう家についいて……」

小峰はサルの言葉を途中でさえぎり、静かにいった。

「伝説のルーレット張り師がいる。名前は阿部賢三。やつが日本中のカジノで稼ぎだした金は億を超えるそうだ」

サルはしばらく考えているようだった。

「……きいたことのない名前だな。それほどの大物なら、池袋のカジノでも知られているはずだが」

「ああ、ぼくもちょっとまえにガジリ屋にきくまでは知らなかった。だけど、ぼくたちが知らないのは無理もないんだ。アベケンは二十年以上昔の第一次カジノブームで活躍していた」

「おれの生まれるまえの話か。落ちめのガジ拓の話なんか鵜呑みにして大丈夫なのか」

確かに小峰は末永のアドヴァイスをきき、カジノでいい目にあったことはない。調子はいいが、バカラの予想はいつも裏目だった。

「まあ、そうだな。だけど化け物じみた力は本物らしい。その男の力を借りればなんとかなりそうだ。黒夜で岩谷組の金庫をさらい、やつらが『セブンライブス』の金を奪った証拠をつかめるかもしれないんだ。すごいと思わないか」

ギャンブルを仕事としか思っていないサルには、小峰の興奮はなかなか伝わらなかった。小峰がいくら伝説の張りプロの偉業を話しても、サルはのってこない。最後にサルはうんざりしたようにいった。

「それで、その伝説の野郎はどこにいるんだよ」

小峰はしぶしぶ認めた。

「まだわからない」

「仮に見つかったとして、何億も金をもってるやつをどうやって動かすんだ。相手は伝説なんかじゃなく現実の、池袋ナンバーワンの武闘派だぞ。その男が危ない橋を渡る理由がどこにある？」

小峰には返す言葉もなかった。サルは氷高組のただの下っ端のチビのくせに、頭の回転だけは抜群に速い。

「わかった、わかった。ともかく、ぼくたちのコンビに明日から、ガジリ屋の末永にも加わってもらうことになった」

「なんだって。勝手なことをするな。社長がなんていうと思ってんだ……」

「すべてはまた明日。それじゃ」

小峰はサルのわめき声の途中で携帯を切った。いつのまにかＪＲ池袋駅の西口をすぎて、山手通りにまできていた。真夜中の山手通りは相変わらずの交通量で、信号が変わるたびに交差点はテールライトの列で赤く染まっている。小峰は深夜の交通渋滞を愉快に眺めていた。

夜の街にマンションの明るい入口が見えた。小峰が住む要町のワンルームばかりのマンションだった。三段ほどのステップをのぼろうと足をあげたとき、背後から男の声がかかった。

「あんた、小峰さんだな」

狂言強盗の夜、氷高組の連中にさらわれた記憶がよみがえり、小峰の全身が硬直した。恐るおそる振り向くと、暗い路地を背に三人の男が立っていた。黒いニットの目だし帽を認めた瞬間、血が冷えて身体のなかをなだれ落ちていく。小峰はなにかいわなくてはと思った。黙っていると叫びだしそうだったのだ。

「なんの用だ」

返事はなかった。真ん中に立つ小柄だががっしりとした肩幅の男が、右手を振りあげた。小峰は反射的に顔面を両手で守った。

「シッ！」

男は鋭く息を吐くと、左の拳を小峰の腹につきあげた。右は見えみえのフェイントだった。男はボクシングの基本を身につけているようだ。ボディへの一撃で息がとまり、身体をくの字に曲げた小峰の腕の隙間を狙い、腹ばかり打ってくる。

「シッ！　シッ！　シッ！」

サンドバッグ相手の練習のように正確な左右のフックだった。顔面はがら空きなのに最もダメージを与える頭部には、一発も拳は飛ばなかった。腹のなかに赤く焼けた石を突っこまれ、その石同士がごつごつとぶつかりあっているようだ。痛みは外からでなく、腹のなかからやってくる。ぶつかりあっているのは、普段は意識することもない内臓である。

小峰は薄れる意識の底で考えていた。

(こいつらはプロだ。表に見える場所には傷ひとつ残さず、徹底的に痛めつけようとしている。殺すつもりはないのだろう。だが、心をぶち折ろうとしている。こいつらは人の心を殺せると思っているのだ)

立っていられなくなった小峰は、昼間の余熱が残るアスファルトに身体を丸めて横たわった。拳のあとは足だった。太もも、肩、背中、腰。致命的な急所を避けて、今度は三人掛かりの蹴りが飛んできた。

「……ふざけるな……」

最後に小峰はそうつぶやいたが、男たちはその声をきくと目だし帽のしたで笑い、意識を失い力をなくした肉体を、さらに蹴り続けた。

目を開けると、青く透きとおった明け方の空が見えた。空を囲むのは植え込みの緑だった。やつらは意識をなくした小峰を、マンション入口の狭い花壇に放りこんでいったのだろう。緑のなかに横たわる小峰の全身はひとつの心臓になったようだった。どきどきと脈を打つたびに、叩かれまくった全身が熱い痛みと化して、警告を発している。

立ちあがり植え込みを出るために、すべての意志を振り絞らなければならなかった。荒い息をついてエントランスの階段に腰を落とす。そのまま意識を失いそうになり、休まずに立ちあがると壁に手をつきながら、なんとかエレベーターにのりこんだ。三階で扉が開く。まっすぐな外廊下が薄明のなか続いていた。夏の夜明けの空気は冴え渡っているが、小峰にはそれを味わう余裕はなかった。三〇六号室のドアは六番目だ。普段なら目をつぶっても歩けるほんの十メートルが大変な苦行になった。

襲撃者三人のうちのひとりが、太ももだけを狙い執拗なトゥキックを繰り返していたのだ。ゆるめのコットンパンツがぱんぱんに張るほど、太ももは腫れあがっている。まえに足を踏みだすために、小峰は両手でももを持ちあげなければならなかった。それを一歩ずつ繰り返し、自分の部屋に近づいていく。

室内にはいった小峰は狭い廊下に着ているものを脱ぎ落としながら、バスルームに向かった。シャワーを出す。裸で鏡のまえに立った。身体のあちこちに青、黒、黄のカラフルな痣ができている。顔はきれいなものだった。全身の腫れのせいで熱があるような表情だが、すくなくとも目につく外傷はなかった。これがプロの人間が送りつける優しい警告なのだろう。全身の痛みを、小峰の怒りが上回った。拳の底を洗面台に叩きつける。

「チクショウ……岩谷組のやつら」

証拠などなくても、小峰には襲撃者が岩谷組の手の者であることはわかっていた。鈴木を見つけだし、狂言強盗の裏の筋書きを小峰とサルは明かしたのだ。鈴木が死んだ今、もう事件にはさわるなという警告なのだろう。自分まで消そうとしなかったのは、氷高組の客分という半端な身分が小峰を守ったということか。

シャワーの湯気が目を赤く光らせる小峰を隠していった。それはくやしさと怒りと恐怖の涙だった。ふたりの人間が殺されても、警察の捜査はまったく進んでいない。襲撃され袋叩きにあっても、狂言強盗に一枚かんでいる自分には被害届けも出せない。すべての金をさらった岩谷組は、抵抗があればあっさりと相手を押し潰しにかかる。

やつらとの戦いは生き残った人間にまかされているのだ。だが、ここで自分さえ口を閉ざし尻尾を巻けば、二度とさっきのような目にあうこともないだろう。目だし帽のボクサー崩れが繰りだすフックの唸りを小峰は肌のそばに感じた。それだけで腹の底の神経が引きつれるように痛む。白い湯気が立ちこめるバスルームで、小峰はつぶやいた。

「これで終わりじゃない……終わらせてたまるか……おまえらを絶対潰してやる」

声はしだいにおおきくなり、同じ言葉が呪いのように繰り返された。

「……絶対潰してやる……絶対に潰してやるぞ」

小峰は鏡の横のタイルを殴りつけたが、白いタイルには傷ひとつ残らなかった。

夢と現実の境で携帯の呼びだし音がしつこく鳴っていた。

ソファベッドで横になりいつの間にか眠りこんでいたらしい。小峰はぼんやりとその音をきいていた。節々が痛む身体を動かすまでに、相当な決心がいる。サイドテーブルの携帯に手を伸ばすと、肩の痛みに声をあげそうになった。

「もしもし……」

「よう、おれ、斉藤だ。どうした風邪でもひいたか。声がひどいな。もう昼の二時だぞ。今日はどうすんだ」

サルは無事なようだった。岩谷組も兄弟組の組員に直接手を出し、全面抗争になるのは避けたいのだろうか。小峰はかすれた声でいった。

「やられた。岩谷組に三人掛かりで袋にされた。昨日の夜だ」

サルの声が引き締まる。

「病院にはいったのか」

「いいや。なんとか動けるし、目に見えるところには一発ももらっていない。荒っぽい警告だったんだろう。これ以上、裏を探るなという脅しだ」

サルは沈んだ声でいった。

「まあ、すくなくともおれたちの調べもいい線いってたという訳だな。やつらがあわてだしたくらいだからな。小峰さん、どうする、もう手を引くか」

小峰はベッドから天井を見あげていた。おりるといってこのまま寝てしまいたかったが、口は逆の言葉を返している。

「冗談じゃない。やつらにひと泡吹かせるまでは、絶対に諦めるつもりはない。こっちは殴られ損だ」

サルは冷たく笑っていう。

「命を取られなかっただけでも、ラッキーという考えもあるがな。残りの分も張るのか、あんたも結構ギャンブラーだな」

小峰はサルとの打ち合わせの場所を決めて、携帯を切った。すぐに昨晩入力したばかりのガジリ屋・末永の短縮番号を押す。ガジ拓も小峰の連絡を待っているはずだった。


昼間のように明るい八月の午後四時、小峰はゆっくりと手すりを伝いながら、カジノバー「セブンライブス」の階段をおりていった。開店時間まで間があるので、黒いガラスの自動ドアは開け放してあった。スロットマシンの列を横目にすぎて、奥のバカラテーブルに向かった。店の隅にある一番レートの高いテーブルで、すでに三人の男が小峰を待っていた。サルとガジリ屋とこの店のかつての店長で、今は下働きに転落した平山である。

ガジリ屋が目だけ動かしていった。

「小峰さん、だいぶひどくやられたらしいな」

サルから小峰の襲撃をきいたらしい。だが、そういう末永の左目にはいくぶん腫れのひいた青痣が丸く残っている。サルはバカにしたようにいった。

「元気なのはおれだけみたいだな。こんなメンツで、やつらとやりあおうってんだから、あんたもまともじゃないな」

肩を撃たれた平山は、包帯で左腕全体を脇に固定していた。小峰は椅子のうえで身体を左に傾けている。右の尻におおきな痣があり、まともに椅子に座れないのだ。小峰はサルの冗談を相手にせずにいった。

「平山さん、あんたはディーラーになって何年くらいになる？」

病院での規則正しい生活のせいか、腕のけがはともかく平山の血色は以前よりよくなっているようだ。カジノの人間特有の感情を隠した調子で平山はいった。

「そうだな、二十五、六年になるな」

「それなら第一次カジノブームのころに、阿部賢三というルーレットの張りプロの名前をきいたことはないか。とんでもなく腕の立つ男で、全国のカジノを荒らしまわり、億を超える大金を稼いだというんだが」

ガジ拓が口をはさんだ。

「根枯らしのアベケンと評判をとった男だ。知っているだろ。あんた、そのころどこのカジノにいた？」

宙を見据えて平山は考え、口を開いた。

「おれがいたのは、川崎の店だった。そういえば、そのころアベケンてやつの噂を仲間のディーラーにきいたことがあるが、ちょっと小峰さんの話とは様子が違うな」

どういうことだろうか、小峰は平山に先をうながした。

「おれのきいたアベケンという張りプロは、そんなどえらいすご腕じゃなかった。ひどく汚い手を使う最低の野郎だ。店の嫌がる二度張りはする、気にいらないとなると一度張ったチップを全部かき集めて手元に戻す。台のことでクレームをつける。勝負に汚い、チンケな張り師だとおれは若いころにきいてる」

サルが肩をすくめて小峰に皮肉な視線を送った。ガジリ屋のいう連戦連勝のルーレットの神様みたいな張り師と平山が噂できいた強欲で勝負に汚い三流の張りプロ。いったいどちらがほんとうのアベケンなのだろうか。ガジ拓が色めき立っていう。

「冗談じゃない。場末のディーラーが風の噂できいたいいかげんな話だろう。アベケンはそんなつまらない張り師なんかじゃなかった」

サルがバカラテーブルのフェルトに手を組んでいった。

「どうだかな。おれも何人かプロのギャンブラーを知ってるが、たいていはろくなもんじゃねえ。末永さんよ、そのアベケンてやつもあんたのふかしじゃないのか。本ネタもないのにおれたちの話にひと口かもうというなら、覚悟しとけよ」

酷薄な目でガジリ屋を見据える。末永は目を落とし口先をとがらせた。

「嘘じゃない。おれはともかく、アベケンは本物だった。大勝負を張るなら、やつの腕は欠かせない」

平山が皮肉に口をはさんだ。

「ああ、そいつの腕があんたのいう通りで、二十年たっても錆びついちゃなければな」

ガジリ屋は救いを求めるように小峰を見た。

「そんなことより、黒夜のルーレットにはリミットがないというのは、ほんとうなのか」

バカラやブラックジャックなどと違い、ルーレットは当たったときの賭け率が三十六倍と高い。たいていのオープン店では、ひとつのスポットに張る上限は二千円ほどとリミットが決められていた。小首をかしげて小峰がサルを見ると、サルが面倒そうにいった。

「そうきいてる。岩谷組のやつにそれとなく確かめとく。さて、どうする」

小峰は一同の顔を見渡した。殴られて目を腫らせた落ち目のガジリ屋、腕を撃たれた雇われ店長、腕ききとはいえ軟弱な氷高組の平組員、それに才能のかけらもない映像ディレクターの自分。このメンツで百を超える池袋の組織暴力団中一、二を競う武闘派・岩谷組の屋台骨を揺さぶろうというのだ。夢でも見ているような話だった。小峰は背筋を伸ばすと、腰の痛みに顔を歪めていった。

「岩谷組の鼻をあかすには、黒夜で勝つしかない。アベケンがほんとうに末永さんのいう通りかどうかはわからないが、ぼくはその男に賭けてみたい。次の黒夜までちょうど一週間残ってる。なんとかアベケンを探しだそう。末永さん、どこかに心当たりはないか」

平山とサルは渋い顔をしたが、ガジリ屋は久しぶりの仕事に満足そうにうなずくと、軽い口を開いた。

日が暮れてから、平山をカジノの下働きに戻した三人は、サルのプジョーで池袋から赤坂に向かった。末永の話では東京には張り師やガジリ屋が集まる店が二、三軒あるのだという。サルはTBS側から一ツ木通りにはいり、両側のビル高くまで飲食店の看板が連なる夜の街をゆっくりと流していった。カブリオレの幌はおろしたままで、後席では末永がきょろきょろと周囲を見まわしている。サルが冷やかすようにいった。

「男三人じゃこのクルマも台無しだな。末永さん、店はあったか」

「どうもはっきりしないな。赤坂もずいぶん変わっちまった。見たことのない店ばかりだ。そこの持ち帰り弁当屋の角で停めてくれないか」

末永はプジョーが静止するのも待たずに、クルマを飛び降りると路地に駆けこんでいった。トレードマークのチェックの上着の背が揺れて見えなくなる。サルがいった。

「あのオッサン、やる気が出てきたな。あんな元気なガジ拓を見たのは初めてだ」

手ひどく全身を殴られたせいで微熱があるのか、小峰はぼんやりとうなずいた。末永が手を振りながら、暗い路地を戻ってくる。

「おーい、こっちだ。クルマをおいてきてくれ」

サルは平然とレンガ張りの歩道にプジョーをのりあげる。末永が待つ店のまえまで、ふたりは歩いていった。猫の餌や観葉植物のプランターが足元に散らばる狭い路地だった。とても赤坂とは思えないみすぼらしい店が続いている。

雨ざらしで白茶けた扉の中央に会員制を示すプレートが張られていた。「フォーチュン」とロゴのはいった電飾の看板が、枯れた棕櫚《しゅろ》の鉢植えといっしょに店のまえに並んでいる。間口一軒のちいさな店だ。どこが幸運だというのだろうか。末永が扉を引くと、サルと小峰も続いた。なかはミラーボールの明かりだけで、場末のピンクサロンのような暗さである。

「ママ、久しぶり」

ガジリ屋がカウンターのなかに声をかけた。振り向いたのは年のわからない男だった。深いしわを埋めるように厚塗りの化粧をしている。髪は明るい栗色で、肩にかかるオレンジ色のパシュミナが乾いた首筋を隠していた。ママが野太い声でいった。

「あら、末永ちゃん、久しぶりじゃないの。どうしたの、そんなにかわいい男の子連れて。さあ、ボウヤたち、取って食わないからカウンターにお座んなさい」

小峰とサルは顔を見あわせた。ガジリ屋は目で我慢するよう、ふたりを抑える。小峰は正面の酒棚を見た。ほこりをかぶった輸入物のブランデーやウイスキーの下段には、ボトルキープされた焼酎がごっそりと並んでいる。こんな店に伝説の張り師を探す手がかりがあるというのだろうか。熱をもった頭がさらに痛みそうだった。

スツールに座ると、カウンターに身をのりだし、末永がいった。

「ママ、最近アベケンの話をきかないか。おれたちなんとかして、やつを探しださなきゃならないんだが」

ママと呼ばれた厚化粧の老人は、開いたてのひらでのど元を押え、わざとらしく驚きの声をあげた。

「まあ、めずらしいわね。最近、別な人からもアベケンの行方をきかれたわ」

ミラーボールの光りの粒がゆっくりと、狭いスナックの店内を横切っていく。サルの表情が動くのがわかった。小峰はいった。

「その男は誰だったんですか」

「そうねえ、どんな殿方だったかしらねえ。三人ともぜんぜん飲まないつもりじゃないんでしょ」

しかたなくドリンクを選んだ。ママは注文のグラスを三つ並べてから、自分もごちそうになるとブランデーのボトルのほこりを手で払った。グラスに注ぎ、口のなかで香りを転がすと、にっこりと笑った。

「その男の人なら、末永さんも知ってるはずよ。新宿のガジリ屋の浩《こう》ちゃん」

サルの我慢は限界のようだった。飛びかかりそうな表情で、カウンターの向こうをにらんでいる。

「なあに、このおチビさんは。この店は酒を売る店で、あたしのおしゃべりを売るんじゃないのよ」

ママがぴしゃりというと、末永があいだをとりなした。

「まあまあ、そういわないで。それで宇都宮《うつのみや》にはなんていったんだ」

老人は楽しそうにいった。

「よく知らないって」

「なんだと、ふざけんな、このオカマ」

サルが声を荒らげた。小峰はサルの肩に手をおき、耳元で囁いた。

「クルマに戻っていてくれないか。すぐにすむ」

サルがドアを蹴り開けるように出ていくと、小峰はママにいった。

「うちの若い者が失礼しました。お詫びといってはなんですが……」

ジャケットの内ポケットから財布を抜くと、一万円札をカウンターに滑らせた。目を細めて老人は小峰を見ている。

「……ご気分を悪くして申し訳ありませんが、その新宿のガジリ屋とアベケンという張りプロについて、ご存じのことを教えてくれませんか」

汚れた灰皿でも取るようにさっと小峰の一万円札をさらうと、ママは相好を崩した。

「わかったわ。気の短い若い子は嫌ね。あなたが今日だけじゃなく、またこのお店にくると約束するならなんでも話してあげる」

そういうと右手をカウンターに出し老人は小指を立てた。小峰は苦笑して、水仕事で荒れた小指に自分の指先をからめる。ママがいった。

「浩ちゃんがうちにきたのは二週間くらいまえの話よ。いいスポンサーが見つかったから、アベケンを表舞台に引き戻すんだって張り切っていた。内容は詳しくはきいていないの。あたしが教えたのは風の噂よ」

末永が小峰にうなずいた。小峰も視線でうなずき返す。ママは続けた。

「よく知らないけど、アベケンは今でも新宿のあたりに住んでるらしい。どこかの高層マンションの最上階だというから、自分の足で探してごらんなさいって」

小峰の脈が激しくなった。伝説のギャンブラーはまだ生きているのだ。

「アベケンという人は、それほどの凄腕だったんですか。ぼくは末永さんからはきいているんですが、ちょっと信じられなくて」

ママはブランデーを空けて、天井をあおいだ。パシュミナが隠していた首筋には幾重にもネックレスを重ねたようなしわがたるんでいる。ママの声は淋しそうだった。

「凄いといえば凄かったわねえ。あたしは焼け跡の時代から切った張ったで生きてきたけど、あんな男は片手で数えるくらい。でも、腕がいいのはプロだからあたりまえ。博打には腕と度胸と頭が欠かせなくて、そのうえ運もつかなくちゃいけない。全盛のころのアベケンは全部がそろっていた。そんな話をすると、今の若い人はみんな笑うのよ。そんなに凄いやつが、なんでどっかに引っこんで隠居なんかしてるんだって。ばりばり稼いであたりまえだろうなんて。ねえ、末永ちゃんならわかるでしょう」

話を振られたガジリ屋は黙ってうなずいていた。

「あたしが知ってる博打の天才五人のうち、アベケン以外はみんなくたばっちまった。ほとんどはね、畳のうえでは死ねなかったの。どんなに凄くても博打打ちなんて花火みたいなもので、パッと咲いてはジュッと消えていくのよ。今はおれが最高だなんて調子こいてる若い子にアベケンほどの腕はないし、誰ひとりまともに生き延びられないでしょう。あたしみたいに店でもやるか、末永ちゃんみたいに自分では張らずに人のおこぼれにあずかるか、そうじゃなきゃカタギになって、昔のおれは凄かったなんてひとつ話を繰り返すの。それができない博打打ちはみんな死人よ。死人がバカラ張って、ルーレット張って、いきがってんのよ。笑っちまうね。死んでるくせに生きてる人間のこと笑ってんだから。最後まできちんと勝ち逃げした張りプロなんて、アベケン以外にあたしは知らないね」

化粧をした老人の顔が、預言者のような威厳をもっていた。ママは最後にいう。

「一万円のチップをもらったから、その分のお返しをしなくちゃいけないね。わかってもわからなくてもいいからききいときなさい。成功というのはある時点でどれだけ勝ったかじゃないの、いつまで勝ったかなのよ。最後まで勝ち続ける人間が勝者で、勝者になるには死ぬまで勝たなきゃいけない。それができないなら、博打からは手を引きなさい」

ママはまっすぐに小峰の顔を見つめている。人間のものとは思えない声が薄暗いスナックに響いた。

「あなたにできることは他にある。勝負を張るなら、そこでおやんなさい。勝っても負けてもきちんと自分の身につくことがある場所で。博打は負けたらゼロ、そこで倒れて死ぬだけよ」

照れたように酔ったというママを残して、小峰とガジ拓は「フォーチュン」を出た。小峰には店のなかにいた時間が幻のように感じられた。ガジリ屋は考えこんだ様子の小峰を見ていった。

「どうだ、凄いママだったろう。あれでも現役のころはとんでもない鉄火だったらしい。もうすこし長居すれば、家の権利書を賭けた大博打の話がきけたんだがな。あのママの人柄にひかれて、東京中の博打打ちとガジリ屋が集まるのさ。当然、情報も集まる」

胸を張りとなりを歩く末永にいった。

「どうする。新宿中の高層マンションをあたってみるか」

「いいや。心あたりがある。新宿の浩二というガジリ屋の根城にいってみよう。二週間あれば、やつが先にアベケンを探していてくれるだろう」

サルがつまらなそうに待つプジョーに乗りこむと、三人は一ツ木通りを抜け、青山通りを新宿方面に向かった。

新宿区役所裏のパーキングにクルマをいれ、夜の歌舞伎町を歩き始めた。歌舞伎町は赤坂とは比較にならない人出だった。街角に立つ呼びこみもネオンの数も桁違いだ。ようやく狩りの時間を迎えてはやる夜行性の獣のようだった。末永は勝手を知った様子でポーカー喫茶やアダルトビデオ屋が並ぶ通りを先にたって進んでいく。裏街を縫ってたどりついたのは、巨大なゲームセンターだった。店のまえは昼間のように明るく照らしだされ、看板には身長五メートルほどのゴリラがぶらさがっている。

「ここだ」

末永があごの先を振って、自動ドアを踏んだ。店内に足を踏みいれると、パラパラのハンマーのようなベース音が小峰の胸を叩いた。小峰は末永の背中に叫んだ。

「ガキばかりだ。博打好きが集まるようには見えないな」

ガジリ屋は振り向くとにやりと笑った。

「なんにでも裏がある。きてくれ」

末永はバイク、スキー、スノーボード、バスフィッシングと新手の体感シミュレーションが並ぶフロアの奥深くはいりこんでいく。プリクラのカーテンの陰で中学生のカップルが立ったままキスをしていた。サルがやってられないという視線を、小峰に送ってよこす。フロアの隅にはトイレに通じる明るい通路が口を開けていた。

末永はその突きあたりの関係者以外立入禁止と張られた白い防火扉をノックした。天井の角からCCDカメラが、小峰たちを見おろしている。鍵のはずれる金属音がしてドアが開いた。末永がいった。

「ここのカジノはアングラ店だ。それでこんな凝った偽装をしてる」

防火扉のなかは薄暗い踊り場になっていた。足元にだけ明かりが照らされた階段が地下へと続いている。三人がおりていくと、開け放された入口には暗幕が垂れさがっていた。はいってすぐにカウンターがある。目つきの悪い長髪のボーイがいった。

「会員証を拝見いたします」

末永は内ポケットから名刺いれを出し、カードの束を抜いた。三十枚ほどはあるだろうか。すべてどこかのカジノバーの会員カードのようだった。そのうちの一枚をボーイに差しだす。

「そちらさまは?」

末永がサルと小峰を見ていった。

「このふたりはおれの連れで、今日は見学だけだからいいんだ」

奥のフロアに進んだ。風営法の認可を受けたオープン店とは違い、アングラ店のなかは薄暗かった。内装に金がかかっている訳でもない。地下室のむき出しのコンクリート壁が寒々としている。五台あるテーブルはPタイルのうえにそのままおかれていた。三台が中央のへこんだバカラ用、二台が半円形のブラックジャック用である。客は十五、六人というところだろうか。若くても年寄りでも男でも女でも、どこかくすんだ印象は変わらない。末永はさっと店内を見渡すと、小峰に囁いた。

「浩二はまだきていないみたいだ。しばらく待とう。ここはやつのホームグラウンドだ。ひと晩に一度は顔を出すだろう」

それから末永は卑屈な笑いを見せた。

「三人もいて誰も勝負を張らないのはちょっと目立つよ。済まないが小峰さん、専属のアドヴァイザーのギャラを前借りできないか」

確かに末永のいう通りだった。小峰は財布から五枚の紙幣を抜いて、ガジリ屋にまわした。末永は礼をいって受け取ると、先ほどの受付の正面にある両替窓口にいそいそと移動した。うしろ姿を見送ったサルがあきれていった。

「ガジ拓にいいようにあしらわれてるんじゃないのか。おれは嫌な予感がしてきたよ」

末永がバカラテーブルに空席をみつけ腰を据えるのを確認すると、小峰とサルはバーカウンターに移った。つまらなそうな顔をした別のボーイにワイルドターキーのソーダ割を注文し、ちびちびと唇を湿らせ始めた。


なにも起こらないまま時間が流れた。腕時計を確かめると、深夜二時に近づいている。席を立たないところを見るとガジリ屋は最初の五万でまだ健闘しているらしかった。小峰とサルは無言でカジノバーの店内を眺めていた。末永は新しい客が入口を抜けてくると、カードに落としていた目をあげて、目的の男か確認している。

小峰の体力は限界に近づいていた。昨夜、岩谷組に襲撃された傷が熱をもってうずいている。目を開けてスツールに座っているだけで、身体が重くてたまらなかった。サルは待つことには慣れているようだった。水のような表情で内心の動きなどわずかも感じさせない。

白いスーツを着こなした男が目のまえを通ったのは、二時をすぎたころだった。四十をいくつか超えたくらいで、艶のない髪を昔のフォーク歌手のように伸ばし放しにしている。男は店内を見渡すと、バカラテーブルに座る末永を見つけた。自分から近づいていく。サルがぼんやりしていた小峰の肘をつついた。

「見ろ、たぶんやつだ」

白いスーツの男を認めると末永はうなずいて、小峰たちのほうを見た。男と末永はテーブルで二言三言話をしている。末永はチップをさらうと立ちあがり、バーカウンターにやってきた。男もうしろに続いている。ガジ拓は頰を上気させていた。どうやら勝負のほうはいくらかウワっているらしい。末永はいった。

「これが宇都宮浩二、昔のおれの舎弟で、今は新宿をシマにガジリ屋稼業を張っています。それで、こちらが氷高組の斉藤さんとおれのスポンサーの小峰さんだ」

白いスーツの男がいった。

「ハスラーといってくれよ、末永さん。あんたたちアベケンを探しているそうだな。無駄だからやめときな。あんなやつはもうひびだらけの骨董品だ。役には立たないぜ」

新宿のガジリ屋・宇都宮浩二を連れて、小峰たちはアングラカジノを出た。深夜二時すぎ、新宿の裏通りはようやく最盛期を迎えたようで、五メートルも歩くたびに客引きが声をかけてくる。一行は言葉すくなに風林会館一階の喫茶店にはいった。広いフロアにはひと目で筋者とわかる男たちや職業不詳の遊び人、夜の仕事の女たちがあふれていた。鳥が一斉に羽ばたくようななりが店内に満ちている。四人掛けのボックスシートに腰を落ち着けると、末永が宇都宮にいった。

「さっきの傷物の骨董品の話な、おまえ、自分の目で今のアベケンの力を確かめたのか」

宇都宮は悪びれずににやにやと笑っている。

「これだけの人数で池袋から出てくるんだから、いい儲け話でもあるんだろう。ただでプロから情報をもらおうってのはムシがよすぎる」

そういうと宇都宮はソファの背にもたれ、きれいに手入れされた自分の指先をゆっくりと確かめだした。小峰は末永に視線を送った。末永は黙ってうなずくと、内ポケットに手をいれる。自分の財布から五枚の一万円札を抜きだし、テーブルの中央におく。

「浩二、おまえが話せばこいつはくれてやる。おれが二度払いは絶対しないことはよくわかってるだろう。全部話しちまえ」

宇都宮は一万円札をさらうと、笑顔を引っこめ無表情になった。バカラのテーブルに向かうときと同じ顔だ。感情が消され、内心が不透明になる。

「かれこれ、ひと月まえだ。おれはあるカジノで金もちのボンボンと知りあった。博打の腕はさっぱりだが、コンピュータに詳しいやつだ。おれがアベケンの話をすると、ボンボンはいいアイディアが浮かんだといった。インターネットでギャンブル学校を開き、アベケンを講師に呼べば、ひと稼ぎできるというんだ。ひとり十万で百人集まれば一千万。日本中にはギャンブル中毒が何万といるから、こいつはいいビジネスになるとな」

小峰はぬるくなったアイスコーヒーを見つめながら考えていた。一晩で五十万百万と負ける人間がいくらもいる世界だ。伝説の張り師の技術が十万円で学べるというなら、よろこんで生徒になる人間もすくなくないだろう。新宿のガジリ屋は淡々と話した。

「それで赤坂のババアの店にいって、アベケンの消息をきいた。おれは八月初めの暑い盛りに新宿中の高層マンションの郵便受けを見てまわった」

末永が我慢できずにいった。

「見つかったのか」

「ああ、二十軒目か、三十軒目でな」

「マンションの名は?」

「五万ぽっちでそこまで話さなきゃならないのか」

池袋のガジリ屋が新宿のガジリ屋をにらみつけた。

「おまえには貸しがあるはずだぞ、浩二」

宇都宮は長髪を神経質そうにかきあげた。

「あれからもう十二年もたってんのにか……」

末永は無言で正面の男に目を据えていた。細めた目のまわりには、まだ色を薄くしたあざが残っている。ふざけた返事をすれば飛びかかりそうな表情だった。サルは愉快なものでも見るように気合いをいれたガジ拓を眺め、小峰に向かってあごの先を軽く沈めた。そのまま四人の座るテーブルに沈黙が続いた。耐えきれずに先に口を開いたのは、新宿のガジリ屋だった。

「わかった、わかった。マンションの名は『ロイヤルエステート新宿』。新宿御苑前駅から歩いて三分ばかりのところにある。最上階の二十三階にやつの部屋はある」

末永はゆっくりと息を吐いていった。

「そうか。ありがとよ」

ふたりにどのようないきさつがあったのかは知らないが、対決の雰囲気が和らぎ小峰も横から口をはさむことができた。

「宇都宮さん、アベケンの様子はどうだった?」

「だめだな。話だけはきいてくれたが、さっぱり乗ってこない。あんたたちも博打打ちを知ってるだろ。みんな表面はこれ以上はないくらい醒めているが、どこかに熱いところが残ってるもんだ。今のアベケンにはその熱を感じなかった。ありゃあ、フヌケだ」

サルは小峰の向かいでやれやれという顔をした。ガジ拓は無表情に宇都宮を見ている。細かく訪問時の様子をききだそうとした小峰に、末永がいった。

「もういい、いこう」

小峰は驚いていった。

「いこうってどこにいくんだ、もうすぐ真夜中の三時になる」

ガジ拓はすでに腰を浮かせていた。

「いいんだ。アベケンは張りプロだ。昼間出直すほうが失礼になる……」

目を細めて、また宇都宮をにらみつけた。

「……おい、浩二、ここの分はおまえ払っておけ」

うんざりした顔でうなずく新宿のガジリ屋を残し、小峰たち三人は喫茶店を出た。


タクシーと若者たちを乗せたヴァンで渋滞する新宿通りを東に向かった。オープンカーに吹きこむ夜風が心地いい。小峰は後席に座る末永に声を張りあげた。

「ほんとにこんな時間にいきなり押しかけて大丈夫なのか」

ガジ拓も風に逆らって叫ぶ。

「いいさ。時間がないんだろう。この時間にゆっくり休んでるようなら、浩二のいう通りアベケンはもう骨董品だ」

サルは丸ノ内線の新宿御苑前でプジョーを停めた。右手には御苑の緑が黒々と繁っている。通りの反対側に続くネオンだらけのビル街とは対照的だった。JR新宿駅の西口とは違いそのあたりではまだ二十階を超すような高層ビルはすくなかった。小峰がネオンの照り返しで明るい夜空を見あげると、虫食い跡のように明かりが灯る建物が周囲からひときわ高くそびえていた。バルコニーの手すりが見える。オフィスビルではなさそうだった。

「あれだろう」

小峰が指さすのと同時に、サルは新宿通りの流れにクルマを戻した。


二重になったガラス扉の向こうに、おおきな花瓶とひと抱えもある生け花が真上からの照明を浴びて輝いていた。かなりの高級マンションのようだ。エントランスは床も壁も天井もすき間なく、純白の大理石が張られていた。壁に埋めこまれた呼びだし用のインターフォンに向かい、末永は部屋の番号を入力した。二十三階のその部屋番号は郵便受けですでに確かめてある。

無人のエントランスにチャイムの音が響いた。三人が息を殺して待つと、壁のスピーカーから意外に高い声が返ってきた。

「はい、どちらさんで」

末永がＣＣＤの黒い小窓に顔を寄せた。

「ごぶさたしています、末永です。今日はお願いの儀があってまいりました。連れの人がいるんですが、お話をきいてもらえないでしょうか」

「どうぞ」

言葉が終わらないうちに幅が三メートルほどあるガラスのダブルドアが静かに開いた。

三人が通されたのは、灰色のカーペットが敷きつめられたリヴィングルームだった。広さは二十畳ほどだろうか。天井近くまで切られた窓の向こうには、新宿のまばゆい夜景が御苑の緑のうえに浮かんでいた。家具のすくない殺風景な部屋だった。大型のプロジェクションテレビが主役で、あとは座卓と座布団が散らばるくらいのものである。テレビ画面には深夜放送の洋画がかかっていた。『ヴァニシング・ポイント』だった。小峰には七〇年代のニューシネマがひどく年老いて見えた。

ダッジ・チャージャーが砂塵を水のように撒きあげ、荒野を疾走している。

部屋の主の阿部賢三は、通信販売ででも手に入れたような合成皮革の座椅子に座っていた。襟の伸びきったポロシャツを着て、ステテコからは細いすねがのぞいている。年は六十をいくつかすぎているようで、老人というにはまだ若いが、すでに油気の抜けた表情をしている。髪は白く、短い毛先はあちこちの方向に跳ねていた。体格はサルと同じくらい小柄である。小峰は伝説の張りプロのイメージと目のまえに座る小男との落差に目まいがしそうだった。薄い座布団に三人が座ると、アベケンはおもしろくもなさそうにいった。

「ちょうど飯を頼むところだった。あんたらも、そろそろ腹の空く時間だろう。寿司でいいか」

座卓のうえに立ててあるコードレス電話に手を伸ばすと、返事もきかずに特上の握りを四人前注文した。小峰とサルがあっけにとられるなか、末永だけが足を崩さず背に棒をいれたように正座している。アベケンが電話をおくと、末永は畳に頭をこすりつけるようにいった。

「お願いだ、賢三さん。力を貸してください。おれたちには、どうしてもはめてやりたいやつがいる」

木に彫りつけたようなアベケンの表情はまるで変わらない。小峰は黙って、具体的な関係者の名前を伏せながら池袋の騒動を説明するガジ拓の話に耳を傾けていた。サルは冷ややかな目で、年を取った伝説の張り師を見つめている。

十五分後、アベケンが口を開いた。

「寿司だけ食って帰んな」

末永はすがるようにいった。

「ひと肌脱いでくれないんですか」

「悪いが、おれには関係ねえし、もう十五年も張ってねえから、腕も錆びついてる。人様の金を預かれるほどの身分じゃねえや」

アベケンの言葉は下町育ちの小峰が子どものころ近所の職人からきき慣れた調子だった。インターフォンが鳴ると、尻をかきながらダウンライトが点々と落ちる廊下を玄関に向かう。背は老人のように丸まっていた。サルが声を殺していった。

「無駄足だったようだな、ありゃあポンコツだ」

末永が落としていた目をあげ、一瞬サルをにらんだ。アベケンは四人前の寿司を抱えてリヴィングに戻ってきた。

「この店の寿司はネタはいいんだが、切り身がでかすぎてシャリのしたまで裾をひきずってやがる。不格好でかなわねえ。今、茶をいれるから待ってくれ」

オープンキッチンのカウンターで茶筒を振るアベケンがいった。

「さっきの話な、子分の指を借金のカタに二十本もまとめて送りつけたって親分の名前はなんてんだ」

末永が力なくこたえた。

「岩谷ですが……」

小峰には老いた張りプロの肩の線が固くなるのがわかった。目つきが鋭くなる。つぶやくようにアベケンがいった。

「岩谷篤信《あつのぶ》か……」

小峰はたたみこむようにいった。

「阿部さんは岩谷をご存知なんですか」

「ご存知なんてもんじゃねえや。やつとは腐れ縁だ。野郎の指は今、何本残ってる?」

小峰がサルに視線を送ると、サルがこたえた。

「さあ、左右とも二、三本くらいずつじゃないですか」

アベケンはあざけるようにいう。

「あのバカ野郎が。トカゲの尻尾じゃあるまいし、金になると思うとすぐにてめえの指を落としやがる。あんなバカの子分になったやつらがかわいそうだ」

張り師の口調に微妙な熱がこもるのを、小峰はきき逃さなかった。

「岩谷とはどういうご関係でしたか」

「二十年も昔になるか、野郎と神奈川のカジノを旅打ちしたことがある。地場の筋者ともめて、野郎はおれをおいてとんずらしやがった。おれはあやうく身ぐるみはがれて相模湾に沈むところだった。へっへっ」

なにかを噴くように引退した張り師は笑い、湯飲みを座卓に運んでくる。午前四時の部屋で男四人は黙々と寿司を口に運んだ。誰よりも早く飯台を空にすると、アベケンがまだ熱い茶をすすり口を開いた。

「もうちょっと詳しい話をきかせてもらえねえか。あんたたち、それだけの大枚をはたこうってんだから、なにか勝算があるんだろ」

小峰とガジ拓は目を見あわせた。サルはうさん臭そうな顔をして、座椅子に掛ける張り師を見あげている。一週間後に近づく岩谷組主催の黒夜のこと、黒夜が開かれるカジノバーが昼のあいだ使い放題であること、ただ金を総ざらいするだけでなく狂言強盗の証拠をあげ岩谷組を根底から揺さぶる目的であること。小峰は熱をこめて話した。

アベケンはしだいに座椅子から身を乗りだしてきた。目を光らせていう。

「岩谷の野郎の金庫をすっ空かんにするのか……おもしれえな」

明け方、阿部賢三のマンションを離れた三人は、サルのプジョーに乗りこみ池袋に戻った。朝露に湿ったシートが徹夜明けで火照った身体を冷ましてくれる。明治通りはカラスの鳴き声とコンビニの物流トラックがときおり駆け抜けるだけだった。

「あんなジジイでほんとうにダイジョブなのか。まあ、おれの金じゃないから、どうでもいいけどな」

サルは灰色のアスファルトと薄青い夜明けの空に目を据えていった。ガジ拓は疲れ切ったようにシートに背をあずけている。小峰は自分に託された映画の制作資金をカジノで見せ金に使うのが、急に恐ろしくなった。負ければ自分はそのまま業務上横領犯になる。そうなったら塀のなかから戻ってくるまで、いったい何年かかるだろうか。

だが、なにもしなければ、氷高からの莫大な借金が確定してしまう。一生を棒に振るのは変わらなかった。死んだ村瀬と鈴木の顔が浮かんだ。どちらも岩谷組に殺されたようなものだ。やつらは自分たちの手を汚さずにカジノバーの金だけ奪い、今日ものうのうと池袋の街を牛耳《ぎゅうじ》っている。

「ここまできたら、やるしかない……村瀬、そうだろう……」

思わず小峰は漏らしたが、サルもガジ拓もきいていない振りをしていた。カラスがビルのあいだの狭い空から間の抜けた返事をかえしてくる。八月の東京とはいえ、早朝の空気はペパーミントを含んだように小峰の胸に冷たかった。

要町のマンションに着いたのは朝の五時だった。昼すぎの再会を約束してサルのプジョーから離れると、小峰は仮眠を取るためにエレベーターで三階にあがった。まだ蛍光灯の明かりがついたままの外廊下を歩いた。自分の部屋のドアに箱が斜めに立てかけてあるのが目にはいった。花束でもいれるようなつやつやと光沢のある白い紙製の箱だった。小峰はポケットの鍵を探りながらかがみこみ、その箱を拾いあげた。宛先も差出人も書かれていなかった。耳元で振ってみる。かさかさと乾いた音がした。気軽にふたを開けた小峰は目をみはった。

明るい茶色の髪がひと房、箱のなかで渦を巻いていた。長さは三十センチほどで、乱雑に断ち切られた上部は輪ゴムでとめられている。毛先はゆるやかなウェーブを描いていた。小峰は髪の色を見た瞬間、それが誰のものかわかっていた。

(……香月……)

ドアのまえに立ったまま、内ポケットから携帯を取りだす。秋野香月の短縮を押した。いくら待っても電話はつながらなかった。小峰の頭に何者かに踏み潰された香月の携帯のイメージが浮かんだ。髪を無理やり切られ、携帯を壊され、香月本人は無事なのか。小峰はエレベーターに駆け戻り、再び山手通りにおり立った。あわててタクシーを停める。座席に腰をおろすより早く、運転手に告げていた。

「月島へ、ともかく急いでくれ」

秋野香月のマンションはもんじゃ焼きで有名な西仲通り商店街を、隅田川のほうへ一本はいった月島三丁目にある。香月の勤める銀座のクラブからはワンメーターの距離だった。堤防を背にした十二階建てのマンションで、築年数が古いせいでオートロックは装備されていない。物騒だから引っ越しをしたらと、以前小峰はいったことがあった。

エントランスにタクシーを横づけさせ、建物に駆けこんだ。十一階までエレベーターがのぼる時間がひどく長く感じられた。ホール脇の扉を見るのは久しぶりだったが、いつもと変わりないようだった。白いスチールドアには傷ひとつついていない。小峰はインターフォンを押した。

「……はい、どなたですか」

気丈な香月の声が戻ってきて、小峰の全身から力が抜けていった。

「ぼくだ」

「あら、どうしたの、こんな時間に。いきなりくるなんて、ワタルさんらしくない」

さっきの髪の毛は誰か別の女性のものだったのだろうか。一瞬混乱したがインターフォン越しの香月の声が、いつもより強い調子であるのを、小峰はきき逃さなかった。何度も香月の演技を演出している。彼女は芝居にはいると、科白のとき声を張る癖があるのだ。

「ぼくのせいですまない。ともかくドアを開けてくれ」

チェーンロックをはずす音がして、扉がゆっくりと開いた。最初に目にはいったのは涙をいっぱいにたたえた香月のおおきな目で、つぎに気づいたのは内巻きのショートボブに整えられた新しい髪型だった。やはり香月は襲撃され髪を切られていたのだ。小峰の全身で血が逆流した。手足の先から心臓へ血液が押し戻されてくるのがはっきりとわかる。自分がさんざん殴られたときでも、これほどの怒りを感じたことはなかった。身体の震えがとまらない。

「ごめんね、ワタルさん。心配かけたくなかったんだけど。私はだいじょうぶだよ。髪を切られただけだから。いいんだよ、私たち、狂言強盗の犯人を追っているんでしょう。ちょっとくらい危ない目に遭ってもしょうがないよ。ワタルさんのせいじゃない。今度のヘアスタイルだって、けっこう似あってるでしょ」

小峰はようやく声を絞りだした。自分でも驚くほど優しい声になった。

「やつらは香月になにかいっていなかったかい」

香月の瞳から初めて大粒の涙がこぼれた。

「ボーイフレンドによろしくって……チョロチョロしてると、つぎは私の顔をざっくり切ってやるって……」

声を殺して泣きだした香月を、抱き締めてやることしかできなかった。パジャマ越しの薄い背に腕をまわし、小峰は心のなかで繰り返していた。

(潰してやる……絶対にやつらを潰してやるぞ)

小峰の目に浮かんだ涙は、怒りの熱で瞬時に蒸発していった。


その日の午後一時すぎ、東池袋のカジノバー「セブンライブス」のバーカウンターに全員が集合した。小峰と氷高組若衆のサル・斉藤、元雇われ店長の平山、ガジリ屋の末永、そして隠居生活を送っていた伝説の張りプロ・阿部賢三の五人である。

小峰とサルはアベケンの身なりに目を丸くした。夜中に訪れたときにはステテコ姿だったが、六十すぎの張りプロはベージュの麻のスーツをかちりと着こなしていた。番手の細いしなやかそうなシャツは白、ネクタイは紺とグレイのレジメンタル柄である。櫛目の残る頭を軽く押えると、アベケンは不思議そうにいった。

「おれの格好のどっかおかしいか。あんたたちもたまにはきちんとした身なりをしてみろ。カジノは男の仕事場じゃねえのかい」

スツールに座る背は定規でもあてたようにまっすぐだった。小峰はあきれてサルに視線を送った。

サルが苦笑を返してくる。ガジ拓は重々しくうなずくだけだった。平山はうさんくさそうに張りプロを横目で見ている。小峰が最初に口を開いた。

「ここに集まってもらったのは勝つためだ。黒夜で勝って勝って勝ちまくって、岩谷組の金庫を空にする。それが最終目的だ。条件は悪くない。まず、ぼくたちには伝説のルーレット張り師、阿部さんがついていてくれた」

小峰はアベケンに開いた手のひらを向けた。伝説の張り師は左右に会釈する。

「資金も六千万円と豊富にある。黒夜で実際に使用されるルーレットは氷高組の厚意で使い放題だ。ぼくは負けることなど、これっぽっちも考えていない。今回の件はギャンブルではなく、ただの仕事だ。皆さんには残りの五日間で万全の態勢を整えてもらいたい。各人が自分の仕事をきちんと果たし、岩谷組の鼻をあかしてやろう。成功報酬はたっぷりと用意する」

返事はなかった。だが、男たちの表情が引き締まるのが、小峰にはわかった。オープンまえで無人の店内を、五人はルーレットへ移動した。アベケンが二台並んだ台を見ていった。

「レートの高いのはどっちだ」

元雇われ店長の平山がこたえる。

「奥のこっちの台だ」

張りプロは目を細めてニスが艶やかに光る手すりを撫でる。緑のフェルトが手入れされた芝のように広がるレイアウトを拳で均《なら》すように掃いた。

「あんた、ディーラーだったんだろう。ウィールをまわして、玉を投げてくれねえか」

平山はウィールの先端についた金の十字をひねると、外周に沿って反対方向に象牙の玉を弾いた。三十六の数字に0と00を加えた三十八のスポットが滑るように回転した。赤と黒が盤上で目まぐるしく入れ替わり、あいだを隔てる仕切りが金色の輝きを引いていく。黒17に玉がはいって、二、三度スポットのなかではずむと、ウィールが静止した。

「もう一度」

元雇われ店長が玉を弾いた。つぎにとまったのは赤34だった。張り師はいう。

「もう一度」

平山は不服そうな顔をした。さらに玉を弾くと小峰に目をあげていった。

「こんなことをしていて、ほんとうに岩谷組に勝てるのか」

象牙の玉が堅い材木の表面を走っている。明け方にきこえる遠くの高速道路のような音がした。アベケンは背筋を伸ばしてレイアウトの横に立ったまま、視線を回転するウィールに落としている。どこか一部を見ているのではなく、全体を眺めているようだった。伝説の張り師のかん高い声が無人のカジノバーに響いた。

「黒6、赤21、黒33、赤16、黒4、赤23」

さらに四周ほど回転して、象牙の玉はスポットに落ちた。黒4。サルと平山が顔を見あわせた。ガジ拓は黙ってうなずいている。アベケンは顔色を変えずにいった。

「もう一度」

ルーレットウィールをまわす平山の手に力がはいった。ウィールの回転も、弾かれた玉の勢いも先ほどとは比べものにならなかった。数周して玉の勢いが落ちてくると、アベケンはいった。

「黒22、赤5、黒17、赤32、黒20」

今度は指定のスポットが五つに減っている。その場にいる全員の目がゆっくりと勢いを落としたウィールに集中する。玉が落ちた。赤5。四人のため息が重なった。サルが口笛を吹いていう。

「こりゃあ、ひょっとするとひょっとするかもしれねえな」

小峰は伝説の張り師のちいさな背中を見つめたまま、声を殺してガジ拓に尋ねた。

「いったいどんな手品を使ってるんだ」

ガジリ屋も声をひそめて返す。

「いつか話したろう。周回張りさ。主に玉のスピードを見るんだ。例えばこの速さになったらあと五周で玉が落ちるとする。そのときの玉の位置を記憶して、ウィールの回転の具合を計算にいれ、スポットのどのあたりに落ちるか予測するんだ。さっきからアベケンさんがいってるのはルーレットでは一列に並んでいる数字だ。だが、さすがのおれも初見の台で、三投ばかり見ただけで当てるなんて神業は初めてだ」

サルも驚きの目を小峰に送ってきた。平山はウィールの向こうで凍りついている。黙っていたアベケンがぼそりとつぶやいた。背中の筋がわずかに丸くなっている。

「すまねえな。おれもまだ人間ができてねえや。つまらん見せものをやっちまった。最初に一発かまそうなんて、小僧のやるこった」

小峰は張り師の背中にいった。

「謝る必要なんてありませんよ。久しぶりのルーレットで、しかも初めて見る台で二回続けて的中した。素晴らしい技術じゃありませんか」

アベケンは鼻を鳴らし、レイアウトの手すりをこつこつと叩いた。この張り師のいらだったときの癖らしい。

「まぐれさ。たまたま当たっただけだ。ディーラーにどう思われようと、そんなことはほんとうの勝負ではどうでもいいことだ。おれは十分に台の癖もつかまないうちに、いいところを見せようと無茶して張った。金がかかってない、遊びだ練習だなんていい訳はきかねえんだ。今回はたまたま当たったからいいが、はずれていたらそのあとの勝負は目も当てられなくなる。本玉の金を張れる勝負の夜は、どうせ一度切りなんだろう」

確かに一度未遂して岩谷組に警戒されたら、つぎの黒夜のチャンスはないだろう。向こうは胴元なのだ。つぎからはひとこと出入り禁止といえば済む。張り師は氷の声でいう。

「さて、もう百本ばかり玉を弾いてくれ。おれにはまだこの台のことはぜんぜんわかっちゃいないんだ」

平山はもうアベケンに逆らわなかった。赤5のスポットから玉を拾うと、ウィールの外周に滑るように投じた。老いた張りプロはまたどこに注意しているようでもない目でルーレットの全体を目に納めている。誰にともなくいった。

「やっぱり張ったつもりの練習じゃ力がはいらねえな。今夜の晩飯でも賭けないか」

ガジ拓がうなずくと、いそいそとチップを取りに両替所に向かった。わずかでもいい、ルーレットの張りプロの技術を盗んでおくのも、いざというとき役に立つかもしれない。小峰はサルといっしょに色とりどりのルーレットチップに手を伸ばした。

それからの五日間、五人は昼すぎに準備中の「セブンライブス」に集合し、本番さながらの練習を続けるのが日課になった。平山がディーラー、サルがマッカーと呼ばれるハウス側の監視人を演じ、本玉を動かすのはアベケン、少額のチップを張りながらアベケンの補佐とハウス側の動きを注意するのが小峰とガジ拓の仕事だった。

伝説の張りプロは初日、二日目と例の流れる水にでも対するような目で、ルーレットのウィールを眺めていた。小峰はそれがアベケンの最高度の集中であることを、しだいに理解するようになった。これ見よがしに肩を怒らせたり、声をあげたりはしなくとも、内心ではちぎれる直前のワイヤーのように、張り師の神経は研ぎ澄まされている。それは一日の練習を終えて、アベケンが上着を脱ぐときにわかった。シャツの背は一面いつも汗で透けていたのだ。

0と00があるアメリカンタイプのルーレットには、十一種類百六十一通りの賭け方がある。単純にナンバーを選ぶだけでなく、赤・黒、偶数・奇数を当てたり、1から18と19から36まで前半・後半を当てるハイ&ロー、1から12・13から24・25から36の三カ所から当てるダース賭け。さらにナンバーを当てる方法にも、二つの数字を分ける罫線《けいせん》のうえにチップを張る二目賭け、横並びの三つの数字の端の線に張る三目賭け、四つの枠の十字に張る四目賭け（これは六目までの方法がある）など、歴史の長いルーレットでは多彩な賭けの手法が編みだされていた。

アベケンの張り方はいつも同じだった。元雇われ店長が「ノー・モア・ベット！」と賭けを締め切るかけ声を発する直前に、しわと静脈の目立つ右手が緑のフェルトを素早く一往復する。手が木製の手すりに戻った瞬間には、レイアウトの六つの数字のうえに魔法のように三枚ずつチップがおかれていた。アベケンはつねに一目賭けで、六カ所のスポットを狙った。小峰は不思議に思いきいたことがある。

「一目以外の張り方はしないんですか」

アベケンはじっと小峰の顔を見つめてからいった。

「ああ、あんたは素人だったな。一目以外はお嬢ちゃん勝負さ。ルーレットでハウス側が怖いのは三十六倍と賭け率の高い一目賭けだ。これなら毎回六カ所の数字に張っても、六回に一回当たればとんとんになる。赤・黒は二倍だから、二回に一回は当てなきゃこっちの負けだ。多目賭けなんて話にもならねえ。わざわざ勝率をさげるようなもんだ」

確かに整然と三十八の数字が並ぶレイアウトとは違い、ウィールでは数字はでたらめに散っていた。1と2のあいだに二目賭けのチップをおいても、隣あっていた数字がウィールではほぼ対角線上にある。自分なりの技巧で玉の落ちるスポットを予測する張り師には、多目賭けは用のない手法だった。

サルからの報告を受けていたのだろう。練習三日目の午後三時、氷高組の組長が「セブンライブス」にあらわれた。後ろには背の高いボディガードがふたり従っている。サルは氷高に気づくと、直立不動で頭をさげた。

「オスッ」

振りむくと銀行員のようなダークスーツを着た氷高が片手をあげていた。皮肉な笑いを頬に浮かべたまま、小峰にうなずきかける。氷高の声にはからかうような調子があった。

「よう、どうだ、調子は」

誰もが黙りこんでしまった。ボディガードふたりの視線が険しさを増した。しかたなく小峰が返事をする。

「悪くはありません」

氷高は小峰にこたえずに、張り師のまえに積まれたチップの山に視線を送った。

「確かにそう悪くはないようだな。サル、おまえはどう思う」

サルは覚悟を決めたように腹の底から声を出した。

「博打ですから絶対はありません。ですが、自分たちにはかなりの勝算があります。うちの会社全体でバックアップしてくれませんか。うまくすれば、岩谷の叔父貴を蹴落とせると思うんですが」

岩谷の名が出されると、氷高の顔から笑いが消えた。眉をひそめる。影が深くなり氷高の目の表情が読めなくなった。

「……なにか策はあるのか」

サルはうなずくと小峰を見た。小峰もうなずき返す。

「それで、ちょっとお時間を借りたいんですが」

サルが先に立ってカウンターに向かった。氷高と小峰もゆっくりとあとを追う。三人はスツールに掛けると肩を寄せて相談を始めた。成り行きを見守っていたアベケンが、さばさばと平山にいう。

「おい、おれたちには関係のねえ話だ。さっさと玉を弾いてくれ」

元雇われ店長が右手をレールに滑らせると、象牙の玉が転がる乾いた音がカジノバーのフロアに低くこだました。


三日目を境にアベケンはルーレットの練習に熱がはいらなくなったようだった。カジノバーに顔を出してもほとんど台に寄りつかず、ガジ拓と小峰を誘ってバカラをやることが多くなった。ルーレットでは異常な冴えを見せるアベケンの予想も、ギャンブルの種類が変わるとあてにならないようだった。バカラの腕は、素人に毛のはえた程度の小峰と似たようなもので、勝ったり負けたりを繰り返している。勝負のたびに気合いの声を発する伝説の張り師は、博打が心底楽しそうだった。ルーレットのときの押し殺したような表情とは対照的だ。苦虫をかみ潰した顔のサルが、カウンターから背を向けたまま、アベケンにいった。

「阿部さん、あんた、もうちょっとルーレットの腕を磨いとかなくていいのか。黒夜まで今日をいれてあと二日だ。おれは社長に話して、組から全面的な支援を受けてる。負けたら金を失うだけじゃ済まないんだぞ」

アベケンはサルを無視して、バンカーサイドに金色のチップをおいた。

「焦るんじゃねえよ。おれは今までどんなに長くとも半日しか、台を見たことがない。今回は三日も根を詰めてるんだ。もう十分だ。これ以上やりすぎて感覚が慣れきっちまうのが嫌なんだ。それこそ油断ができる」

サルはスツールをまわしてアベケンに目をやる。顔色を変えずに静かにいった。

「いいだろう。だが、この勝負に負けたら、あんたにもなんらかの形で責任は取ってもらうからな」

「馬鹿のひとつ覚えの岩谷じゃあるまいし、あんた素人の指でも詰めさせるのか。つまらねえ脅しはやめときな」

老いた張り師は、サルの思いつめた言葉にも平然とバカラを続けていた。バンカーに四回連続で目が出たあとで、アベケンはプレイヤーに金のチップを三倍に張り増した。小峰はサルにいった。

「サルさん、そうかりかりするな。この勝負が終わったら、ぼくたちはいこう。もうちょっと黒夜の予定を詰めておきたい。カジノのことはプロの三人にまかせたほうがいい」

アベケンはゆっくりとカードをめくった。最後の一枚はスペードの3で合計は8。ナチュラルだ。ディーラーの平山が伏せたカードを開いた。ハートのクイーンでゼロ、合計は5のままでプレイヤーが勝った。平山が小峰とアベケンにチップを積み増ししていう。

「ここはまかせておけよ。あんたたちは、すこし気を休めてくるといい。おれたちはこうしてバカラを張りながら、リラックスしてるんだ。三人とも博打の疲れを取るのに、博打を打つしかないくらい、どっぷりはまっちまってるのさ」

ガジ拓はバカラテーブルの端から肩をすくめてみせる。小峰とサルは薄暗い照明のカジノバーを出て、明かりの消えたかび臭い階段をのぼった。階段の先にはまぶしい八月の街が待っている。サルは小峰の背中にいった。

「あんたはあの三人とは別な種類の人間に見えるな」

夕暮までは間がある夏の空に小峰は目を送っていた。四角く切り取られた空には、内側から輝きを放つような純白の積乱雲が浮かんでいた。小峰はふっ切れたようにこたえた。

「そうだな。ぼくはプロの張り師にはとうていなれそうもない」

サルは鼻で笑うと、小峰の肩を小突いた。

「そのあんたが有り金をはたいて大博打を張る。気の弱い人間を追いつめると危険だと、おれにもよくわかったよ。また冷やし中華でも食いにいこうか」

ふたりはサンシャイン60階通りを抜け、池袋駅東口の歓楽街に向かって通い慣れた裏通りを歩いていった。


八月二十七日は快晴だった。

夏も終わりに近づいているのに、寝苦しい熱帯夜の連続記録が更新されていた。エアコンをつけたままの部屋で小峰は昼すぎに目覚め、シャワーを浴びた。昼食は近くの定食屋で済ませたが、緊張のあまりなにを食べたのか、店を出た瞬間に忘れてしまっている。

日が落ちて外出するまえに選んだのは、黒いサマースーツに白いシャツである。ネクタイは黒と白の水玉だった。アベケンのいう通り、スーツには気持ちを引き締める効果がある。黒夜で心理的な優位に立てるというなら、小峰はどんなものにでもすがるつもりだった。

夜八時すぎ、小峰はマンションを出て、要町の通りにおり立った。ゆっくりと池袋駅に歩いていく。サラリーマンやOLが家路を急ぐなか、流れに逆らうように東口の歓楽街に向かった。街はいつものように、まぶしいネオンサインを夜ににじませ、疲れた人々を誘っていた。パチンコ屋、ファッションヘルス、ピンクサロン、個室ビデオ店……通りすぎる店のどれもが、小峰にはまぶしく、なつかしく思えた。今夜の勝負に負ければ、自分は横領犯になる。そうなれば、こんな最低の街でさえ、自由に歩くことはできなくなるだろう。暗いほうに傾きたがる心を嫌って、小峰は内ポケットから携帯電話を抜いた。液晶画面を見ずに短縮番号を押す。

「はい、もしもし……」

ためらうような香月の声が耳元で囁いていた。断ち切られた茶色い髪の束を思い浮かべ、小峰の胸に熱いものが湧いてくる。

「ぼくだ。これからいってくる」

香月はまた気丈な演技をしているようだった。沈んでいた声が科白をいうときのように強くなった。

「がんばってね。最後のチップ一枚までさらってきて。弱気になったら許さないから」

もつれるようにホテル街に消えていくカップルを見送りながら、小峰は苦笑した。

「なあ、香月、今夜をうまく切り抜けられたら、ぼくはギャンブルから足を洗うつもりだ。今度は本気だ」

「そう」

「それできちんと本業に戻る。当たりはずれはバカラじゃなく、映像のほうでやるよ。今度の件でいろいろな人間を見た。ぼくは一生打ち続けられるほど、博打が好きじゃなかったみたいだ」

香月の声が明るく弾んでいた。

「そんなこと、今わかったの？　ワタルさんにはギャンブルの才能なんてゼンゼンなかったよ。私、寝ないで待ってるから、今夜は何時になっても、終わったら電話ちょうだい」

わかったといって、小峰は通話を切った。もうすこし話していたら、黒夜など放りだして自分は香月のところに逃げていってしまうかもしれない。気弱になって一度もしたことがないプロポーズの言葉さえ口にするかもしれなかった。

東口歓楽街がとぎれ、さびれたオフィスビルの並ぶ一角が見えてきた。氷高クリエイティブが入居しているＢ－１ビルが、濃紺の空を背に黒々とうずくまっていた。すりガラスの自動ドアのまえには、男の影がふたつ見える。小峰が近づいていくと、片方の影が手をあげた。

「いよいよだな、小峰さん」

ガジリ屋の末永はいつものチェックのジャケットではなく、黒いスーツ姿だった。張り師の阿部は、頭にのせた帽子を軽くもちあげた。こちらも黒のスーツだが、近くで見ると布目の粗さで麻とわかった。伝説の張りプロは、表情を変えずにいう。

「金は？」

「この奥の金庫にあずけてる。いこう」

そういうと小峰はふたりを従えて、氷高クリエイティブのドアを抜けた。狭いロビーを通りすぎ、ネームプレートのさがった鉄製の扉を開けると受付カウンターだった。その向こうにサルが腕を組んで立っていた。ウエストの絞りがきついモード系のスーツは光沢のある黒。服装に関しては打ち合わせなどしていないのに、四人の格好は黒のスーツで揃っていた。サルは小峰と張り師たちの姿を見て、音もなく口笛を吹くまねをする。

「まるでタランティーノだな。こっちにきてくれ。最後のミーティングをしよう」

ほんの三週間まえにも、狂言強盗を控えてこんな気分になったのを、小峰は思いだしていた。だが『レザボア・ドッグス』やあの朝の事件とは違い、今回は裏切り者はいないはずだった。八月二十七日午後九時、「セブンライブス」ではすでに黒夜が始まっている。


パーティションで仕切られた会議室に小峰たちは案内された。席に着くこともなく、そのままテーブルを囲んで立ちつくす。天井近くのすき間からマッキントッシュのキーボードをたたく音がざわざわと抜けてきた。氷高クリエイティブの風俗チラシ制作は最盛期を迎えているようだった。サルはテーブルにおかれたプラスチック製の丸い透明ケースを取りあげ、小峰にまわした。小峰はあきらめたようにいう。

「こんなものを目にいれるのか」

とろりとした液体に浸るコンタクトレンズは香港製で、縁がぎざぎざになっている粗悪品だった。瞳孔の部分だけ赤茶色に染まったレンズはすでに一枚しか残っていない。サルは自分の左目を指さした。

「慣れればなんてことはない。つけてるのもぜんぜんわからないだろ。こっちには世のなかの半分が赤く見えるけどな」

小峰はため息をついて、イカサマ博打用のコンタクトを中指にのせ、左目にそっと当てた。何度か目をしばたき、余分な涙を拭くと顔をあげる。左手に立つガジ拓の白いシャツが濃いピンク色になった。

テーブルにはまだアルミニウムの中型アタッシェが残っている。ガジ拓が息をのんで横倒しになったアタッシェを見ていた。かすれた声でいう。

「そのなかに金があるのか。ちょっと見せてもらえないか」

小峰はうなずいて内ポケットから鍵を出し、アタッシェを開いた。帯封のついた百万円の束が六十。おもちゃのブロックのように縦にきれいに並んでいる。それは小峰の全財産で、映画製作のために託された資金だった。ガジリ屋はまぶしいものでも見るように目を細め、アベケンは横目でちらりと中身を確認しただけだった。

アタッシェにはまだ三分の一ほどの空きスペースがあった。そこには野外キャンプで使われるような蛍光灯のランタンが納められていた。小峰はビデオカメラほどの小型ランタンを手に取り、テーブルにかざすとスイッチをいれた。赤い光がテーブルの木目を濡れたように浮きあがらせる。

「赤外線ランプに代えてある。もし岩谷の金にイカサマ用の透明インクが残っていれば、この光で真っ赤に染まるはずだ」

真夜中の十二時五分まえ、一行は東池袋の裏通りでタクシーをおりた。正面にはセルビデオ店の照明が、昼間よりもまばゆく輝いていた。終電間近で池袋の通りから潮が引くように堅気のサラリーマンや学生が駅へ吸い寄せられている。街のくぼみにへばりつくように残っているのは、帰るところのない夏休みのガキども、クスリや肉体の売人に暴力団予備軍のチンピラなど、汚れた泡のような夜の住人だった。

サルが無言でカジノバー「セブンライブス」に続く階段をおりていった。小峰がアタッシェをもって続く。アベケンとガジ拓が最後にゆっくりと赤いカーペットを踏みしめてくる。七つの尾を扇のように開いた猫のマークが見えてきた。黒いガラスの扉には貸切と張りだされている。ドア枠のうえから見下ろすＣＣＤにサルがいった。

「氷高さんの紹介で、お客人を連れてきた。開けてくれ」

数秒後滑らかに自動ドアが開いた。チップがふれあう音と広東語や北京語で女たちが叫ぶ声がいきなりぶつかってくる。正面のクロークには見たことのないボーイがいた。岩谷組がどこかから連れてきた男なのだろう。

「いらっしゃいませ。どちら様でしょうか」

日本語のイントネーションがどこかおかしかった。アイドル顔負けの整ったルックスのこの男もなんらかの手段で海を渡ってきたのだろう。

「いいんだ、かまうな」

店の奥から出てきた男がいった。以前京極会とのもめ事のときに見かけた小柄な男だ。岩谷組の渉外委員長、中本だった。オールバックの髪が真上から照明を浴びて、ぬめるように光っている。サルが軽く頭をさげた。

「うちのお客人と遊ばせてもらいます。岩谷のオヤジさんによろしくお伝えください」

サルはあっさりと渉外委員長をかわし、入口近くのソファに移動した。アタッシェを抱えて横をすぎるとき、中本は半分閉じた目でじっと小峰を見つめていた。

カジノバーは真夜中の最盛期を迎え光り輝くようだった。開店まえの閑散とした空気に慣れていた小峰には、「セブンライブス」はまるで別な店に見えた。十二時をまわり博打熱はさらにあがっている。スロット、バカラ、ルーレット、どの席もほぼ八分がた埋まり、あちこちで歓声が弾けていた。男は高級そうなスーツ姿が多く、普段の夜のようにトレーニングウエアの上下といった格好の若者は目につかなかった。女はみな化粧が濃く、夜の匂いがした。イブニングドレスは、おおきく開いた胸と鋭く切れあがったスリットが定番のようで、短冊のように細長い鏡を何枚もつなげた壁面に、何十人もの女たちが映っている。どの女も同じ型から取って色を塗られた人形に見えた。

小峰は水のような表情に戻った張り師にいった。

「チップはいくら代えてきますか」

老いた張りプロは広い店内を見渡していった。

「千と五百。十万で百五十枚。それからガジ拓さんよ、うんと薄いハイボールをもらってきてくれ」

そういうと休息コーナーを離れ、静かにルーレットに向かった。先客のカップルの後ろから、ディーラーの手元を見つめている。小峰は換金所で十五個の札束を、プラチナのチップ百五十枚と交換した。そのうち五枚を自分のポケットにいれ、さらに五枚をガジ拓の手に押しこむ。残りはすべてアベケンに渡した。張り師はすでにレイアウトの右の角、いつもの定位置に席を取っていた。アベケンはチップの山をディーラーに滑らせた。ルーレットではプレーヤー毎に別な色のルーレットチップを使い、複数の客の勝負を見分けている。伝説の張り師は孫のような年頃の金髪のディーラーにいった。

「緑のチップは残ってるかい。できたら四葉のクローバーがいい」

二十枚ずつ積まれた緑の柱が七本、張り師のまえに並んだ。ディーラーは無表情のまま、新たなボールを弾く。象牙の玉が転がる音が、小峰には銃声のように鋭くきこえた。

ウィールも玉も見ずに、アベケンはレイアウトの手前に並ぶ赤34・黒35・赤36に一枚ずつチップをおいた。小峰には無限に思える時間がすぎて、最初の玉が落ちたのは赤18。ディーラーが無表情にチップを手元にかき寄せていく。斜め後ろから見ていたサルの目のなかで、ちらりと光りが動いた。ガジ拓が声を殺していう。

「いいんだ。あれはアベケンの儀式だ。最初のチップは店じゃなく、遊ばせてくれるルーレットの台にやる。昔からのゲンかつぎだ」

誰も取ったものはいないようだった。緑のフェルトのうえに散らばっていた色とりどりのチップがきれいに片づけられると、つぎの玉が弾かれた。アベケンは立ちあがると、背を伸ばしたまま、手すりから身体をウィールへ乗りだした。カジノの喧騒のなかでさえ、小峰には老人の集中力がぎりぎりと絞られていく音がきこえるようだった。アベケンの右手がレイアウトのうえをなでるように往復する。赤21・黒6・赤18・黒31・赤19・黒8。六つのスポットに、一枚十万円の緑のクローバーが残っていた。勢いをなくした象牙の玉は最後にスポットを仕切る金属のバーに当たり、遠く横に跳ねた。赤12。アベケンが読んだ黒8の隣の枠だった。スタートから二度の勝負ですでに小峰は百万円近くを失った。サルはやれやれという顔をして見せたが、小峰はアベケンとガジ拓の表情に神経を集中させていた。かつての伝説の張りプロの深いしわを刻む顔から、気力が失われた兆候はない。小峰は胸ポケットから2Bの鉛筆を抜くと、思いだしたようにカジノ備えつけのルーレット出目表に、その夜最初の勝負の結果を残した。

赤18×　赤12×

ルーレットは三分から五分ほどでひと勝負が確定するスピード感あふれるギャンブルだ。続く五回の勝負も二十分ほどで終了した。その時点で小峰の出目表は○×の割合がすでに半々に近くなるまで回復している。

赤18×　赤12×　黒11○　赤25×　黒4○　赤34×　黒13○

ルーレットの一目賭けの賭率は三十六倍。アベケンの緑のクローバーは読みが当たれば一枚が三百六十万円になる。開始から三十分でアベケンのまえには、新たに三本半のスタックが増えていた。勝負の途中で金の計算をするまいと決めていた小峰だが、思わずチップの山に目を引きよせられていた。すでに七百万近く浮いている。サルが耳元で囁いた。

「滑りだしは悪くないな。見ろよ」

ルーレット台を遠巻きにして、盛装の男女が集まり始めていた。座っていたバカラの席を放りだして、自分のチップをルーレット用に代えてくれと叫んでいる韓国人のホステスがいる。勝馬に乗ろうというのだろう。金髪のディーラーの顔色は漂白したように青くなっていた。ディーラーひとりで仕切っていた台には、監視係のマッカーがふたり増員されている。どちらも軟派な雰囲気がなくカジノバーの店員にしては恐もての男たちだった。三十すぎの中堅のディーラーがやってきていった。

「申し訳ありませんが、この台は現在プレイ中のお客さままで締め切らせていただきます」

見物客からため息が漏れる。男は蝶ネクタイを直すと、そのままルーレットの向こうに残った。つぎの勝負からは金髪は玉を弾くだけのスピナーになり、古株はディーラーを受け継いでレイアウト上のチップの動きにだけ集中した。あまりの的中率にポストパスティング（後張り）のようなイカサマを疑っているのかもしれない。

深夜一時に近づくころにはアベケンは黒夜のヒーローになっていた。ハウス側の仕打ちに腹を立てた他の客たちから応援の声が飛ぶようになっている。張り師は勝負に集中していたが、ガジ拓はポケットから金のチップを二枚取りだし、競泳水着のように身体の線を浮きあがらせて、マイクロミニの裾を始終引きさげているコンパニオンに渡した。

「これで今夜のお客さんにシャンパンをふるまってくれ」

客のあいだから歓声があがった。ガジリ屋は小峰に目くばせして囁く。

「この場の客を味方につけるんだ。店対おれたちじゃなく、ハウス側対客全員のムードにもってかなくちゃいけない。そうすりゃ店だっておかしなことはできなくなる」

象牙の玉の転がる音が響いた。アベケンの右手は軽やかに緑のフィールドを駆ける。小峰には枯れ枝のような指先が、草原の空を滑る白いグライダーに見えた。赤3・黒15・赤34・黒22・赤5・黒17。六つの数字に賭けられた緑のクローバーは、今度は二枚ずつに倍増されていた。

一目賭けで二十万円！

当たればひと勝負で七百二十万にふくらむ。アジアの各国から集まった黒夜の観客からため息とも歓声ともつかない声が漏れるのも無理はなかった。

続く三十分、六回の勝負でアベケンの勝率はわずかに落ちた。小峰が記録している出目表には負けを示す×印が多くなっていた。
黒29×　黒10○　緑00×　黒4×　黒2×　黒31○
六戦のうち的中が二回。確かに老張り師のいう通りだった。ルーレットでは一目以外はお嬢ちゃん勝負に違いない。賭け率が高い分だけ有利なのである。三回に一度しかはいらなくとも、この三十分で二十枚ひと組のスタックがさらに三本半増えている。アベケンの元手が千四百万円だから、この時点ですでにスタート時のほぼ倍付けになっていた。
張り師の背筋は宙から吊りあげられたように伸び、勝ち勝負がさらに気力を呼びこんでいるようだった。背中の張りは六十をすぎた男のものとは思えない。

ほぼ千四百万ほど稼いではいる。だが、岩谷組の金庫を空にするという目的はまだまだ遠かった。これは緒戦の勝利にすぎないのだ。小峰ははやる心を抑えていた。ギャンブルでは最後に勝つ者が、ほんとうの勝者だ。サルに視線を送ると、充血した目で見返してくる。ガジ拓の頰も若返ったように薔薇色に光っていた。背中を押す大歓声で、小峰は夢から覚めたようにレイアウトを見た。

張り師がおいたチップの厚みがさらに増している。

一スポットに三枚！

これからの勝負はすべてが一回の勝利で一千万を超える配当になる。小峰の目は一瞬でレイアウト上の数字を読んだ。黒29・赤12・黒8・赤19・黒31・赤18。象牙の玉が勢いを落とすとき、胸の奥が引きつるように痛んだ。スポットのなかで白い玉が二度三度揺れて、数字が確定する。黒31。金髪のスピナーの顔色は怒りと屈辱で真っ赤になっていた。中堅ディーラーは額から汗を流しながら平静を装っている。観客はスポーツ観戦にでもきたように騒ぎ立て、どの手にもシャンパンのチューリップグラスが揺れていた。

緑のチップが底をついたようだった。今度は鮮やかなオレンジの風車のマークのチップが、アベケンのまえに押しだされた。純金よりも価値のある五本半のスタックが壁のように緑のチップの前面に並んでいる。ディーラーが汗もぬぐわずにアベケンをにらんだ。張り師は風のない朝の湖面のような表情を崩さずに、緑のレイアウトを見ている。

「スピナーとディーラーを交代する時間です。少々お待ちください」

控え室に向かう金髪と中堅に、すぐ勝負を再開しろと野次が飛んだ。小峰は振りむいてカジノバーのフロアを見渡した。カウンターに肘をつき、岩谷組の中本がどこかに携帯電話をかけている。サルに目をやると、サルはうなずいて小峰に囁いた。

「心配でたまらなくなってきたんだろう。そろそろ敵も動いてくる。早々と岩谷の叔父貴の出番だな」


短い休憩のあと、ただちにルーレットの勝負は再開された。今度やってきたディーラーとスピナーは、どちらも四十歳をすぎていた。ディーラーは筋肉質の大男で白いシャツの胸をそらせ、レイアウトの向こうから張り師に無言の圧力をかけてきた。ウィールの奥に立つスピナーは中背の太った男で、ぶどうパンのなかの干しぶどうのような目で静かに台を見おろしている。小峰はどちらの男からも、アベケンと同じ修羅場をくぐってきた者特有の気配を感じた。

ウィールが左まわりに回転を始めた。象牙の玉が逆方向に投げられる。数周回のあいだ玉の勢いを見定めて、張り師の右手がレイアウトを走った。緑0・黒2・赤14・黒35・赤23・黒4。今度も緑のチップは三枚ずつ張られていた。配当一千万の大博打だ。息をのんだ黒夜の客が見つめるなか、玉が落ちたスポットは黒2だった。玉の動きがとまると同時に、カジノバーの広い店内で半分の人間が凍りついたように動きをとめていた。

ディーラーは奥歯をかみしめ無言のまま、百枚を超えるチップをアベケンのまえに積みあげた。奇跡のような幸運の分けまえにあずかろうというのだろうか、タイかフィリピン生まれの色の浅黒いホステスが、祈りの言葉をつぶやいて張り師の背中にふれた。サルが女の肩にそっと手をおき、ルーレット台の後ろにできた観客の山に引き戻す。

続く三十分間、興奮は終わりのない螺旋《らせん》を描いて高まっていった。勝負のたびに観客は自分が張っている訳でもないのに、うめき声をあげ、ため息を吐《つ》き、手を振りあげ、叩いては、その場で飛びあがった。アジアの国々からきた男女には、熱狂と喜びを包み隠す美徳など存在しなかった。カジノバーのフロアが熱したフライパンの底のような異様な雰囲気に灼け焦げている。ルーレットの出目表に踊る小峰の文字はおおきく揺らいでいた。チップ三枚の大勝負になってから六回の戦いは、アベケンの圧勝に終わっている。

赤34×　黒6○　赤7×　黒22○　黒13○　黒33○

最後の三連勝のあとで、どこかの国の女が悲鳴のような声を残して、赤いカーペットに倒れこんだ。チップはルーレット台をあふれ、店の男がサイドテーブルをアベケンの横におき、積み切れなかった山を移動させねばならないほどだった。この三十分で三千三百万近く浮いているのだ。十分間で一千万の荒稼ぎだった。

店内の雰囲気に気圧《けお》されたのか、それまでアベケンと同じ台で張っていた韓国人の若いヒモと台湾人のママは、自分たちのチップを引きあげてしまった。ガジリ屋はポケットから金のチップを取りだすと、こつこつと手すりを叩きふたりに一枚ずつ手渡した。

深夜の二時半をまわり、小峰の一行とハウス側の一騎打ちになった。ルーレットの台をはさんでハウス側はディーラーとスピナー、増員された監視役のマッカーが四人、それに岩谷組の中本と配下の若衆がふたり、どんな動きも見逃さぬようにアベケンに注目している。対する小峰サイドは、レイアウトの右手コーナーに伝説の張り師・アベケン、隣に小峰、アベケンの後ろにはガジリ屋の末永が控え、小峰の背ではサルが油断なく全方位に神経を張っている。

深夜三時まえ、サルが小峰の肩に手をのせた。

「ちょっと後ろを見てみろよ」

魅せられたように集中していたウィールの回転から目をあげて、小峰はカジノバーのフロアを見まわした。さっきまでとは店内の様子が変わっていた。客の興奮はそのままだが、人間の頭数がずいぶん増えている。それも金を持った外国人の賭博客ではなく、池袋の通りでよく見かける粗暴な感じの若者が多かった。サルが耳元で囁く。

「岩谷組の下っ端だ。中本のやつ、動員をかけやがった……」

サルの言葉の途中で、カウンターのまえに一列に並ぶチンピラたちのあいだに緊張が走った。スツールから飛びあがるように立ち、直立不動で入口のほうに視線を揃えている。大柄な男に先導されて、黒いサマーセーターの男がゆっくりと姿をあらわした。チンピラが一斉に頭をさげる。サルの声も緊張していた。

「岩谷の叔父貴だ」

点々と白いものが目立つ坊主頭に、傷だらけの狭い額、黒目がちの目には感情が見えない。黒いセーターの胸にはスヌーピーが赤い犬小屋の屋根で昼寝をしている。ふざけた絵柄は手のこんだ刺繍のようだった。岩谷組組長がポケットから手を出し、右手で頭をかいた。小峰はその右手に親指、人差し指、中指の半分の三本を確認している。それに気づいたサルが苦笑した。

「見ろ、あれが有名な黄金の指だ。あのオヤジは裏世界のトラブルをまとめるたびに、これでおれの顔を立てろといって指を落とす。あの親分さんがそうするならとその場は納まり、裏ででかい金が動く。やつは一本一億以下じゃ決してやらないという話だ」

岩谷は指を二本だけ残す左手で器用に携帯電話を支え、何事か相手を怒鳴りつけていた。いつの間にかアベケンが振りむいて、入口近くのソファに腰をすえた岩谷を見つめている。張り師と目があうと、組長は閉じる寸前まで目を細めた。どうやらそれが旧友への挨拶で、その男の最大限の感情表現のようだった。腹を空かせた土佐犬のような目から逃れ、小峰はルーレットに戻った。あの男はサルにまかせるしかない。自分の勝負はすべて転がる象牙の玉にかかっている。


真夜中の三時をすぎて、二度目のディーラー交代があった。その時点で、小峰たちは七千万近くの浮きを記録していた。ガジ拓はチップを整理するのにいそがしかった。一騎打ちになってから、ディーラーは色を選ばずにチップをよこした。色とりどりのスタックがアベケン脇の小テーブルにあふれるほど積みあげられている。

交代でやってきたのは、先ほどの金髪と中堅のコンビだった。それと見てわかるほど、おどおどとしている。金髪のスピナーの目の先は、正面に立つ張り師を通りこして、休息所のソファにそり返る岩谷に向けられている。中堅ディーラーがいった。

「邪魔でしょう。チップを十倍のものと交換しましょうか」

「このままでかまわん」

アベケンの声はしゃがれていた。その夜初めて小峰は張り師に疲れの兆候を感じた。真夜中の十二時から三時間、張りプロは立ったままときおり薄いハイボールで口を湿らせ、ルーレットを張り続けている。最後のほうではひと勝負の賭け金が二百万近い大勝負だった。神経と肉体に重なった疲労は小峰には想像もできなかった。

ディーラーの後ろを銀の盆をもったミニスカートのウエイトレスが通った。こちらも明らかに様子がおかしい。スパイクヒールの足元がふらついていた。

「あっ！」

女はわざとらしい声をあげ、なにもないカーペットでつまずいてみせた。床につこうとした手がルーレットのウィールをのせる小型の丸テーブルの脚をつかんだ。木材のきしむ音は小峰の背筋を震わせた。オーッと腹に響く声が観客から漏れた。

「ごめんなさい。失礼しました」

若い女は顔をあげることなく、走るように店の奥に駆けていく。ディーラーは顔色をまったく変えずにいった。

「申し訳ありません。ウィールの調整のためにすこしお時間をいただきます」

小峰はサルを見た。サルは首を横に振るだけだった。張り師の背中から力が抜けていくのが小峰にはわかった。アベケンは振りむくと小峰にいう。

「ちょっと便所に顔貸してくれ。末永さん、見張りを頼む……」

それからディーラーにきこえるように声を張った。

「この店じゃ、負けがこむと女にウィールを蹴飛ばさせるらしい。そこのマッカーに盗られねえように、チップに気をつけてくれ」


氷のキューブが宝石のように濡れ光る朝顔に用をたして、アベケンがいった。

「ここまでのところ、いくらウワってるんだ」

腹は痛いほどふくらんでいるのだが、小峰はいくら気張っても一滴も出なかった。

「約五千五百万です」

「そうか。ここらが潮時じゃねえかな。やつらはウィールに仕事をいれるつもりだ。そうでなくても、台の高さを再調整されたら、新たに癖を読むまで調子がよくて一時間はかかる。このカジノは朝五時で終了だろう。あと二時間じゃ、時間が足りねえ」

小峰は必死に計算を繰り返していた。五千万では半端だった。岩谷組の金庫に塩漬けにされている金がいくらあるのかはわからない。だが、横取りされた金だけでも一億四千万円はある。印が残った金を吐きださせるには、とうてい十分とはいえなかった。

「阿部さん、ぎりぎりまでねばりましょう。この勝負は金を稼ぐだけが目標じゃない。岩谷組を叩くための戦いなんです」

アベケンは石鹸で泡立てて手を洗うと、シンクに水をためて何度も顔をすすいだ。

「あんた、年寄りの使い方が荒いな。だが、ここからは簡単には勝てねえよ。ツキの風向きが変わっちまった。勝負は厳しくなるだろうよ」

小峰は驚いて洗面台の鏡のなかの張り師を見つめた。鏡には曇りひとつない。

「技術と読みで勝ってきたんじゃないんですか」

伝説の張りプロはにやりと笑い、白髪混じりの頭を軽く押えた。

「どんな腕だって運がつかなきゃ役立たずさ。さて、勝負に戻るか」


張り師の読みは確かだった。続く一時間の勝負で、積みあげられたチップの山はじりじりと崩されていった。同じように一目張りを繰り返しているのだが、アベケンの的中率は夜の早いころとは、比較にならないほど落ちていった。小峰の出目表は、負けを示す×印で埋まっていった。深夜三時から四時の一時間で確定した二十二回の勝負のうち、アベケンが勝ったのはたった二回。疲労の色が隠せなくなった老張り師は、二千万近くをハウスに払い戻していた。

ディーラーの顔に血の気が回復していた。ツキの目が変わったのを身体で感じているらしい。もう岩谷を恐れてはいないようだった。堂々と入口近くのソファを見ては、カミソリほどの薄さの笑みを浮かべる。張り師の首筋には脂汗がいく筋も伝っていた。小峰の耳には何度も同じ声がきこえていた。それは香月の力強い囁きだった。

(最後の一枚までチップをさらってきて)

小峰は必死に考えていた。この調子で勝負を続ければ、負けは時間の問題だった。なにか流れを変えるようなおおきな手を打つしかない。今夜を逃せばアベケンの恐ろしさを知っている岩谷が、再度黒夜への出入りを認めるはずがない。小峰は手元のレイアウト上におかれたちいさな紙片に目を落とした。負け続けの勝負の記録が書きなぐられていた。

赤9×　黒15×　赤30×　黒22×　黒13×　黒4×

ナンバーと×印を抜かせば、赤と黒の単純な繰り返しだった。どれほどの感覚と技術を動員して数字を読んでも、赤と黒のどちらかに最終的には玉は落ちるのだ。バカラでバンカー・プレーヤーのどちらかに賭けるのとまったく変わらない。小峰はなぜかギャンブルにのめりこみ始めたころを思いだしていた。

ウィールの中央に立つ金色の十字が左まわりに回転している。回想はゆっくりと目のまえを通りすぎていった。小峰の所属していた映像制作プロダクションには、とうてい自分には太刀打ちできないと思われる才能や頭脳を持った人間がごろごろしていた。だが、輝くような才能の所有者さえ、弱小プロでは仕事に恵まれず、仕事がきてもその制約は厳しく、酒や女に身を持ち崩していった。世に知られずに消えていった才能は数知れない。小峰は不安だった。あこがれていた先輩でさえ、立ち腐れていくのが当然の映像の世界で、才に恵まれぬ自分はどう生き延びていけるのだろうか。ギャンブルは瞬間の熱狂で、その不安を蒸発させ、小峰の心につかの間の平安を与えてくれたのだ。

象牙の玉が固い音を立てて、スポットに落ちていった。黒22。これで黒が四回連続している。あれから歳月が流れた。結局のところ、才能も知能も問題ではなかった。生きてなにかをつくることに、表も裏もなかった。裏の裏もない。創造力だセンスだとよくわからないものは、みんな他人のいう物語にすぎなかった。目のまえでまわるウィールのように、人生にあるのは表の表だけだった。

いつだってそこにあるのは、徹底した今と表面の見せかけの輝きだけなのだ。いくら思い悩んだところで、人生はただの赤と黒にすぎない。

小峰は足元のアタッシェに手を伸ばした。ふたを開け、なかに残る札束を緑のフェルトに無造作に放りだしていく。すべてを積みあげ終えるとポケットをさらい、五枚の金のチップを帯封がついた札束の頂点にそっとのせた。吹っ切れたようにディーラーにいう。

「四千五百万とすこしある。全額ルーレットチップに代えてくれ」

負けがこんでからは静かになっていた観客がざわめきだした。サルは驚きの目で小峰を見つめ、ガジ拓は思わず口を開いた。

「本気なのか。一文なしになるぞ。素人のあんたが、ルーレットでなにをするんだ」

アベケンはちらりと横に立つ小峰に目をやった。肩が落ちている。老いた張り師のエネルギーが切れつつあるのを小峰は再確認した。もう自分で張るしかないだろう。この勝負はもともと小峰のものだった。誰の人生も最後には自分のチップを、赤・黒どちらかに張ることになるのだ。札束の山を見て、ディーラーの顔色はまた青ざめた。再び入口のソファに目を泳がせると、かすれた声でいった。

「ちょっとお待ちください。オーナーに了解を得てまいります」

光沢のあるベストの背中が周囲の人の輪を分けていった。ソファに座ったままの岩谷はディーラーの話をきいて、歯をむきだしにして遠く小峰に笑いかけてきた。

レイアウトの向こうの定位置に戻ると、ディーラーは小峰にうなずいた。

「お受けします。チップはどういたしますか」

「一枚でいい。そいつをくれ」

ディーラーの手元にあるチップケースの一番端にある赤い太陽の絵柄を選んだ。

「一枚だけでいいんですか。それでは勝負は一回しか張れませんが……」

気圧されたディーラーは口のなかでつぶやくと、赤いチップを一枚よこした。マッカーがふたりテーブルに飛んできて、札束をそそくさと両替所に運んでいった。サルが小峰の目を見つめていった。

「ほんとうにこれでいいのか」

小峰は黙ってうなずくと、太陽のチップをフェルトからつまみあげた。2Bの鉛筆で表に4550の数字を記す。目が乾いたのか、チック症のように何度もまぶたをしばたく張り師に小峰は笑いかけた。

「ご苦労さまでした。どうもありがとうございます。最後の勝負はぼくに張らせてください。阿部さんの腕は確かに伝説の通りでした」

アベケンは口の両端をさげて、後頭部をかいた。

「いいや、済まねえ。若いころはおれもこんなもんじゃなかった。あんたはいったいなにをするつもりなんだ」

小峰は黙って首を横に振り、ディーラーにいった。

「このチップとそれから残りの全額を賭ける。玉を弾いてくれ」

押し黙って成り行きを見守っていた観客の興奮に、小峰のひと言が火をつけたようだった。さまざまな国の言葉で感嘆の声が漏れる。地鳴りのようなその声を、小峰は耳に涼しくきいていた。幼さを残す金髪のスピナーは震える手で象牙の玉をウィールの壁に沿って投じた。サイドテーブルにあったチップの山は店の人間によって、すでにレイアウトの向こうに運ばれている。

小峰は玉の勢いも金色のウィールの回転も見なかった。迷うことなくふたつ並んだ赤・黒の枠にチップを滑らせていく。緑のフェルトの海原を裂くように真っ赤なチップが進んでいった。小峰は予想などしなかった。ただ慣れ親しんだバカラの定石に従っただけだ。バカラでは四連続のツラ目が出たら、取りあえず逆目に張る。赤い太陽のチップがとまったのは、菱形の中央にＲＥＤと書かれた枠のなかだった。もちろん五回目の勝負で逆目が出る確率は数学上では半々である。

最後の勝負に勝っても負けても、小峰はどちらでもよかった。ただ中途半端な金を残して、このカジノバーを出るのが嫌なだけだった。すくなくとも、この勝負には目のまえのディーラーがそうであるように、岩谷でさえ震えているはずだ。象牙の玉がどちらに転がるか、確率は五十パーセント。小峰に手が出せないように、ハウス側にも玉の操作はできない。小峰はスピナーが玉を弾いてから、賭けているのだ。

満員の店内で誰もが息をとめていた。象牙の玉が転がる音だけが、フロアに響いている。小峰は祈らなかった。緊張する段階はすでにすぎている。落ち着いて周囲の人間を視界に納めていた。スピナーはこぼれそうに目を見開いて回転するウィールを見ている。ディーラーはもう一枚のチップを小峰がおいた赤の枠に重ねた。サイドテーブルの分なのだろう。後ろに控えていた黒夜の客たちが、じりじりとルーレット台に押し寄せてきた。話し声はやんで、店の厨房の人間さえ廊下の奥から顔をのぞかせている。

ガジ拓は関節が白く浮きあがるほど力をこめて手すりを握っていた。アベケンは目を細めてウィール全体を眺めていた。サルに視線を送ると、あいかわらず冷たい笑いを浮かべ見つめ返してきた。負ける用意も勝つ用意もどちらもできている、小峰はそう思った。

「ノー・モア・ベット！」

賭けを締め切る声が響いた。これで小峰の人生最後の賭けが終わったのだ。

その場にいる人間すべての心をのせて、白い玉はゆっくりと勢いを落とし、ウィールの斜面を転がり落ちていった。幾度かスポットに落ちては、乾いた音を立てて跳ねあがる。スローモーションのように予測不可能の動きがとまったのは、34の数字のスポットだった。自分の年と同じだなと小峰はぼんやり考えていた。ガジリ屋がなぜか荒々しく小峰の肩を叩いた。アベケンは照れたように笑い、拳で緑のレイアウトを掃くように均している。一段低くなった後ろのフロアで客たちの歓声が爆発していた。

象牙の玉がなにごともなくとまっているのは赤34。

賭けに勝った。それがわかると、急に小峰の全身に震えが走った。振り返るとサルは携帯に向かってなにか囁いている。小峰は思いだしたように、顔色をなくしたディーラーにいった。

「現金ですぐに用意させてくれ。今夜はこれで終わりだ」

小峰は腕時計を見た。午前四時半、黒夜の終了まで三十分を残すだけだった。サルが鼻を鳴らし小峰にいった。

「フン、あんたには驚いたよ。ここからはおれの出番だ。まかせてくれ」

その言葉が終わらないうちに、店の入口付近で動きがあった。地下室へ続く階段を駆けおりて、続々と氷高クリエイティブで見かけた顔が、満員に近いカジノバーのフロアに詰めかけてくる。休息コーナーのソファから立ちあがり、岩谷がなにか吠えていた。だが、ハウス側には金を払う以外に選択肢はないだろう。金を払わなければ、ここにいる客たちから話が漏れて、次回からは誰も黒夜に寄りつかなくなる。これからも黒夜の主催を続けたいなら、払うしかない。中堅ディーラーも金髪のスピナーもその場にへたりこみそうになっていた。出目表の裏でなにか計算していたガジ拓が、口笛を吹いていった。

「やったな。二億には届かないが、一億九千万にはなる。あんた、これから張りプロにならないか」

小峰は青ざめた顔で首を横に振った。スツールに腰をおろし、背を丸めたアベケンがぼそりとつぶやいた。

「勝つのと金を持って帰るのは、また別の話だ」

サルは再び鼻を鳴らした。

「フン、おれたちは金なんか持って帰りはしない。そいつはただの証拠なんだからな」

ルーレットのレイアウトに先ほどの小峰の札束が戻された。札を数える小型のカウンターがサイドテーブルにすえられ、壁のコンセントにつながれた。小峰はいった。

「末永さん、金の勘定を頼む。サルさん、こっちにきてくれ」

小峰はサルをルーレットの前面に招いた。ふたりはときおり右目を閉じて、コンタクトのはいった左目だけでテーブルに積みあげられていく札束を見つめていた。数人で手分けして金を運ぶディーラーたちの顔色は一様に青い。帯封のついた札が百個を超えると、輪ゴムでまとめた一万円札の束が店の奥から運びだされてきた。小峰は瞳孔だけ赤く染まったコンタクトを通し、その束に注目していた。最初はよくわからなかった。使用済みの一万円札はあちこちに、滴を跳ねたように赤いインクが飛んでいる。自分の見間違いかと思い、サルに目をやった。サルは黙ってうなずき返してくる。つぎの束がのせられた。どっぷりと浸したように札の表も横の断面も真っ赤だった。

印のついていないきれいな金を、赤い札束がしだいに覆い隠していく。緑のフェルトにできた山は、血を撒いたように真っ赤になった。イカサマ用インクで汚れた金は、すべて狂言強盗で横取りされた分だった。小峰は金というものが持つ力が、急に恐ろしくなった。ほんのひと抱えの紙切れのために、村瀬と鈴木は殺された。かたぎだった自分は、片手でつかめるほどの報酬で犯罪の片棒をかついだのである。

札を数え終えるまでに十五分かかった。ディーラーとスピナー以外の店の人間は、今夜の災難を早く忘れたいのだろうか、さばさばと小峰たちに対応していた。店の奥から誰かの頰を張る音が鋭く響いた。ソファのまえで中本が直立不動で立っていた。岩谷が往復で頰を張っている。突き飛ばすように中本を跳ねのけると、岩谷が客を押し分けてルーレットテーブルにやってきた。

「よう、サル、今回のことは全部氷高の野郎のいれ知恵なのか。こんな張りプロまで連れてきやがって」

岩谷の消し炭のような目が張り師をにらみつけていた。サルは冷ややかにいった。

「誰のいれ知恵でもありませんよ。おれたちはただ横取りされたものを、取り返しにきただけです。小峰さん……」

小峰はアタッシェから、携帯用ランタンを取りだし、スイッチをいれた。赤外線ランプの赤黒い光りが、ルーレット台に広がる札束の山を照らしだした。観客からざわめきが巻き起こる。金の山は、赤外線に反応して濡れたように赤く光っていた。血じゃないのか、あれ、誰かが後ろでそう漏らした。サルが静かに続けた。

「このインクは無色透明でにおいもしない。カードに印をつけるイカサマ用の小道具さ。うちの組の金には万が一のために、こうして印が残るようになっていた。どういうことかわかりますか、叔父貴」

岩谷は怒りのあまり言葉も出ないようだった。サルは無表情に続ける。

「この金は八月初めに強盗に奪われた『セブンライブス』の週末のあがりだ。なぜ岩谷組の金庫にそいつがはいっていたのか、説明してもらいましょう」

「うるせー、おまえみたいなチンピラに話す必要なんかねえんだ。ふざけたことを抜かすな」

そのとき鏡張りの壁の一部がゆらりと揺れて開いた。警察の手入れの際、客を逃がすためにつくられた秘密扉だった。通じているのは同じ氷高組経営のスナックである。黒夜の前日に小峰は特殊撮影のプロに頼んで、カジノの天井から映像回線をスナックに引いていた。店では氷高が店内の様子をモニタで見ているはずだった。

暗い戸口を抜けて氷高組組長と小峰が見たことのない老人があらわれた。老人はやせこけ、鷲のように鋭い鼻筋をしている。銀鼠の羽織を着た老人が店内に足を踏みいれると、あたりは水を打ったように静まった。老人はさびの利いた声で一喝した。

「岩谷、話は聞いた。おまえが氷高のあがりをかすめたのは、いい逃れできん事実だ。子分を連れてここは引け。わしがいいというまで謹慎せよ」

粗暴な岩谷が老人のまえでは縮みあがっていた。サルがそっと小峰に囁く。

「うちの大親分だ。羽沢組本家の羽沢《うざわ》辰樹《たつき》組長」

羽沢は鷲の鼻筋を振って、氷高にいった。

「腹は立つだろうが、この場はこれで納めてくれ。岩谷よ、わしはもうおまえの指はいらんぞ。沙汰はあとで知らせる。消えろ」

店の人間だけ残し岩谷組の手下たちは、潮が引くように店から姿を消していった。岩谷本人も威厳だけはとりつくろい、誰かれとなく周囲の客をにらみつけながら最後に店を出た。氷高は深々と頭をさげ老人にいった。

「夜遅くまでご足労ありがとうございました。あとはうちで片づけますので」

老人は小峰を見て笑った。

「いや、今夜はたいした博打を見せてもらった。そこの若いのはおまえのところの客人だそうだな。目をかけてやれ」

そういうと羽沢組組長は供の者に囲まれ、カジノバーの自動ドアを抜けた。頭をさげたまま入口で見送った氷高が戻ってきて、声を張りあげた。

「今夜はお開きだ。みんな帰ってくれ」

小峰は不服そうにいった。

「岩谷の処分は、たったあれだけなのか。こっちはふたりも人間が死んでるんだぞ」

氷高は銀行員のような顔で、肩をすくめる。

「赤いインクで印刷した絶縁状が日本全国に送られるとでも思ったのか。オヤジにしたって岩谷組の戦力を失うのは惜しいのさ。だが、今回の騒動のマイナスはでかい。これで本家の跡目争いで岩谷の目はなくなった。残る候補はおれだけだ。金はどうでもよかったが、岩谷を蹴落とせた。ひょうたんから駒だな」

自分だけにわかる冗談でも思いだしたように氷高はひとりで笑っていた。

「それにしてもあんたはよくやってくれた。どうだ、うちの組で腕を振るってみないか」

「いいや、約束通り自由にしてもらう。氷高さん、あなたはもうひとつの条件も覚えているだろうな」

氷高がうなずくと、サルは目の端で小峰を見てにやりと笑いかけた。

「ああ。成功報酬の一千万だな。いいだろう。安いものだ。ここにある金から、七本持って帰るといい。だが気が変わったら、いつでも戻ってこい。小峰よ、うちの組におまえの席をつくっておいてやる。サル、金をいれてやれ」

アルミのアタッシェをテーブルに開き、サルは帯封のついた札束を詰めこんでいった。小峰から目をそらしたままサルがぼそりといった。

「小峰さん、あんたと池袋の街を歩けなくなるのは、ちょっと残念だな。まあ映画がこけたら、また戻ってこいよ」

「ありがとう、サルさん。また岩谷組に襲われるのはたくさんだ。金はあとで取りにいく。あの中華料理屋でアグネスと香月を呼んで、打ちあげを盛大にやろう。それじゃ、また」

小峰はカジノバーの階段をひとりで駆けあがった。時刻はもう朝の五時をまわっている。見あげた階段の先の池袋の空は、すでに夜明けの赤に染まっていた。八月終わりの早朝の風が冷たく通りを抜けていく。冴え返った空気を胸一杯に吸いこんで、小峰の胸は弾んでいた。なんとか制作資金は手元に残った。この金で池袋の街をどんな映像にすればいいのだろう。迷うことなどなかった。この夏に出会ったこの街の曲者たちをそのまま描けば、十分気の利いたドキュメンタリーができあがるだろう。裏通りに足を踏みだすと、小峰は香月の声をきくために、内ポケットから携帯電話を抜いた。

本書は「週刊アサヒ芸能」二〇〇〇年五月一八日号～一二月二八日号に掲載された作品に大幅、加筆、訂正しました。

**石田　衣良（いしだ　いら）**
1960年東京生れ。広告制作会社勤務の後、フリーのコピーライターとして活躍。97年『池袋ウエストゲートパーク』で第36回オール讀物推理新人賞受賞。鋭い時代感覚とみずみずしい描写で注目される。他の著書に『うつくしい子ども』『少年計数機』（文藝春秋）、『エンジェル』（集英社）等。

# 赤《ルージュ》・黒《ノワール》

## 池袋ウエストゲートパーク外伝

著者　石田　衣良

2001年２月28日　初版
2003年７月25日　五刷

発行者　松下武義
発行所　株式会社 徳間書店　〒105-8055　東京都港区芝大門２丁目２番１号
電話　03-5403-4349（編集部）　03-5403-4324（販売部）
振替　00140-0-44392
本文印刷所　十一房印刷工業㈱
カバー印刷所　近代美術㈱
製本所　大口製本印刷㈱


編集担当　国田昌子

ISBN4-19-861308-7